FRANZ KAFKA

卡夫卡
作品选

Der
Verschollene

失踪的人

［奥地利］弗兰茨·卡夫卡/著
韩瑞祥/译

人民文学出版社

Franz Kafka
DER VERSCHOLLENE

图书在版编目(CIP)数据

失踪的人/(奥)弗兰茨·卡夫卡著;韩瑞祥译.—北京:人民文学出版社,2021(2023.12重印)
(卡夫卡作品选)
ISBN 978-7-02-015891-1

Ⅰ.①失… Ⅱ.①弗…②韩… Ⅲ.①长篇小说—奥地利—现代 Ⅳ.①I521.45

中国版本图书馆CIP数据核字(2019)第277758号

责任编辑　欧阳韬
装帧设计　李思安
责任印制　王重艺

出版发行　人民文学出版社
社　　址　北京市朝内大街166号
邮政编码　100705

印　　刷　三河市鑫金马印装有限公司
经　　销　全国新华书店等
字　　数　176千字
开　　本　850毫米×1168毫米　1/32
印　　张　7.625　插页3
印　　数　6001—8000
版　　次　2021年10月北京第1版
印　　次　2023年12月第2次印刷

书　　号　978-7-02-015891-1
定　　价　40.00元

如有印装质量问题,请与本社图书销售中心调换。电话:010-65233595

译者前言

弗兰茨·卡夫卡(Franz Kafka,1883—1924)在西方现代文学中有着特殊地位。他生前在德语文坛上鲜为人知,死后却引起世人广泛关注,被誉为西方现代派文学主要奠基人之一。

论年龄和创作年代,卡夫卡属于表现主义一代,但他并没有认同于表现主义。在布拉格特殊的文学氛围里,卡夫卡不断吸收,不断融合,形成了独特的"卡夫卡风格"。他作品中别具一格甚至捉摸不透的东西就是那深深地蕴含于简单平淡的语言之中的、多层交织的艺术结构。他的一生、他的环境和他的文学偏爱全都网织进那"永恒的谜"里。他几乎用一个精神病患者的眼睛去看世界,在观察自我,在怀疑自身的价值,因此他的现实观和艺术观显得更加复杂,更加深邃,甚至神秘莫测。

布拉格是卡夫卡的诞生地,他在这里几乎度过了一生。在这个融汇着捷克、德意志、奥地利和犹太文化的布拉格,卡夫卡发现了他终身无法脱身的迷宫,同时也造就了他永远无法摆脱的命运。

卡夫卡的一生是平淡无奇的。他出生在奥匈帝国统治的布拉格,犹太血统,父亲是一个百货批发商。卡夫卡从小受德语文化教育,1901年入布拉格大学攻读德国文学,后迫于父亲的意志转修法学,1906年获得法学博士学位。大学毕业后,先后在法律事务所和法院见习,1908年以后一直在一家半官方的工伤事故保险公司供职。1924年肺病恶化,死于维也纳近郊的基尔林疗养院。

卡夫卡自幼酷爱文学。早在中学时代，他就开始大量阅读世界文学名著，尤其对歌德的作品、福楼拜的小说和易卜生的戏剧钻研颇深。与此同时，他还涉猎斯宾诺莎和达尔文的学说。大学时期就开始创作发表一些短小作品。供职以后，文学成为他惟一的业余爱好。1908年发表了题为《观察》的七篇速写，此后又陆续出版了《司炉》（长篇小说《失踪的人》第一章，1913），以及《变形记》（1915）、《在流放地》（1919）、《乡村医生》（1919）和《饥饿艺术家》（1924）四部中短篇小说集。此外，他还写了三部长篇小说：《失踪的人》（1912—1914）、《审判》（1914—1918）和《城堡》（1921—1922），但生前均未出版。对于自己的作品，卡夫卡很少表示满意，认为大都是涂鸦之作，因此在给布罗德的遗言中，要求将其"毫无例外地付之一炬"。但是，布罗德违背了作者的遗愿，从1935年起陆续整理出版了卡夫卡的全部著作。这些作品发表后，在世界文坛引起了巨大的反响。从上世纪四十年代以来，现代文学史上形成了特有的一章："卡夫卡学"。

无论对卡夫卡的接受模式多么千差万别，无论有多少现代主义文学流派和卡夫卡攀亲结缘，但卡夫卡不是一个思想家，也不是一个哲学家，更不是一个宗教寓言家，他只是一个风格独特的奥地利作家，一个开拓创新的小说家。在卡夫卡的艺术世界里没有了传统的和谐，贯穿始终的美学模式是悖谬。首先，卡夫卡的作品着意描写的不是令人心醉神迷的情景，而是平淡无奇的现象：在他的笔下，神秘怪诞的世界更多是精心观察体验来的生活细节的组合；那朴实无华、深层隐喻的表现所产生的震撼作用则来自那近乎无诗意的，然而却扣人心弦的冷静。卡夫卡叙述的素材几乎毫无例外地取自普普通通的生存经历，但这些经历的一点一滴却汇聚成与常理相悖的艺术整体，既催人寻味，也令人费解。卡夫卡对他的朋友雅鲁赫说过："那平淡无奇的东西本身就是不可思议的。我不过是把它写下来而已。"其次,卡夫卡的小说以其新颖别致的形式开拓了艺术表现的新视角,以陌生化的手段,表现了具体的生活情景。他所叙述的故事既无贯穿始终的发展主线,也无个性冲突的发展和升华,传统的时空概念解体,描写景物、安排故事的束缚被打破。强烈的社会情绪、深深的内心体验和复杂的变态心理蕴含于矛盾层面的表现中。卡夫卡正是以这种离经叛道的悖谬法和多层含义的隐喻表现了那梦幻般的内心生活——无法逃脱的精神苦痛和所面临的困惑。卡夫卡所表现的世界是荒诞的、非理性的;困惑于矛盾危机中的人物,是人的生存中普遍存在的陌生、孤独、苦闷、分裂、异化或者绝望的象征。他的全部作品所描写的真正对象就是人性的不协调,生活的不协调,现实的不协调。卡夫卡独辟蹊径的悖谬美学就是独创性和不可模仿性的完美结合。

未竟之作《失踪的人》写于1912年至1914年间,它是卡夫卡的长篇小说处女作。作者生前发表了其中的第一章,也就是脍炙人口的短篇小说《司炉》(1913)。1927年,卡夫卡的挚友马克斯·布罗德编辑出版这部小说时取名"美国"。根据卡夫卡的日记和书信记载,德国费舍尔出版社后来出版的校勘本则采用了作者在其中多次提到的"失踪的人"这个名称。这也是卡夫卡研究界迄今普遍所认可的。

小说《失踪的人》叙述的是一个名叫卡尔·罗斯曼的少年的故事,他十六岁时因被一个女仆引诱而被父母赶出家门,孑然一身流落到异乡美国。罗斯曼天真、善良、富有同情心,愿意帮助一切人。由于形形色色的利己主义者和阴险的骗子利用卡尔的轻信,他常常上当,被牵连进一些讨厌的冒险勾当里。罗斯曼要寻找赖以生存之地,同时又想得到自由,他与那个社会格格不入。从主人公的坎坷行踪里,可以让人看到一个比较具体可感的社会现实;美国是故事情节的发生地,但卡夫卡却从未到过那里。因此,他笔下的美国无疑是其对自身生存现实感知的镜像。

与卡夫卡后来创作的两部小说《审判》和《城堡》相比,《失踪的人》在叙事风格上比较接近传统的叙事,读者从头至尾可以追踪到一个连续不断的情节链条。评论界向来认为这部小说的创作或多或少地受到了狄更斯的影响,卡夫卡甚至在他的日记里也表白了罗斯曼与狄更斯的小说《大卫·科波菲尔》中的主人公的因缘关系。尽管如此,无论从人物命运的表现,还是从叙事方式来看,卡夫卡在这里已经开始了独辟蹊径的尝试,尤其是采用了主人公的心理视角和叙述者的直叙交替结合的方式,分别从不同的角度,展露出现代小说多姿多彩的叙述层面,形成分明而浑然的叙述结构,为其后来的小说创作奠定了基础。

小说的主人公罗斯曼从一开始就是其生存环境的牺牲品,不断地陷入了一个又一个卡夫卡式的迷宫里而无所适从。小说第一章"司炉"就已经为罗斯曼的卡夫卡式的命运做了必然的铺垫:受到家庭女佣的引诱,他被父母亲毫不留情地发配到美国,无可奈何地接受了这样的命运。他怀着一颗天真的公平正义之心踏上了那个以自由女神著称的国度。他在轮船上遇到了那个遭受种种不公正的司炉,为其境遇愤愤不平。在这个陌生的环境里,他义愤填膺地扮演起了一个律师角色,挺身为司炉主张公正。可面对以船长为代表的权力世界,他徒劳无望的所作所为显得幼稚、荒唐和可笑。实际上,这个呈现在"司炉"一节的主题贯穿于小说表现的始终。罗斯曼试图在美国找到一种公正的生存,但却处处受到不公正的对待,一次又一次的努力令他心灰意冷,甚至绝望。刚一抵达美国,从天而降的幸运让他莫名其妙,因为他在船上与素未谋面的富翁舅舅邂逅相遇,初来乍到就进入了美国的上层社会。然而,他生活在上层社会那错综复杂的关系网中却一筹莫展,无所适从,森严的等级观念让他难以适应,他很快就莫名其妙地被舅舅赶走了。

不言而喻,舅舅在这里是一个权力的象征,丝毫也不能容忍任何违背他的意志的行为。无家可归的罗斯曼不得不继续去寻找自己的生存。他在一个现代化的大酒店里当了电梯工,但似乎又陷入了一个任人摆布的迷宫里,他时时处处受到监视,生存如履薄冰,无妄之灾随时都有可能降临。在卡夫卡的作品中,操作现代技术显然成为一个非人的工作,它迫使人像机器一样运转,使人成为被操纵的工具;罗斯曼在此的命运便可想而知:他仅仅离开了工作岗位两分钟,便又莫名其妙地被解雇了,这无疑是卡夫卡笔下所有的人物始终要面对的惨无人道的严酷。这个酒店因此看上去就如同《审判》和《城堡》中的权力机构。虽然它是实实在在的存在,是罗斯曼工作的地方,不像那些权力机构那样似真似幻,难以捉摸,而且其权力承载者都是些活生生的人,但罗斯曼生活在其中所感受的压抑和困惑则更加显而易见,更为直接,更为刻骨铭心。

在这个陌生的美国,无论是上层社会的达官贵人,还是现代化酒店上上下下的人,或者与罗斯曼同命相连的流浪者,他们的行为无不受到统治欲望和邪恶的驱使,真正的仁爱在这个尔虞我诈的社会不复存在。你不能相信任何人,人与人之间的关系是断裂的。最终罗斯曼甚至成了他曾经帮助过的两个流浪者的牺牲品,被迫沦为必须俯首听命的仆人,遭受着种种难以摆脱的折磨。世态炎凉的生存环境使得罗斯曼失去了任何行动的自由,他无力应对生存,只有听从命运的摆布,充当任人肆意踩躏的对象。实际上,罗斯曼的命运与卡夫卡其他人物的命运如出一辙。

小说《失踪的人》是卡夫卡整个文学创作不可分割的部分,体现了"卡夫卡风格"形成的端倪,为全面研究和认识卡夫卡提供了不可或缺的见证。这部小说问世近百年来始终是评论界争论不休的对象，但时至今日依然是卡夫卡研究者十分关注的焦点之一，同样也是广大读者很喜爱的卡夫卡作品之一。值人民文学出版社出版《失踪的人》单行本之际，译者对收录在《卡夫卡小说全集》中的译文进行了全面修订。作为喜欢卡夫卡的读者，译者在此愿与所有对卡夫卡感兴趣的同仁继续共勉。

韩瑞祥
2019年4月于北京

目　次

一　司炉　001
二　舅舅　028
三　纽约郊外的乡村别墅　040
四　去往拉姆西斯的路上　070
五　在西方饭店里　094
六　罗宾逊事件　117
这汽车停了下来，……　152
清晨，……　201

残章断篇

1　布鲁纳尔达出游　213
2　卡尔在一个街口……　218
他们行了两天两夜……　236

一　司　炉

十七岁的卡尔·罗斯曼被他那可怜的父母发落去美国,因为一个女佣勾引了他,和他生了一个孩子。当他乘坐的轮船慢慢驶入纽约港时,那仰慕已久的自由女神像仿佛在骤然强烈的阳光下映入他的眼帘。女神好像刚刚才高举起那执剑的手臂,自由的空气顿然在她的四周吹拂。

"多么巍然!"他自言自语地说,一点儿也没想到该下船了。一群群行李搬运工簇拥着擦他身旁流过,他不知不觉地被推到了甲板的栏杆旁。

"喂,你还想不想下船?"一位在旅途中萍水相逢的年轻人走过他身边时喊道。"我这就下去。"卡尔微笑着对他说,随之把行李箱扛到肩上,显得满不在乎的样子,因为他还是个年轻力壮的小伙子。他目送着那位稍稍挥了挥手杖便随着人群离去的相识。这时,他突然想起自己把雨伞忘在船舱里了。他急忙上前求这位显然不大情愿的相识帮他照看一会儿箱子,匆匆地看了看眼前的情形,看好了折回去的路,便一溜烟似的跑去了。到了下面,他懊恼地发现本来可以供他走捷径的一条通道现在关闭了,这大概是因为所有的旅客都已经上了岸。于是他不得不穿过数不胜数的小舱间,沿着拐来拐去的走廊,踏着一道接一道上上下下的扶梯,艰难地寻找着那间里面仅摆着一张写字台的空房间。这条道他仅仅走过一两次,而且总是随着大流走的,他最终完全迷了路。他一筹莫展,连个人影也见不到,只听见头顶上响着成千上万咯噔咯噔的脚步声和那从远处传来的已经熄火的机器最终呵气似的转动声。他开始四处乱撞,随意停在一扇小门前,不假思索地敲起门来。"门开着!"里面有人喊道。卡尔急不可待气喘吁吁地推开门。"你干吗这么狠狠地打门?"一位彪形大汉问道,几乎看也不看卡尔一眼。一丝微弱昏暗的余光从上层船舱透过某个天窗,映进这寒酸的小舱室里。室内一张床,一个柜子,一把靠背椅连同这个人拥挤不堪地排列在一起。"我迷路了,"卡尔说,"这条船大得惊人,可我在旅途中丝毫也没有这种感觉。""是的,你说对了。"这人带有几分自豪说,依旧忙着修理一只小箱子的锁;为了听到锁舌咔哒锁上的声音,他用手把锁压来压去。"你进屋来吧!"这人接着说,"你可别老站在门外呀。""不妨碍你吗?"卡尔问道。"啊呵,你怎么会妨碍我呢!""你是德国人?"卡尔试探着要弄个明白,因为他听说过许许多多关于初到美国的人遭受无妄之灾的事,尤其是爱尔兰人作恶多端。"是,是的。"这人回答说。卡尔依然迟疑不决。这时,这人突然抓住门把手,狠力一拉,迅速关上了门,卡尔被拽进了屋里。"我无法忍受有人从走道上往里面看着我。"这人说着又修理起他的箱子。"无论谁路过这儿都往里面看看,这让人受得了吗?""可这会儿过道里一个人影也没有。"卡尔说着紧紧巴巴地挤在床腿旁,心里不是滋味。"我说的就是现在。"这人说。"事关现在,"卡尔心想,"这人可真难打交道。""你躺到床上去吧,那儿地方大些。"这人说。卡尔一边尽力往里爬,一边笑起自己刚才企图纵身鱼跃的徒劳。可是当他刚要爬到床上时,他却突然喊了起来:"天啦,我的箱子给全忘了。""箱子放在哪儿呢?""甲板上,一个熟人照看着。只是他叫什么呢?"他说着从母亲给他缝在上衣里的内兜里掏出一张名片,"布特鲍姆,弗兰茨·布特鲍姆。""这箱子你非常急需吗?""当然啰。""那你为什么要把它交给一个素不相识的人呢?"

"我把雨伞忘在船舱里了,我是跑回来取伞的,不愿随身拖着那只箱子。我哪里想到会迷了路。""就你一个人?没人陪伴?""是的,就我自己。"我也许应该求助于这个人,卡尔思考着,我一时上哪儿去找个更好的朋友呢!"现在你连箱子都丢了,我根本用不着再提那雨伞了。"这人说着坐到靠背椅上,似乎卡尔的事现在赢得了对他的几分兴趣。"可我相信,箱子还没有丢失。""信任会带来幸运。"这人边说边使劲地在他那乌黑浓密的短发里搔来搔去。"在这艘船上,道德也在变化着;不同的码头就有不同的道德。要是在汉堡,你的那位布特鲍姆也许会守着箱子,可在这儿,只怕连人带箱子早就无影无踪了。""可是我得马上上去看看。"卡尔边说边看看怎样从床上爬起来。"你就呆着吧。"这人说着用一只手顶着卡尔的胸膛,粗暴地将他推回床上。"为什么呢?"卡尔生气地问道。"你去顶什么用!"这人说。"过会儿我也走,我们一道走好吧。你的箱子要么是让人给偷走了,找也无济于事,你到头来也只能是望洋兴叹;要么是那个人始终还在照看着它,那他就是个傻瓜蛋,而且会继续看守下去,或者他是个诚实的人,把箱子放在原地。这样等船上的人都走光了,我们再去找它岂不更好。还有你的雨伞。""你很熟悉这船上的情况?"卡尔狐疑满腹地问道;他似乎不敢相信等船上的人走光后就会更方便地找到自己的东西,觉得这种本来让人心悦诚服的想法中埋藏着某种不测。"我是这船上的司炉。"这人说。"你是这船上的司炉。"卡尔情不自禁地喊了起来,仿佛这事完全超越了所有的期待。他支起双肘,凑到近前仔细打量起这个人。"恰好就在我同那些斯洛伐克人住过的那间舱室前有一个天窗,透过它就能看到机房里。""对,我就在那儿工作。"司炉说。"我向来就着迷技术工作。"卡尔固守在一成不变的思路上说,"要不是我迫不得已来美国的话,将来会成为工程师。""你干吗非得来美国呢?""啊呵,那就别提啦!"卡尔说着手一挥,抛去了那全部的故事。这时他笑嘻嘻地瞅着司炉,好像在恳求他谅解那讳莫如深的事。"这其中想必会有什么原因吧。"司炉说,可谁也说不准,司炉说这话是有意要求还是拒绝卡尔说出那原因。"现在我也可以当司炉了。"卡尔说,"现在对我父母来说,我无论干什么差事,全都无所谓了。""我这个位子要空下来了。"司炉说,他完全有意这样说,两手插进裤兜里,那两条裹在褶褶皱皱的、皮革似的铁灰色裤子里的腿往床上一甩伸了开来。卡尔不得不挪到墙边。"你要离开这条船?""是的,我们今天就离开。""究竟为什么?你不喜欢这工作?""对,事情就是这样,不总是取决于你喜欢不喜欢。另外,你说的也对,我是不喜欢这差事。你可能不是决意想当司炉,但要当非常容易。我可要劝你千万别干这事。既然你在欧洲就想读大学,干吗在这儿就不想上了呢?美国的大学无论如何要强得多。""这很可能。"卡尔说,"可我哪儿有钱上大学呢?我虽然在什么地方读到过有那么一个人,他白天给人家打工,晚上读书,最后成为博士,如果我没有记错的话,而且当上了市长。可是这得有锲而不舍的劲儿,你说不是吗?我担心自己缺少的就是这股劲儿。再说我也不曾是个成绩优秀的学生。说真的,中途辍学,我也没有把它当回事儿。而这儿的学校也许更严格。我对英语几乎一窍不通。我想,这里的人准会对外国人抱以偏见。""这等事你也听说过?那就太好了,那我就是他乡遇知己了。你看看,我们现在不是在一艘德国船上吗?它属于汉堡—美洲海运公司。为什么这船上不全都是德国人呢?为什么轮机长是个罗马尼亚人?他叫舒巴尔。这简直叫人想不通。而这条癞皮狗竟然在一艘德国船上欺负德国人。你可别以为,"——他几乎喘不过气来,打了个迟疑不决的手势——"我只是为抱怨而抱怨。我知道说给你也不顶什么用,你还是个穷小子。可这也太过分了。"随之,他一拳接一拳狠狠地敲打起桌子,边打边目不转睛地盯着拳头。"我在那么多船上干过,"——他一口气连说出二十个船名,就像念一个词似的,卡尔完全给弄糊涂了——"我向来干得都很出色,处处受到赞扬,总是船长得意的工人,而且在同一商船上一干就是好几年。"——他说着竟挺起身来,好像这是他一生中最辉煌的顶点——"而在这个囚笼里,无论干什么都受到约束,一点欢乐也没有,死气沉沉的。我在这儿是个无用的人,始终是舒巴尔的眼中钉,成了懒虫,只配被扔到外头去,靠人家的施舍过活。你懂吗?我就是弄不明白。""你可不能这样忍着。"卡尔激动地说。他几乎丝毫感觉不到,自己眼下处在一个陌生大陆的海滨旁,踩在一条船上那摇摇晃晃的舱板上。在这司炉的床上,他有了宾至如归的感觉。"你找过船长吗?你在他那儿讨要过你的权利吗?""咳,你走吧,你最好还是走开吧!我不想让你呆在这儿,你把我的话当耳边风,反而还给我出主意。我怎么会去找船长呢!"他又疲惫地坐下来,双手捂住脸。"我不可能给他出更好的主意。"卡尔喃喃自语说,甚或觉得不该在这儿出些让人家看不起的主意,倒应该去取自己的箱子。当父亲把那只箱子永远交到他手里时,曾戏谑地问道:它会跟你多久呢?可现在这只珍贵的箱子也许真的失去了。惟一让他宽慰的是,无论父亲怎样去打听,也不会得到他现在一丝一毫的消息。同船的人能告诉的不过是他到了纽约。卡尔感到很遗憾,因为箱子里装的一切他还没有享用过;要说他早就该换件衬衣了,但没有合适的更衣地方也就省去了。可是现在,正当他在人生的道路上刚刚起步时,他多么需要衣冠整洁地登场,却不得不挂着这件污迹斑斑的衬衣来亮相。这下可够瞧的了。不然的话,就是丢失了箱子也不至于那么糟糕;身上穿的这套西装比箱子里的那套还要好些。那一套只不过是拿来应急用的,就在他临行前,母亲还要把它补了补。这时他也想起箱子里还有一块佛罗纳色拉米香肠。这是母亲特意给他放进去的,可他仅仅只吃去了一丁点。他在旅途中压根儿就没有胃口,统舱里配给的汤就足够享用了。此时此刻,他真盼着拿来那香肠恭奉给这位司炉。因为像这样的人,很容易被拉拢过来,只需施点什么小恩小惠就是了。这一招卡尔还是从他父亲那里学来的。他父亲就凭着给人家递烟拉拢那些跟他在生意上打交道的低级职员。卡尔现在可奉送的还有带在身上的钱,但他暂且不想动用它,即使他也许丢失了箱子也罢。他的心思又回到箱子上,他眼下真的弄不明白自己为什么在旅途中一直那么小心翼翼地守护着这箱子,多少个夜晚不敢合一眼,而现在却把这同一个箱子那么轻率地让人拿走。他回想起那五个夜晚,他始终猜疑那个矮小的斯洛伐克人在打他箱子的主意。这人就躺在他的左边,隔他两个床位,一味暗中窥视着卡尔随时会困倦得打起盹来的时刻,趁机会用那根白天总是在手上舞弄或者演练的长杆子将箱子钩到他跟前去。白天,他看来够纯真无邪,但一到天黑,就时不时地从铺上起来,垂涎欲滴地朝卡尔的箱子瞅过来。卡尔看得清清楚楚,因为这儿或那儿不时地会有人随着移民的哄哄嚷嚷,不顾船规而点起一盏小灯,借以试图去琢磨移民局那难以理解的公告。当这样的灯光在他近旁时,卡尔就会迷迷糊糊地打个朦胧。一旦这灯光离他远些或者四周昏暗暗的,他就必须睁着眼睛。这样劳累简直折腾得他精疲力竭。可是,这一切现在也许全都付之东流了。这个布特鲍姆,要是卡尔有机会在什么地方碰见他的话,非得让他瞧瞧厉害不可。

这时,外面从远处传来一阵阵短促的敲打声,好像是小孩的脚步声,一下子打破了这地地道道的宁静。响声越来越近,越来越大。原来是一群男人从容不迫地走过来。很显然,他们在这条狭窄的过道上自然列队行进,人们听到了武器相撞似的铿锵声。卡尔正想在床上舒展开身子,进入摆脱掉对箱子和斯洛伐克人的全部思虑的梦想之中,他大吃一惊,推了推司炉,提醒他注意,因为那队伍的排头似乎已经到了门前。"这是船乐队,"司炉说,"他们刚刚演奏完毕,要去收拾行李。现在一切都已就绪,我们可以走啦。"他抓住卡尔的手,在最后的时刻又从墙上揭下那张挂在床上方的圣母像,塞进他胸前的口袋里,提起行李箱,与卡尔一起匆匆离开这间舱室。

"我现在去办公室,把我的想法告诉那些先生们。船上的人都走光了,不必顾忌什么。"司炉以各种方式一再重复着这句话。他走着走着一只脚踹向一旁,企图踩住一只横穿而过的老鼠,可惜只是更快地把它踢进了正好还来得及钻的洞里去。他动作异常迟缓。虽说他拖着两条长腿,可它们却不大听使唤。

他们经过厨房的一角时,看见几个系着脏围裙的姑娘——她们故意弄脏围裙——在大圆木桶里洗碗盘。司炉把一个名叫利纳的姑娘叫到跟前,手臂搂住她的腰,拥着她往前走了几步,姑娘偎依在他的怀抱里,一个劲地卖弄风情。"今天该发饷了,你愿意一块去领吗?"他问道。"干吗要我劳神呢?你最好代我把钱领来。"她说着挣脱开司炉的手臂跑掉了。"你从哪儿捡来这么个英俊小伙子?"她又喊道,但不再企望得到回答。姑娘们一个个被逗得停下手里的活儿捧腹大笑。

然而,他们继续往前走,来到一扇门前。门上方装着一个三角楣饰,由一根根细小的镀金女像柱支撑着。作为船上的一个装饰,这未免太富丽堂皇了。卡尔发现他从未到过这里。这里可能是旅途中供给一、二等舱的乘客用的,而现在为了大清扫,船上的隔门全都卸去了。他们确实也遇上了几个肩上扛着笤帚,并且跟司炉打招呼的男人。卡尔对这么大的场面感到惊讶。他在统舱里,对此当然知之甚少。沿着过道,是一条条的电线,一个小钟不住地叮当叮当响。

司炉毕恭毕敬地敲了敲门。当有人喊"请进"时,他向卡尔打了个手势,要他进去别恐慌。卡尔跟着走了进去,在门旁却停住了步。他透过这房间的三扇窗户望着大海的波涛,观赏着那汹涌澎湃的欢快,心潮起伏,仿佛他五天来从未看见过大海似的。巨轮相互交错着它们的航路,只是依照着它们的重力让步于波浪的冲击。如果人们微微眯起眼睛看,那些巨轮就好像在纯粹的重力下摇晃。它们的桅杆上挂着一面面长条旗,虽说在航行中张得紧紧的,但依然不停地来回飘舞着。或者从战舰那儿传来礼炮的轰鸣。一艘战舰从不很远的地方驶过,舰上的炮筒连同它们反射的钢甲闪耀着一道道光芒,就像得到了那安全顺利有惊无险的行程的精心宠爱。至少从这扇门往外看去,人们只能看到远处各式各样的小船成群结队地驶入那巨轮的空隙间。就在这一切的后面,纽约拔地而立,用它那摩天大楼上成千上万个窗口注视着卡尔。站在这间舱室里,你就会知道自己到了什么地方。

一张圆桌旁坐着三位先生,一位是穿着蓝色船服的军官,另外两位是身穿黑色美国制服的港口官员。桌上高高地堆着一叠各种各样的文件。那军官首先挥着笔把文件浏览了一番,然后递给了那两位官员。他们俩时而阅读,时而摘抄,时而把文件塞进自己的文件夹里,要不就是其中一位口授让另一位记录些什么,嘴里还不停地发出牙齿磨撞的响声。

在窗前一张办公桌旁,背朝门坐着一位矮小的先生,忙碌地翻阅着齐头高排放在面前书架上的大账本。他身旁立着一个打开的钱箱,一眼看去,里面空空的。

第二个窗口毫无遮挡,可以让人极目远眺。可是靠近第三个窗口站着两位先生正在低声交谈,其中一位也穿着船服,倚靠在窗子旁边,手里抚弄着剑柄。同他谈话的那一位面向窗户,随着他一次次的晃动,不时地亮开了对方胸前佩戴的部分勋章。他身着便服,手里拿着一根细竹杖。由于他两手紧紧地插在腰间,竹杖翘立着犹如一把剑。

卡尔没有太多的时间去观看这里的一切,因为不大一会儿,一个听差朝他们走过来,问司炉究竟要来干什么。看他的目光,仿佛司炉就不是这儿的人。像听差问话一样,司炉也低声回答说,他想跟总会计先生谈谈。这听差履行了自己的职责,打着手势拒绝了司炉的请求,但还是踮起脚尖,避开圆桌绕了个大圈,走到那位忙碌着大账本的先生跟前。很显然,这位先生听到听差的话简直发起怔来。他终于转过身来望着这个要跟他谈话的人,接着挥挥手,毫不留情地拒绝跟司炉谈话,并且为了保险起见,连听差也撵开了。听差随之回到司炉跟前,似乎带着一种托付什么的口气说:"你赶快离开这个房间吧!"

司炉听了这话后,低下头看着卡尔,仿佛卡尔就是他的心,默默地向这颗心倾吐着自己的苦楚。卡尔不假思索地冲上去,横穿过屋子,甚至无所顾忌地从那军官的靠背椅旁擦过去。那听差弯着身子,张开准备抱缚的手臂跟上去,像是在追捕一只甲虫。可是卡尔已经抢先赶到了总出纳的桌旁,紧紧地抓住桌子,免得什么人会企图把他拽开。

不言而喻,整个屋子一下子变得热闹起来了。那个坐在桌旁的军官蹦了起来;两个港口官员平静而全神贯注地观望着;窗前的两位先生并排站到一起;听差觉得这些高贵的先生已经出面了,不再有他插手的地方,便退了回去;站在门旁的司炉紧张地等待着有必要让他助阵的时刻;总出纳坐在靠背椅里往右转了一大圈。

卡尔当着这些人的面,毫不迟疑地从内兜里掏出他的旅行护照,未做任何介绍,摊开放在桌上。总出纳似乎把这护照不当回事,用两根指头把它弹到一边。卡尔随之又把护照装进衣兜里,仿佛这手续已经圆满地办理完毕。"请允许我说几句话,"卡尔终于开腔了,"照我看,如此对待这位司炉先生是不公正的。这里有个叫舒巴尔的人骑在他头上作威作福。司炉先生已经在许多船上干过,他能给你们说出全部船名来。他干得无可挑剔,勤勤恳恳,恪尽职守。可真的让人不能理解的是,他为什么偏偏在这条船上左右不是人呢!更何况这里的差事并不比在商船上难多少。这里无非是恶意中伤在作怪,阻挠他晋升,使他得不到本来应该得到的承认。我只是笼统地说说这事,而司炉先生非同小可的境遇,他自己会讲给你们听的。"卡尔有意要把这事说给在场的先生们听听。他们确实也在竖耳静听,看来他们当中非常有可能站出一个主持公道的人来。而这个主持公道的人绝不会是总出纳。再说卡尔出于机智,闭口不谈他跟司炉只是刚刚认识。另外,他站在现在的位子上第一次瞥见了那位手持竹杖的先生。这人满脸通红,使卡尔感到迷惑,要不他还会讲得更是有板有眼,头头是道。

"他说的字字句句都是真的。"司炉还没等到有人问他就开口了,甚或人家看都没看他一眼。司炉的急不可耐险些酿成大错,幸而那位佩戴勋章的先生已经打定主意要听听司炉的说法。卡尔现在才明白这人肯定就是船长。这人伸出手,冲着司炉喊道:"你过来!"这强硬的声音似乎能斩钉截铁。现在一切都取决于司炉的举动了。至于他的事,卡尔一点也不怀疑是正义的。

幸好司炉久经世故,见过大世面。他十分镇静自若,伸手从他的小箱子里取出一叠证件和一个笔记本,捧着走到船长跟前,摊在窗台上,仿佛这是不言而喻的事情。他完全不屑于理睬总出纳。总出纳无可奈何地自己搅了进去。"这人是出了名的常有理,"他解释说,"他守在出纳室的时间比在机房里还多。他把舒巴尔这个平心静气的人折腾得无所适从。你听着!"他说着转向司炉。"你这样胡搅蛮缠,实在太过分了。你没完没了地无理取闹,人们多少次把你从出纳室轰了出去,这完全是你自找的!你又多少次从那儿跑到总出纳室里来闹!人们一次次好心相劝说,舒巴尔是你的顶头上司,你一定要甘心当他的下属,跟他好好共事!而你现在得寸进尺,甚至追到这儿来纠缠船长先生,好不害臊!更有甚之,你恬不知耻地带来这个乳臭未干的小子,学着你那无聊透顶的腔调,为你鸣叫不平。这小子我还是第一次在船上看到。"

卡尔极力克制着自己,没有跳上前去。这时,船长开口说:"还是让他说给我们听听吧!不管怎么说,我看舒巴尔越来越变得过分专断了。但这话我可不是有意要顺着你说的。"后面这句话是说给司炉听的。船长自然不会马上替司炉说话,但一切似乎都已进入了正轨。司炉开始了他的一席话,一开始就克制自己,称舒巴尔为"先生"。卡尔站在被冷落的总出纳的办公桌旁喜不自胜,不停地把一个称信用的天平压来压去,情不自禁。舒巴尔先生是不公正的。舒巴尔先生袒护外国人。舒巴尔先生把司炉赶出机房,让他打扫厕所,这本来就不是司炉的事。他甚至怀疑舒巴尔先生的干练也是不可靠的,与其说他干练,还不如说他善于装腔作势。司炉说到这里,卡尔全神贯注地凝视着船长。看那亲切可爱的样子,仿佛他是船长的同事,其实不过是为了使船长不要因司炉笨拙的申述方式对他产生不利的影响。无论怎么说,从司炉那一大堆谈话里,谁也没有听出个所以然来。虽然船长仍一直朝前望着,从他的眼神也看得出他决心这一次要听完司炉的陈述。但其他几位先生变得不耐烦了。司炉的声音顷刻间也失去威震这间房子的力量,这不免让人有点担心。首先是那个身着便装的先生,开始挥动他的竹杖敲击地板,尽管敲得很轻;其他先生当然也这儿望望,那儿看看;港口的两位官员显然已经心急火燎,又拿起那些文件,心不在焉地查阅着;那个海军军官又靠近自己的办公桌；以为胜券在握的总出纳嘲讽似的深叹了一口气。惟有那听差没有陷在这笼罩起来的心不在焉的气氛里，他一起感受着这个被置于大人物奴役之下的可怜人的种种痛苦，郑重其事地向卡尔点着头，似乎借此要说明什么。

这期间，窗前的港口上依旧是一片繁忙景象。一艘平底货船满载着堆积如山的圆桶从近旁驶过，遮得这屋子几乎陷入一阵黑暗。船上的圆桶摆放得实在了不起，纹丝不动。一艘艘小汽艇随着直立在舵盘前的掌舵人两手的抽动径直呼啸着驶去。要是卡尔现在有时间的话，他准会大饱个眼福。千奇百怪的漂浮物时而自由自在地从汹涌澎湃的海水中浮上来，时而又立刻被淹没下去，在惊奇的目光前消失。远洋轮船的小艇满载着乘客，由水兵们卖力地划向前去。乘客们好像被挤塞到那小艇上似的，无声而满怀期盼地坐在那里，即使也有人东瞅瞅西望望，不放过看看这变幻多端的情景。一种没完没了的动荡，一种由那动荡的自然力转嫁给无依无靠的人们及其创造物的不安。

然而，一切都告诫你要争取时间，要言简意赅，要完全准确地表述。可是这司炉干了些什么呢？他讲得不过是大汗淋漓。那颤抖的双手早已抓不住放在窗台上的证件，对舒巴尔的怨恨从四面八方涌上他的心头，而且在他看来，这其中的每一个细节都足够把这个舒巴尔彻底埋葬。然而他能诉说给船长的，完全是一堆昏头昏脑杂乱无章的蠢话。那个手执竹杖的先生早已冲着天花板吹起口哨了。港口的两位官员已经把那军官拉到他们桌旁，看样子也不会再放过司炉。总出纳心里直痒得跃跃欲试，显然只是看着船长的沉静而沉住气了。那听差严阵以待，时刻期盼着执行船长发出针对司炉的命令。

这时卡尔再也坐不住了。他从容不迫地朝这些人走过去，边走边越发迅速地思考着如何尽可能巧妙地来干预这事。现在确实到了最关键的时刻,仅仅还有短暂的一瞬间了,他们俩还能够体面地走出这间办公室。船长也许是个心地善良的人。在卡尔看来,船长正好现在更有理由充当主持公道的上司,但他毕竟不是任人随意玩弄的工具,——而司炉正是这样对待他的,当然这出于他内心深处极度的愤怒。

于是卡尔冲着司炉说:"你要把事情说得简明扼要些。像你现在这样陈述,船长先生就无法断个是非曲直。难道他熟悉个个轮机长和小听差的名字甚或教名吗?难道你只要一说出这样一个名字他马上就能知道指的是谁吗?你好好理一理你的苦楚,先说最重要的,其他一语带过就行了,也许绝大多数无关紧要的枝节根本连提的必要都没有。你给我讲得一直是那么有条有理。"如果在美国有人可以偷箱子,那么偶尔说一次谎又何尝不可呢,他心想着解脱自己。

但愿这样做会于事有补!或许这样做是不是已经太晚了?司炉一听到这熟悉的声音,马上中断了自己的讲话,但他的眼睛完全给泪水蒙住了,连卡尔的面容一点儿也分辨不清了。这是一个蒙受耻辱的男子的尊严之泪,往事不堪回首之泪,眼下困苦交加之泪。他现在怎么会——卡尔面对眼前这位沉默的人无疑暗暗地理会到了——他现在怎么会一下子改变他说话的方式呢?他好像觉得他想要说的都说过了,却未得到一丝一毫的承诺,又仿佛什么话还没有说过似的,眼下也不能指望这些先生再听他把事情原原本本地陈述一遍。而在这样的时刻,卡尔出面了,他依然是司炉惟一的支持者,想好好地开导一下司炉。然而,他非但没有做到出谋献策,反倒告诉他一切的一切都失去了。

要是我不去观看窗前的景致,早点站出来就好了,卡尔自言自语地说。他面对司炉低下头去,两手拍打在裤缝上,示意任何希望都破灭了。

但司炉误解了卡尔的意思,肯定揣摩着卡尔在暗暗地责怪他什么。他怀着让卡尔别责怪他的好意,开始跟他争吵,以圆满结束他的所作所为。这时,圆桌旁的先生们早就对这干扰他们要事的、无聊透顶的喧闹愤怒了;总出纳越来越觉得船长的耐心不可理解,恨不得立刻爆发出来;那听差完全又回到主人的势力范围里,瞪着凶狠的目光审视着司炉;最后是那位手执竹杖的先生,他对司炉已经全然麻木不仁了,司炉的言行令他作呕,于是他掏出一个小笔记本,显然做起了别的事情,目光不停地在笔记本和卡尔之间来回移动。甚至船长也不时友好地朝他望过去。

"你不用说,我知道。"卡尔说,竭尽全力去阻挡住司炉现在冲着他滔滔不绝地发泄。尽管如此,他在争吵中始终给司炉露出一副友好的笑容。"你是对的,一点没错,对此我始终坚信不疑。"他宁可装出害怕挨打的样子上去抓住司炉挥来舞去的手,当然更情愿把他挤到一个角落里,悄悄地对他说几句谁都听不到的安慰的话。但司炉完全失去了自制。卡尔现在甚至想从思绪中寻求一种安慰的办法,因为司炉在不得已的情况下会不顾一切地征服这七个在场的男人的。可是一眼看去,那办公桌上放着一个装着许许多多电线按钮的控制盘,只要一只手随便一按,这整个船连同它所有挤满敌对的人们的通道顿然就会被弄个天翻地覆。

这时,那个手执竹杖、如此漠然置之的先生朝卡尔走过来,声音不高不低,但清晰地压着司炉的叫喊问道:"你究竟叫什么?"这当儿有人敲起门,似乎就在门后等着这先生开口说话。听差朝船长看去,船长点了点头。于是听差过去打开门。门外站着一位身着老式帝王上衣的男人,中等身材,看外表不大像是跟轮机打交道的——他就是舒巴尔。连船长也不例外,都流露出满意的神色,要是卡尔不去注视着这些人的眼睛的话,他准会吃惊地看到司炉收紧两臂,攥紧拳头,仿佛这凝结了他身上最重要的东西,随时准备为此牺牲自己的一切。现在他把全身的力量,也包括维持着他站立的力量统统都聚结在这拳头上。

而此时此地,这个仇敌身披节日盛装,自由自在,精神焕发。他腋下夹着一个业务本,大概是司炉的工资单和工作卡。他毫无惧色地逐一扫视着大家的眼神,首先坦然地断定每个人的情绪。这七个人全是他的朋友。虽说船长开始说过批评他的话,或者那也许只是推托之词,但司炉给他带来痛苦以后,他似乎觉得对舒巴尔没有了一丝一毫的指责,而对待司炉这样的人,无论采取什么严厉的方式都不过分。如果说舒巴尔要受到什么责备的话,那就是在这期间,他没有能够制伏司炉的蛮不讲理,使得他今天还在船长面前恣意妄为。

人们此刻或许还可以这样想象,如果司炉与舒巴尔的对质面对上苍理所当然地会产生作用的话,那么在这些人面前也是不会付诸东流的。固然舒巴尔善于伪装,但他决不可能天衣无缝地坚持到底;只要他的卑劣行径稍一露出破绽,就足以使在场的先生们看清他的真面目。卡尔就是要达到这个目的。他对这里每位先生的洞察力、弱点和情绪都已有所了解。从这一点来说,在这里度过的时间可不是浪费了。要是司炉能应付得强一点就好了。但他显得全然无能为力。如果说有人把舒巴尔推到他面前的话,他准会把这个可恨的脑袋当作一颗薄皮核桃一样敲得开花。可是,他几乎没有朝舒巴尔走近几步的能力。为什么卡尔竟然没有预料到这谁都会预料到的事呢?舒巴尔最终肯定会来,即使不是出于自愿,也会被船长唤来。为什么他同司炉在来这里的路上没有商量好一个周密的对付方案,而实际上是一碰到门就毫无准备、冒冒失失、无可挽回地闯将进去呢?司炉还能说话吗?还能说出"是"和"不是"吗?可这在盘问中是必不可少的。当然,这样的盘问只是在最有利的情况下才有可能。司炉叉开两腿站在那儿,两膝微微倾屈,脑袋稍稍仰起,气流穿过那张开的嘴,仿佛胸膛里没有了呼气吸气的肺。

当然,卡尔感到浑身是劲,头脑清楚,他或许在家里从来就没有过这样的感觉。在异国他乡,他面对一群有名望的人物而维护善者,即使他还没有取得胜利,但准备着为赢得最后的胜利全力以赴。如果他的父母能看到这个场面,那该多好啊!那么他们会改变对他的看法吗?会让他坐到他们中间表扬他吗?会一次次看着他那恭从他们的眼睛吗?这全都是些捉摸不透的问题,而且提得根本不是时候。

"我之所以来,是因为我相信司炉在指控我怎样诡诈。厨房里一位姑娘告诉我,她们看见他到这儿来了。船长先生,诸位先生,我随时准备着拿我的书面材料,必要时通过在门前等候的、没有偏见和不受左右的证人的陈述来驳斥任何指控。"舒巴尔这样讲道。诚然,这是一个男子汉明确不过的演说。看听者面部表情的变化,人们会以为,他们等了好久之后第一次又听到了人的声音。他们当然不去议论这即便是再美妙动听的演说也有破绽。为什么他想起的第一个实质性的词就是"诡诈"?难道他在这儿不得不使用的"指控"二字不就是他那民族偏见的替代吗?厨房里一位姑娘看见司炉到办公室来了,而舒巴尔立刻就意识到会发生什么?难道这不是负罪意识使他的头脑异常敏感吗?而且他马上就带来了证人,并口口声声说他们没有偏见?不受左右?招摇撞骗,十足的招摇撞骗!而这些先生竟然容忍着,甚至把它看作无可挑剔的行为?为什么他肯定无疑地把厨房姑娘的报告和他来到这儿之间那么多的时间一语抹去了呢?他这样做是别有用心:他要让司炉把这些先生磨得精疲力竭,使他们逐渐丧失清醒的判断力。这种判断力首先是舒巴尔最害怕的。他无疑早就站在了门后,听到了那个先生提出的那个无关紧要的问题,期盼着司炉闹得精疲力尽。难道他不就是在这样的关头敲起门了吗?

一切都不言而喻,而且也是舒巴尔别有用心地表演给人们看的。而对这些先生必须换个方式说,说得更明确些。他们需要被唤醒。也就是说,卡尔现在要当机立断,起码要赶在证人出场淹没全部真相之前充分利用这个时机。

就在这时候,船长示意舒巴尔别再说下去了。舒巴尔立刻把身子挪到一旁——因为他的事好像要搁置一会儿——,和那个马上就跟他凑到一起的听差开始窃窃私语。他目光不时地瞥向司炉和卡尔,打着充满自信的手势。舒巴尔似乎以此来演练着他下一次非同小可的演讲。

"雅各布先生,您不是要问这位年轻人什么吗?"船长在一片寂静中问那位手执竹杖的先生。

"当然啰。"这位雅各布,彬彬有礼地欠欠身,感谢船长的关照。接着,他又一次问卡尔:"你到底叫什么?"

卡尔心想,把这个执意要问到底的插曲快快应付过去,当然有助于大事的进行。于是这次他没有习惯式地出示护照来自我介绍,而是简单地答道:"卡尔·罗斯曼。"

"可是……"这个被称做雅各布的人说,开始几乎不敢相信地微笑着向后退去。船长、总出纳、海军军官乃至听差也都对卡尔的名字明显地表现出一种过分的惊讶。只有那港口官员和舒巴尔对此漠然置之。

"可是,"雅各布先生重复说,迈着有点僵硬的步子朝卡尔走去,"这么说,我就是你舅舅雅各布,你就是我亲爱的外甥呀。我从一开始就猜想是这么回事。"他转向船长说。然后,他又是拥抱,又是亲吻,卡尔一声不响地听任着这一切。

"请问您尊姓大名?"卡尔感到被松开后问道,虽然很有礼貌,但显得完全无动于衷的样子。他竭力捉摸着这突如其来的事情会对司炉带来什么结果。暂且还没有任何迹象表明,舒巴尔会从这件事中捞到什么好处。

"年轻人,你要懂得这是你的幸运。"船长说,觉得卡尔的问话伤害了雅各布先生的人格尊严,身子转向窗口,用手帕轻轻地擦着脸面,显然是不愿让人看到他那非常激动的神色,"这是参议员爱德华·雅各布先生,他已经向你说明他是你舅舅。从现在起,等待你的是一条跟你迄今的期望完全相反的光辉灿烂的前程。你好好地想一想,你一开始就这么走运,你要好自为之。"

"诚然,我有一个叫雅各布的舅舅在美国。"他转向船长说,"但如果我没有弄错的话,只是这位参议员姓雅各布。"

"是这样。"船长充满期望地说。

"我是说我的舅舅雅各布,他是我母亲的兄弟,但雅各布是他的教名,而他的姓当然肯定跟我母亲一样。我母亲的娘家姓是本德迈耶。"

"我的先生们!"参议员喊道,离开在窗旁歇息的位子,兴冲冲地走回来,是冲着卡尔的解释而来的。除了港口官员外,大家都哈哈大笑起来,有人发自肺腑,有人讳莫如深。

我所说的绝对不至于那样可笑吧,卡尔心想。

"我的先生们,"参议员重复说,"你们违背我的,也违背你们的意愿参与了一场微不足道的家庭争论,因此我只好向诸位作一解释。我相信,这里只有船长先生——"提到船长,他们相互躬身致意——"知道事情的原委。"

现在我可不能轻易放过任何一个字眼,卡尔自言自语道,朝旁边瞥了一眼,发现生机又回到司炉的身上,不禁感到高兴。

"我在美国逗留这么多年以来——诚然'逗留'这个词对我这个全心全意的美国公民来说是很不贴切的——,也就是说,这么多年以来，我跟我在欧洲的亲属完全断绝了联系,原因之一与在座的无关;原因之二一言难尽。我甚至害怕有一天我不得不把实情告诉我这亲爱的外甥。遗憾的是,我同时还不可避免地要谈到他的父母及其亲戚。"

"他是我舅舅,一点儿没错。"卡尔一边自言自语地说,一边竖耳细听,"他可能是改名了。"

"我亲爱的外甥简直就是被他的父母——我所说的'父母'二字,实际上也不过是指名称而已——赶出家门的,就像把一只惹人生气的猫赶出门一样。我绝对不想在这里掩饰我外甥的所作所为,掩饰他受到这样的惩罚。掩饰不是美国人的习惯。而他的过错,只要简单一提就可足以让人宽恕。"

"这话值得一听。"卡尔心想,"但是我不愿意让他把事情说给大家听。可话说回来,他也不可能知道。他从哪儿知道呢?不过我们等着瞧吧,他终会知道一切的。"

"也就是说,他受到——"舅舅接着说下去,微微倾起身子,靠在支撑在面前的竹杖上。这样一来,其实也免去了这事本来无论如何都会少不了的一份庄重——"也就是说,他受到一个名叫约翰娜·布鲁默尔的女佣,一个三十五岁上下的女人的勾引。我用'勾引'这个字眼绝对无意要伤害我外甥的心,但是是难就难在另外找到一个恰如其分的词来。"

已经走到舅舅近前的卡尔停步转过身来,想从在座的各位脸色上看出他们对这番话的反应。没有人笑,一个个都静心而严肃地听着。人们毕竟也不会在这千载难逢的机会来取笑一个议员的外甥。这里可以说的倒是,司炉面带微笑望着卡尔,哪怕是一丝一纹也罢。可这微笑是新的生命的象征,既值得高兴,又可以原谅。这时,舱室里的卡尔则试图从这个现在已经人人皆知的隐私里保守住一个特别的秘密。

"就是这个布鲁默尔,"舅舅接着说,"和我外甥生了一个孩子,一个健康的小子,洗礼时取名雅各布,这无疑联想到了鄙人。我的外甥肯定只是随便提到过鄙人,却给那个姑娘留下了很深的印象。这是值得庆幸的,我说。因此,我外甥的父母为了避免支付抚养费或者其他直至降临于他们头上的丑闻——我要强调的是,我既不懂那儿的法律,也不了解他父母的其他情况,而只是从他父母前些日子的两封乞求信里知道这些的。这两封信虽说没有回复,但保存着,这也是这么多年中我跟他们惟一的、况且也是单方的信件联系——,也就是说,我外甥的父母为了不用支付抚养费和避免丑闻,就将他们的儿子,我亲爱的外甥不负责任地发落到美国来。正像大家所看到的,他孑然一身,连起码的必需品也没有。姑且撒开正好还存在于美国的奇迹不说,像这样一个小伙子,如果他全要凭自己来养活自己,马上就会在纽约的哪条胡同里堕落下去。多亏那个姑娘给我写了封信来,告诉我事情的原委,描述了我外甥的相貌,并且细心周到地连他乘坐的船名都写在了里面。这封信几经辗转,前天才好不容易到了我的手里。诸位先生,如果说我是存心要占用你们的时间的话,那我就可以把这封信里的几段"——他从口袋里掏出两大张写得密密麻麻的信纸晃了晃——"在这里念一念。这封信肯定会打动你们,因为它是带着颇为单纯的、但无论如何又怀着善意的狡猾和充满对孩子父亲的爱写成的。但是我不想占用你们更多的时间,只是借机作必要的解释罢了,更不愿意使我外甥听到后可能会伤害他现在的感情。如果他愿意的话,就可以在那间已经期待着他的房间里静静地阅读这封信,以吸取这个教训。"

但卡尔对那个姑娘并没有什么感情。在回顾那一段越来越使他厌恶的往事时,他感到很窘迫。她总是坐在厨房的碗柜旁,胳膊肘支在柜台上。当他进进出出厨房时,不是替父亲取只喝水杯子,就是帮母亲干什么事,她总关注着他。有时候,她以六神无主的样子在碗柜的一侧写信,从卡尔的脸上获取灵感。有时候,她用手捂着两眼,跟谁都不搭腔。有时候,她跪在自己位于厨房旁边的小房间里对着一个木十字架祈祷,卡尔走过时,只是羞怯地透过稍稍掩闭的门缝看看她。有时候,她在厨房里兜过来兜过去,卡尔一挡住她的路,她就像女妖一样笑嘻嘻地缩回去。有时候,卡尔一进来,她就关上门,手抓着把手,直到他央求要出去。有时候,她取来卡尔根本就不想要的东西,一声不响地塞到他的手里。可是有一次,她叫起了"卡尔",也不管卡尔对这出乎意料的称呼感到多么惊奇,她又是做鬼脸,又是唉声叹气地把卡尔拽进她那小房间里,随手关上了门。她疯狂地搂住他的脖子,一边求卡尔剥去她的衣服,一边把他的衣服剥得精光,将他按到床上,要抚摩他,温存他,仿佛从现在起决不把他让给任何人,直到世界的末日。"卡尔,噢,我的卡尔!"她喊着他,似乎在看着他,并且向自己证实占有着他。而他什么也不去看。他躺在那显然专门为他铺垫的、厚实温暖的被窝里感到不是滋味。然后,她也躺到他身边,想听听他的什么秘密。可他什么也不会给她说,她似真似假地生起气来,摇晃着他,倾听着他的心房,又把胸部挺过去让他也这样听。但是卡尔执意不肯听。她把赤裸裸的腹部压在他身上,用手在他的两腿间搜寻着,那么令人作呕,卡尔连头带脖子都摇得从枕头上滚将下来。接着她用腹部一次次地撞着他,他觉得她好像成了他的一部分。也许正是出于这个原因,一种可怕的需求协助的情感占据了他。他最终一次次地满足她幽会的欲望,又一次次地哭丧着脸回到他的床上。这就是所发生的一切。然而舅舅却会借题发挥,演绎出一个耸人听闻的故事来。而那个女佣偏偏也想到了他,并且把他抵达美国的日期告诉给了舅舅。这事她干得很漂亮,他有朝一日会报答的。

"那么现在,"参议员喊道,"我想当众听听你说,我是不是你舅舅。"

"你是我舅舅。"卡尔说着吻了吻他的手。舅舅随之吻了吻他的额头。"见到你我很高兴。但是,如果你以为我的父母只说你坏话,那你就弄错了。可除了这事以外,你的言语中也还有不妥之处。这就是说,我认为,事实上并非所有的事情都是那样发生的。可话说回来,你身在这儿,确实也不可能把事情判断得那么准确。另外,我觉得,如果这些先生对一件他们确实不会放在心上的事在细节上的了解有所出入的话,也不会出什么特别大不了的问题。"

"说得好。"参议员说,并且把卡尔领到显然关切着这事的船长跟前。"你看我不是有一个了不起的外甥吗?"

"很荣幸,"船长一边说,一边鞠躬致意,看来跟受过军事训练的人一模一样,"在这里结识了您的外甥,参议员先生。我这艘船能够充当这样一次相逢的场所,真是莫大的荣幸。不过,乘坐统舱的旅程也许太不尽如人意了。可是谁会知道那儿坐的是些什么人呢!比如有一次,匈牙利头号大贵族的长子乘坐过我们的统舱,他的名字和旅行的原因我已经记不起来了。这也是我后来才听说的。现在我们尽一切努力,要最大可能地使乘坐统舱的旅客在旅途中轻松舒适些,比如说要比美国的轮班强多了。但是要把这样的旅程变成一种享受,我们当然始终还办不到。"

"这对我没有什么不好。"卡尔说。

"这对他没有什么不好!"参议员大声笑着重复道。

"我只是担心我的箱子丢了……"卡尔不由想起了所发生的一切,想起了他现在还要做的一切。他看了看四周,发现所有在场的人都呆在他们原先的位子上,关注和惊奇得一声不吭,一个个的目光都盯着他。惟有那两个港口官员,从他们严肃而自鸣得意的神色里可以看出,他们的遗憾来得那么不是时候。那块他们刚才放到面前的怀表对他们来说似乎比这屋里发生的一切和也许还会发生的一切都更为重要。

值得注意的是,随着船长之后,第一个表示关心的是司炉。"我衷心祝贺你!"他边说边和卡尔握手,借此也想表达出某些被人承认的感觉。当他接着转向参议员要表示同样的祝贺时,这位却向后退了去,仿佛司炉这样做超出了他的权利。于是司炉也立刻放弃了。

但其他人现在清楚地意识到该做什么:他们马上就围着卡尔和参议员挤成一团。这样一来,卡尔甚至得到了舒巴尔的祝贺。他心领了,并对此表示感谢。在其间又出现的宁静中,最后走向前来祝贺的是那两个港口官员,他们说了两句英语,给人留下了可笑的回味。

参议员神采奕奕,尽情地享受着这种欢乐,要把这些相对来说次要的瞬间插曲带进自己和其他人的回忆中。这一切自然被大家不仅容忍,而且也颇有兴味地领受了。这样,他特别告诉大家,他把那个女佣在信中提到的卡尔最突出的标志一一地记在了他的笔记本里,以备可能必要的时刻用。也正因为这样,当司炉喋喋不休的废话让人难以忍受时,他无非是为了转移自己的注意力,掏出这个笔记本,试图把女佣那当然并非侦探般确切的观察与卡尔的相貌联系起来,借以来开心。"哦,我就这样找到了我的外甥。"听他最后这句话的口气,似乎希望再一次得到大家的祝贺。

"现在司炉怎么办呢?"卡尔接着舅舅最后的讲述顺便问道。他觉得处在这新的地位上,心里想什么都可以说出来。

"司炉该怎么办就怎么办吧。"参议员说,"船长认为怎么好就怎么办。我相信,我们的耳朵都让司炉给灌满了,实在太满了。我想每位在座的先生都会赞成我的看法的。"

"可是涉及到一个公正问题时不能以此来下定论。"卡尔说。他站在舅舅与船长之间,相信或许通过这个地位的影响会左右逢源。

尽管这样,司炉好像不再抱任何希望。他把两手插在裤带里,由于他激动得动来动去,花格衬衣边露在皮带外面。他对此一点儿也没在乎。他把自己全部的苦痛都吐露出来了。现在人们还会看到的,就是他挂在身上的那几件不得体的衣服,然后便会把他弄走。他想象着,这听差和舒巴尔是这儿地位最低的两位,他们将会向他表示这最后的宽容。从此以后,舒巴尔就会放下心了,而且不会再陷入无计可施的境地,正如总出纳说的那样。船长就有可能雇用一色的罗马尼亚人,四处都会听到讲罗马尼亚语,也许一切真的会更好。不会再有司炉来总出纳室里没完没了地抱怨了。惟有他最后这场废话连篇的诉说将会留在人们相当美好的记忆里,因为——正如参议员特别说明的——它为认外甥提供了间接起因。另外,这位外甥先前一再力图要帮助司炉,因此对司炉在舅舅和外甥相认中的功劳早在这之前就已涌泉相报了。司炉现在一点儿也没想到还向他提什么要求。再说,尽管卡尔是参议员的外甥,但他毕竟远远不是船长,而最终从船长嘴里吐出来的用心险恶的话则举足轻重。同他的想法一样,司炉也没心思朝卡尔看去。可遗憾的是,在这间敌对者的房子里,哪里还有地方容得下他的眼睛呢!

"别曲解了实际情况。"参议员对卡尔说,"这也许涉及到一个公正问题,但同时也涉及到一个纪律问题。在这里,这两者,尤其是后者取决于船长先生的裁决。"

"原来是这样。"司炉喃喃自语道。谁觉察和理会了这话,谁就会笑得诧异。

"此外,这船刚到纽约,船长肯定公务成堆,我们已经这样妨碍了他的工作,现在该是我们离船的时候了,免得再节外生枝,再让某些丝毫也没有必要的干预把这两个轮机长之间不值一提的口角弄得纷纷扬扬。亲爱的外甥,我完全理解你的行为,而正是这个赋予我把你从这儿快快带走的权利。"

"我马上给您叫一条小船来。"船长说,而对舅舅的话没有表示一丝一毫的异议,这叫卡尔很吃惊。人们倒无疑会把舅舅的这番话当成是一种自谦。总出纳急不可待地跑到办公桌前,打电话向船工传达船长的命令。

"时间已经很紧迫了。"卡尔自言自语说,"要是不得罪任何人,那我就什么事也别做。我现在确实不能离开舅舅,他好不容易才把我找到了。船长虽然客客气气的,但充其量莫过如此而已。一说到纪律,他也就没有了客气;而舅舅肯定给他说的是心里话。跟舒巴尔没有什么可谈的,我甚至悔不该去跟他握手。而所有其他人都是一群废物。"

他这样思索着慢慢地走到司炉跟前,从裤带里拉出他的手,把它轻轻地握在自己的手里。

"你为什么一声不吭呢?"他问道,"你为什么一切都听凭自然呢?"

司炉只是皱了皱额头,似乎是在为他要说的话寻找表达,同时低头看着卡尔和他自己的手。

"在这艘船上,没有谁像你一样受到如此不公正的对待,这我知道得清清楚楚。"卡尔的手指在司炉的手指间来回移动着,司炉睁着闪闪发亮的眼睛看着四周,似乎一种幸福之感油然而生,但愿不会有人扫他的兴。

"但你必须起来抗争,说明是非,要么这些人就不知道事情的真相。你得向我保证,照我说的去做,因为我担心由于种种原因根本不可能再出面帮你了。"随之,卡尔吻着司炉的手不禁哭了起来,他捧起司炉那粗大而僵硬的手紧紧地贴在自己的面颊上,就像是一件舍不得放弃的宝贝。就在这时,参议员舅舅也已经来到他身旁,连说带拽地把他弄走了。"司炉好像让你着了魔似的。"他边说边心照不宣地从卡尔头顶上朝船长看去,"你感到很孤独,正好找到了司炉,你现在感激他,这是完全值得称道的。但是,看在我的分上,你别做得太过分了,要学着明白自己的身份。"

门外响起一阵喧闹声,听见有人在叫喊,甚至好像有人被粗暴地推撞到门上。一个水手走了进来,一副粗俗不堪的样子,身上系着一条女人的围裙。"外面有人!"他喊道,并且两肘四下撑来撑去,仿佛他还处在拥挤的人群里似的。最后他恢复了理智,打算向船长行礼。这时他发觉了那条系在腰上的女人围裙,一把扯了下来扔到地上说:"这真叫人作呕,他们把一条女人围裙系在我的身上。"说毕他"啪"的一声并拢脚跟行了个礼。有人想笑出声来,但船长却严肃地说:"我看这就叫做情绪高昂。是谁在外面呢?""我的证人。"舒巴尔抢先说,"我深切地请您原谅他们的失礼行为。这些家伙只要船一入港,有时候就像发疯了一样。""把他们立刻喊进来。"船长命令道,马上又转向参议员殷勤而迅速地说,"尊敬的参议员先生,劳驾您现在和您的外甥跟着这位水手走好吗?他会把您送到小船上。我要说的都是后话了。参议员先生,结识您使我欢乐不已,荣幸备至。我只希望不久会有机会与您参议员先生能够再一次接着我们中断了的关于美国远洋海运情况的话题,到时也许会像今天一样,又一次如此愉快地中断这样的话题。""眼下有这么一个外甥就够了。"舅舅笑哈哈地说,"请接受我对您的盛情致以最深切的谢意。多保重!再说我们远非不再没有了可能,"——他把卡尔真挚地搂在怀里——"在下一个欧洲之行时会相处更长一段时间。""这叫我感到由衷的高兴!"船长说。两位先生相互握手道别,卡尔只是一声不响地稍稍跟船长握握手,因为大约有十五个人已经冲着他围上来。他们在舒巴尔的带领下虽然有些慌慌张张,却又吵吵嚷嚷着往里拥。那水手请求参议员跟在他后面,自己在前面为他和卡尔从人群里开出一条道,以便他们顺利地从躬身致意的人群里穿过去。看来这些素日心地善良的人把舒巴尔和司炉之间的争吵当作一件开心事,那可笑劲甚至当着船长的面也无所收敛。卡尔发现那个名叫利纳的厨房女佣也在人群里,她乐滋滋地向他眨眨眼,随手把水手扔给她的那条围裙系在腰间,因为那是她的。

  他们继续跟着水手走去,离开办公室,拐进一条狭小的过道,走了不几步便来到一扇小门前,穿过它,下几级台阶就是为他们准备好的小船了。这水手毫不迟疑地一步跳下船去,船上的水手顿时起身向他们的头头行礼。参议员正要提醒卡尔下台阶时要小心,只见还在最上一层的卡尔放声大哭起来。参议员右手托着卡尔的下颔,把他紧紧地搂在怀里,左手抚慰着他。他们就这样一级踩着一级地慢慢走下去,难舍难分地踏上了船。参议员正好在自己的对面为卡尔挑了一个好座位。他打了个手势,小船随之驶离大船而去,水手们马上全力投入工作。他们还没有离开大船几米远,卡尔出乎意料地发现,他们正好坐在对着总出纳室窗口的地方。三扇窗户前挤满了舒巴尔的证人,他们友好地频频挥手致意,甚或舅舅也向他们致谢。一名水手表演了他的绝招,他一面匀称地划动着桨,同时又借着手送去了一个飞吻。真的,似乎再也见不到那司炉了。卡尔的两膝几乎触到了舅舅的膝盖,他更仔细地观察着舅舅,不禁疑虑重重。这个人对他来说能不能替代得了司炉呢?舅舅避开了他注视的目光,朝摇晃着小船的波涛望去。

二　舅　舅

在舅舅家里，卡尔很快就习惯了新的环境。即使在很小的事情上，舅舅也待他很好。卡尔从一开始就不用去经历种种不幸，在挫折教训中求生存；他不像许许多多的人那样，不幸的经历使他们初来乍到异国时的生存那般痛苦不堪。

卡尔住在一栋楼房的六层。下面五层连同地下三层都是舅舅经营商务的地方。清晨，他一走出自己的小卧室，那透过两扇窗户和一道阳台门照射进屋子的光亮总使他惊叹不已。要是他以一个穷困无靠的小移民踏上这块土地的话，哪里会有他的栖身之地呢？诚然，人们也许根本就不容他踏入这个合众国，而是把他遣送回去，也没有人还会想到他已经没有了家乡。舅舅按照自己对移民法的了解甚至认为这是很可能的。在这个世界里，谁也别指望得到什么怜悯。卡尔在书本里看到的有关美国这方面的情况全都是确确实实的；在这个世界里，似乎只有走运的人才能在他们周围那些漠然的面孔之间真正享受着他们的幸福。

这房子前面有一个与房间等宽的狭窄阳台。要是在卡尔故乡的城里，它准会是一个高高在上的眺望台。可在这里，从阳台上望去，能看到的莫过于一条夹在两排鳞次栉比的高楼之间的街道，这条街道笔直地延伸而去，仿佛倾斜着消失在远方，只见茫茫云雾中，影影绰绰耸立着一座大教堂。在这条街上，无论清晨还是晚上，或是在沉入梦乡的深夜，那拥挤的交通总是川流不息。从上面看去，歪歪扭扭的人影同各种各样的车顶错综交织在一起,时而分,时而合,分分合合,更替不息。喧闹、尘灰和气味更加狂烈地交融着向空中升腾。接着,这一切都被卷入和弥漫在一片强光之中。这强光永不停息地被那些成群结队的物体分散,带走,又送回,它赋予着了迷的眼睛如此的物体感觉,仿佛在这条街的上方,一块笼罩着万象的玻璃板每时每刻都往复无穷地被万物的力量所打碎。

  舅舅凡事都小心谨慎,他嘱咐卡尔暂且什么事情都别涉足,要他好好审度和观察一切,但不能让眼前的情形捆绑住手脚。一个欧洲人在美国最初的日子就好比是一次降生,虽然他要比从彼岸降临人世更快些适应环境——免得卡尔产生不必要的害怕——,但他必须牢牢记住,最初的判断往往是靠不住的,凭借它肯定会使后来的一切判断陷入混乱。要想靠着那样的判断在这儿生存下去是不可能的。他自己就知道有那么一些新来的人,比如说他们不照着这些很有裨益的准则去行事,而是成天站在阳台上,像离群的羊一样,朝着下面的街道东张西望。这样下去无论如何会使人茫然无从的!这种孤独的、痴迷于忙忙碌碌的纽约生活之中的无所事事对一个观光旅游者来说是可以允许的,也许可以不无保留地建议这样做。可对一个要留在这儿的人来说就是一种堕落了。在这种情况下,人们完全可以心安理得地使用"堕落"这个词,哪怕是言过其实。事实上,舅舅每次来看卡尔时,一见他站在阳台上,就少不了板起不高兴的面孔。舅舅每天只来一次,而且每次都在不同的时间。卡尔不久便觉察到了这一点,因此尽可能不再去站在阳台上眺望消遣。

  这当然也远非是他惟一的消遣。在他的房间里,摆放着一张最佳式样的美国写字台。多年来,他父亲梦寐以求,跑遍了四处大大小小的拍卖行,力图以可以承受的便宜价格买这样一张写字台来,可到底因财力不足而未能如愿。当然,这张写字台不可同那些漂游在欧洲拍卖行的所谓的美国写字台相提并论。比如说，它配装着一套搁架，上面有一百来个大小各异的隔层，连合众国总统都会为他的各种文件找到合适的位子。另外在这搁架的一侧还有一个调节器，只要转动手柄，就可以把隔层随意调换成各种各样的形式，或者按照需要重新调整。如果把侧面的薄壁慢慢往下降，便形成新隔层的底板或者升高的隔层的盖板；哪怕只是转上一圈，这套搁架就完全变成另外一副模样。隔层的一切变化都取决于转动手柄的快慢节奏。这是一项最新的发明，但这叫卡尔兴致勃勃地回想起家乡的耶稣诞生戏。耶稣诞生戏是在圣诞市场上演给好奇的孩子们看的。卡尔也常常身裹冬衣站在前面，观看一个老头儿转动手柄，持续不断地把这种动作同在耶稣诞生戏中的效果，同东方三王那断断续续的行进，同星辰的闪闪烁烁，同圣厩里那不公正的生存联系起来。而他总觉得，仿佛站在他身后的母亲并没有全神贯注地观看眼前所发生的一切。他把她拽了过去，直到他觉得母亲挨到他的背上。他久久地大声叫喊着，让母亲看看更隐蔽的情景，也许那是只小兔子，它在前面的草丛里交替端坐在后腿上，然后又准备跑开，直到母亲捂住了他的嘴巴，又回到先前漫不经心的样子。当然，这写字台并不是让卡尔用来回忆这样的事情，但是在发明的历史中，想必存在着一个类似于卡尔回忆中的模模糊糊的联系。与卡尔不同，舅舅丝毫也不喜欢这张写字台，一心想为卡尔买一张像样的。而这类写字台现在全都配着这种新装置。它们的优点也在于，如果你买旧一些的，也不用掏太多的钱。舅舅总是不厌其烦地劝告卡尔尽量别去用调节器。为了使这劝告更起作用，舅舅声称这机关很敏感，容易损坏，修起来十分昂贵。不难看出，这些话无非是借口而已。但反过来也可以说，这种调节器是很容易固定住的，但舅舅不会这样做。

不言而喻，头几天里，卡尔和舅舅时常在一起交谈。卡尔也说起他在家里很喜欢弹钢琴,虽然弹得不多。当然,他只能弹一弹母亲教给他的启蒙曲。卡尔自己心里明白,这言下之意就是请求舅舅弄一架钢琴来。他已经看得清清楚楚,知道舅舅也无须在乎那么几个钱。尽管这样,他的请求并没有马上得到满足。大约八天以后,舅舅几乎以一种勉强为之的口气告诉卡尔钢琴刚到货,如果他愿意的话,可以去看着搬运回来。这当然是一件轻而易举的事,搬运则更不在话下,因为这楼里就有一部货运电梯,里面能宽宽松松地容纳一辆家具搬运车,钢琴也可以通过这部电梯轻松地运到卡尔的房间来。卡尔虽然可以随钢琴和搬运工乘同一部电梯上楼,但隔壁的客运电梯正好闲着,于是他上了这部电梯,并借着操纵杆,保持着与货运电梯同步运行。他透过玻璃隔板,目不转睛地注视着那架现在归自己所有的悦耳动听的乐器。当他在自己的房子里有了这架钢琴,第一次弹出音符时,他感到了一种如痴如醉的欣喜。他宁可暂且琴也不弹了。他跳了起来,双手叉腰,站在几步远的地方惊奇地观察钢琴。这房间的音响效果也好极了,它使卡尔起初住在这铁屋里的一丝不快顿然化解得无影无踪。事实上,固然这栋楼从外表看是钢铁构筑的,但在屋里,人们丝毫也觉察不到钢铁建筑部分的痕迹。没有人能指出这房间的布置上有什么东西会不知不觉地影响这完美无瑕的舒适感,哪怕是一丁点儿。开始,卡尔对他的钢琴演奏寄予厚望,每天入睡前便寻思着通过弹奏钢琴来直接影响这种美国环境的可能性,一点也不为之感到自不量力。当他坐在朝着充满喧嚣的空气而敞开的窗前弹奏起一首家乡古老的士兵歌曲——这首曲子是士兵们夜晚躺在兵营的窗前,朝外望着黑暗的广场时相互窗对窗唱的——时,弹出的声音很奇怪。可是,他每次弹奏完毕就朝街上看去,街上的一切依然如故。这情景只不过是大千世界的一分子,就其本身而言,不了解作用在这其中的所有力量,就无法阻挡它的发生。舅舅容忍着卡尔的弹奏，一句反对的话也不说，尤其是卡尔不受敦促时也很少去寻求弹奏的快乐。舅舅甚至还给卡尔弄来了美国的进行曲乐谱，当然还有国歌乐谱。但是，有一天他不无戏谑地问卡尔愿不愿学拉小提琴或者吹圆号，这肯定不能单单说成是对音乐的爱好吧。

当然，学习英语是卡尔的头等大事。商学院的一位年轻教授每天早上七点钟来到卡尔的房间，发现他不是已经伏在写字台前翻书本，就是在房间里踱来踱去背诵什么。卡尔肯定意识到，要学会英语就得争分夺秒。另外，他在这里有天赐的良机，能够以快速的进步博得舅舅格外的欢心。起初，在和舅舅的交谈中，卡尔的英语仅仅限在应付几句问候和告别上。但没过多久，他交谈时越来越多地说起英语，因此他们同时也开始谈论更知心的话题。一天晚上，卡尔居然会第一次给舅舅朗诵了一首描写火热青春期的美国诗。在满意之余，这首诗也使舅舅陷入严肃的沉思。当时，他俩站在卡尔房间的一扇窗前，舅舅望着窗外，天空的明亮已经逝去。他伴随着对诗句的感受，缓慢而均匀地用手拍着节奏。而卡尔直直地站在他身旁，睁着出神的眼睛，使这首难以理会的诗句脱口而出。

卡尔英语说得越漂亮，舅舅就越高兴把他介绍给自己的亲朋好友。一旦有这样的会面时，他总是安排那位英语教授一定要呆在卡尔近旁，以便应付万一。卡尔最先认识的，是一位身材修长、唯唯诺诺的年轻人。一天上午，舅舅格外殷切地把这个人引到卡尔的房间里。很显然，他是那许许多多在父母的眼里不争气的纨绔子弟之一。他所过的日子，哪怕是其中任意的一天，可叫平常人家看来，只能是目不忍睹望而兴叹。他似乎知道或预感到这些，好像要竭尽自己的力量来针锋相对，因此他的嘴唇和眼睛周围始终挂着幸福的微笑。这微笑好像针对着自己，针对着面对他的人，针对着这整个世界。

舅舅同这个叫马克的年轻人商量好，让卡尔早晨五点半一起去学习骑马,无论是去马术学校还是到野外都行,舅舅都是绝对赞同的。卡尔虽然开始犹犹豫豫,拿不定主意,因为他毕竟还从来没有骑过马,心里也想着要先学一学骑马。但舅舅和马克一再劝说,而且把骑马根本不看作是一种技艺,而只是一种纯粹的消遣和健身,他最后还是答应了。这样一来,他每天四点半就得从床上爬起来,这常常使他苦不堪言,他的注意力一整天都不得不绷得紧紧的,因为这会儿正是他最嗜睡的时候。但他一进浴室,心头的抱怨顿时就烟消云散了。在浴盆的上方,纵横排列着一个个的淋浴网眼——在家乡,无论哪个同学,即使很富,也不会享有这样的条件,而且只供一个人享用——卡尔舒展地躺在浴盆里,伸开两臂,随心所欲地让网眼局部或全面地喷洒在身上。一会儿放温水,一会儿放热水,一会儿又放温水,一会儿又放冷水。他躺在里面,犹如还在继续享受睡意未尽的美梦一样,特别喜欢合上眼皮,接纳最后零零散散地滴落下来的几滴水珠。这水珠溅在脸上后顺着面颊流下来。

卡尔乘坐舅舅的高顶汽车到达马术学校时,那位英语教授早已在等着他,而马克则毫无例外地晚些时候来。但他尽可放心地晚来,因为只有他到了,真正的骑马训练才开始。当他一进去时,那些马不就才从半睡半醒的状态中腾跃起来吗?那马鞭不就才啪啪地响在训练场里吗?那回廊上不就才突然出现一个个观望者、马夫、马术学生或者其他什么人吗?卡尔充分利用马克到来之前的这段时间,做些哪怕只是最简单的骑马预备性练习。给他上训练课的先生身材修长,几乎不用抬臂就可以够到最高的马背上。每次课不到一刻钟。卡尔在这儿的学习成绩并不出色,可他却日积月累学会了英语里不少诉苦的话。在练习期间,他把这些话一股脑儿向他那位总是倚靠在同一门柱旁昏昏欲睡的英语教授发泄出去。然而,马克一来,卡尔几乎对骑马的一切抱怨都停止了。那个身材修长的人被打发走了。

不大一会儿,在这个依然半明半暗的大厅里,听到的不过是奔驰的马蹄声,看到的不过是马克挥动着手臂向卡尔下达命令。半个钟头后,这种如同美梦流去的娱乐结束了。马克总是匆匆忙忙地向卡尔道别。他对卡尔的训练特别满意时,间或也会拍拍他的面颊,可一转身就无影无踪了。他急如星火,连跟卡尔一起走出门的时间都没有。然后,卡尔拉着教授一道上了汽车。他们大多绕道回家上英语课,因为本来可以直接从马术学校到舅舅家,但那条大街十分拥挤,要穿过那里,路上会浪费太多时间。另外,过了没多久,终于不用那位英语教授陪同了。卡尔责备自己,烦劳这位困倦的人去马术学校陪伴毫无用处。特别是他与马克的英语沟通是非常简单的,卡尔请舅舅别让这位教授再徒劳了。舅舅几经考虑,也答应了他的请求。

尽管卡尔经常请求舅舅要看看他的公司,但过了相当长一段时间,舅舅才决定让卡尔稍许见识一下。这是一个代购和运输之类的公司。就卡尔所知,像这样的公司,欧洲也许根本就没有。这个公司类似于一个中间商,但它所经营的不是把商品从厂家中介到消费者或其他商人手里,而是充当了为大卡特尔提供所有商品和原料的经纪人,或者在它们之间周旋。因此,它是一个包采购、存储、运输和销售于一体,经营范围十分广泛的公司。它始终必须不断地跟客户保持密切的电话和电报联系。那电报厅可真不小,比他故乡城里的电报局——卡尔借着一位相好同学的光参观过——还要大。在电话厅里,放眼看去,电话间的门开开闭闭,让人应接不暇;电话铃的响声使人神思迷惘。舅舅打开近前的一扇门,里面闪闪烁烁的灯光下坐着一位职员,他对任何开门的响声都无动于衷,一条钢带夹在脑袋上,把听筒牢牢地压在他的耳朵边。他右臂搁在一张小桌上,似乎特别沉重,惟有抓着铅笔的指头在异常均匀和迅速地晃动着。他对着话筒说话非常简捷,让人往往甚至会觉得他也许要驳斥通话人什么,想问得明白点,但还没等到他说出自己的意图,他所听到的某些话就迫使他垂下眼睛写起来。他也不必讲话,舅舅向卡尔悄悄解释道,因为这个人所受理的报告同时还有另外两个职员受理,然后进行比较,这样就会尽可能地避免出现差错。当卡尔和舅舅走出门的瞬间,有一位实习生匆匆闪了进去,很快拿着那张此时已写满东西的纸又出来了。大厅里来来往往的人穿梭不停,谁也不打招呼,因为打招呼被取消了,一个踩着前一个的步子,看着地板,想尽可能快地向前走,或者眼睛盯着拿在手里的文件,猎获着其中的只言片语或数据。手里的文件在疾步中飘动。

"您真是干出了一番大事业!"卡尔在穿过公司的一条走廊时说道。要想把整个公司走一遍,哪怕只是走马观花似的看看每个地方,也得花好几天的时间。

"你要知道,这一切都是我三十年前自己安排的。当时,我在港口区开了一个小公司,要是一天能卸五条船就算了不起了,我就会洋洋得意地回家去。今天我已经拥有这个港口的第三大库房,当年的铺子如今已变成了我的第六十五组打包工的餐厅和工具房。"

"这简直是奇迹了!"卡尔说。

"一切都发展得很快。"舅舅说到这里中断了谈话。

有一天,卡尔像平常一样正打算独自去进餐,舅舅前来找他,要他马上穿上黑礼服,同他一起去陪两位业务伙伴进餐。当卡尔在旁屋更衣时,舅舅坐在写字台前,翻了翻他刚做完的英语作业,手掌拍在桌子上大声喊道:"真是棒极了!"卡尔听到这赞叹声,无疑穿得更舒心。可话说回来,他对自己的英语也确实满有把握。

在舅舅的餐厅里,两位身高体胖的先生起身打招呼。从席间的谈话可以听得出,一个叫格林,一个叫波隆德。从卡尔到达的那天晚上起,这餐厅就留在了他的记忆里。舅舅向来不喜欢随便介绍任何熟人,而总是让卡尔自己观察、判别和获取必要的或者有意思的东西。席间,他们一味谈论的是业务上的事情,这对卡尔来说倒是一堂获益匪浅的商用英语课。他们让卡尔不声不响地吃饭,似乎觉得他还是个孩子,首先得让他确确实实地吃个够才是。之后,格林先生向卡尔躬躬身,随便问起他来美国的第一印象。显而易见,他极力想说出明白易懂的英语。在四周一片鸦雀无声中,卡尔瞥了舅舅几眼,相当详细地回答了所提的问题,并且企图以一种颇有纽约味的讲话方式表示谢意和博得欢心。当卡尔用到一种表达时,甚至三位先生都笑得不亦乐乎,卡尔担心犯了一个失礼的错误。不,一点儿没错。波隆德先生告诉卡尔,他说得恰到好处。这位波隆德先生似乎对卡尔特别中意。当舅舅和格林先生又回到业务话题上时,波隆德先生让卡尔把座椅挪到自己跟前,先询问了他诸如姓名、出身和旅行的事,到了最后,为了让卡尔歇息下来,他才一边笑,一边咳嗽,一边急匆匆地谈到他自己和他的女儿。他同女儿住在纽约郊区的一个乡村别墅里,但他只在那里过夜。他是个银行主,银行的事把他整天拴在纽约。他马上就十分热情地邀请卡尔出来到他家的别墅里看看,像卡尔这样一个初来乍到美国的人肯定也有间或换换纽约空气的需求。卡尔立刻请求舅舅准许他接受这份邀请。舅舅似乎欣然同意了,但出乎卡尔和波隆德先生的预料,他没有说出一个确切的日期,哪怕只是说考虑考虑也好。

就在第二天,卡尔被召到舅舅的一个办公室,——舅舅单在这幢楼里就有十个办公室。他看见舅舅和波隆德先生两个人几乎一声不吭地躺在靠背椅上。"波隆德先生,"舅舅说,黄昏中,几乎看不清他的面孔,"波隆德先生来接你去他庄园,我们昨天说好的。""我不知道就在今天。"卡尔回答说,"要不我会做好准备的。""如果你没有预先准备的话,那我们也许最好推后再去拜访。"舅舅说。"有什么好准备呢!"波隆德先生喊道,"年轻人说走就可以走。""这倒不是因为他的缘故。"舅舅转向客人说,"可他怎么说也得回他房间去,那不就要让您等候吗!""我有足够的时间等着,"波隆德先生说,"我把拖延的可能也考虑进去了,因此提前下了班。""你看,"舅舅说,"你的拜访现在带来了多少麻烦。""很抱歉,"卡尔说,"不过我马上就来。"说毕他转身就要走。"别太着急了,"波隆德先生说,"你没给我带来一丝一毫麻烦。相反,你的拜访使我打心眼里高兴。""这样会耽误你明天的骑马课,你同人家说好了吗?""没有。"卡尔说,这翘首期待的拜访开始变成了负担,"我可是不知道……""难道这样你还想去吗?"舅舅追问道。波隆德先生这个热心人又出来帮腔了:"我们顺路在马术学校停一停,这事就迎刃而解了。""说好说,"舅舅说,"可马克真的会等着你的。""他不会等我。"卡尔说,"但是他肯定会去的。""是这样吗?"舅舅说,似乎卡尔的回答根本就不是什么理由。波隆德先生又一次说出了举足轻重的话:"可克拉拉——她是波隆德先生的女儿——也在盼着他去,而且就是今天晚上,她该比马克优先吧?""当然啰,"舅舅说,"既然这样,那你就快回房间去收拾吧。"他一边说,一边好像无意地在靠背椅的扶手上拍了几下。卡尔已经到了门前,舅舅又拦住他问道:"你明天一早肯定要回来上英语课吧?""可是!"波隆德先生喊道,吃惊地将他那肥硕的身子尽可能从靠背椅上扭转过去,"难道不允许他起码明天在外面呆一天吗?后天一大早我就送他回来。""这个无论如何都不行,"舅舅回答道,"我可不能让他这样荒废了学业。等他将来步入了正规的职业生活后,我将非常乐意他有更多的时间接受这种热情和荣幸的邀请。""说得多么前言不搭后语!"卡尔心里嘀咕着,波隆德先生感到很扫兴。"但是说实在的,就为了一个晚上,这几乎是不值得的。""这也是我的意思。"舅舅说。"人们应该获取他该得到的东西。"波隆德先生说着又笑了起来。"那就这样吧,我等着。"他大声告诉卡尔说。舅舅再也没有吱声,卡尔急匆匆地走开了。当卡尔收拾好行装回来时,看见办公室里只有波隆德先生一个人,舅舅已经走了。波隆德先生十分欣喜地握着卡尔的双手,仿佛他要竭尽全力证实卡尔现在真的一块去。卡尔急得依然浑身发热,也握起波隆德先生的手,很高兴能够去郊游。"舅舅是不是为我去的事生气了?""不是的!这一切他也不会那么当真的。他倒是心里挂念着你的学习。""他亲口跟您说过,他不会把以前的事那么当真?""噢,没错。"波隆德先生故意拉长嗓门,借以表明他不会说谎。"奇怪的是,他那么不愿意让我去拜访您,何况您还是他的朋友呢。"波隆德先生也无法说得清是怎么回事,尽管他没有公开坦白。当他们乘坐波隆德先生的汽车穿过温暖的夜幕时,两人虽说马上就谈起了其他话题,但这件事依然久久地萦绕在他们的心头。

他们紧挨在一起坐着。波隆德先生说话时一直握着卡尔的手。卡尔很想多听一听有关克拉拉小姐的事,仿佛他耐不住这长时间的行车,借着这些讲述能在心里早些到达那里。卡尔还从来没有在晚上乘车光顾过纽约的大街小巷。他们穿过人行道和车道,不时地变换着方向,犹如行驶在追逐喧嚣的旋风里。这喧嚣不像是人为的,而像是一种陌生的自然力。尽管如此,卡尔还是一边试图仔细聆听波隆德先生的讲话,一边又痴迷地留心注视着那黑坎肩。坎肩上横挂着一条金项链,一动不动。在一条条的街道上,去看戏的人一个个掩饰不住生怕迟到的样子,不是疾步飞奔着,就是乘坐着风驰电掣般的汽车拥向剧场。他们从一条条街道里驶出来,穿过过渡地带来到城郊。他们的车子一再被那些骑着马的警察引向小道,因为大街被正在罢工游行的钢铁工人堵塞了,只有非经不可的车辆才允许从交叉路口驶过。他们的车子从一条条昏暗的、回声沉闷的巷子一出来,便横穿过一条犹如广场似的大街。沿着这条街两旁,呈现出谁也望不到边的景象:人行道上缓缓流动的人群挤得水泄不通,他们齐声歌唱着,节奏犹如一个声音发出的。但是,在未被堵塞的车道上,映入眼帘的时而是骑马流动的警察,时而是扛着旗子的旗手,时而是横挂在街上的标语,时而是被工人同事和传令人团团围着的工人领袖,时而又是未来得及逃去的电车,它们现在空荡荡地停在道上,黑洞洞的样子,而司机和售票员则坐在车台上。三三两两好奇的人群站在离游行示威者很远的地方,尽管他们不知道这场事件的原委,但也不肯离去。然而,卡尔高兴地偎依在波隆德先生搂着他的手臂里,想到自己马上就会走进一家灯火通明、四周用墙围起来而且有狗守护的庄园里,成为一位受欢迎的客人,不禁喜上心头。尽管卡尔由于昏昏欲睡已不能把波隆德先生所说的一切完整无误地或者至少连贯地串起来,但他还是不时地振作起精神,揩一揩眼睛,一次又一次地想看看波隆德先生是否注意到他的睡意;他无论如何要弄个明白,免得让他看出来。

三　纽约郊外的乡村别墅

"我们到了。"波隆德先生说,这时卡尔正在迷迷瞪瞪地打着盹儿。汽车停在一座乡村别墅的前面。这座别墅具有纽约周围富户人家别墅的气派,比通常独家享用的乡村别墅要高大宽阔。因为只有房子的底层亮着灯光,谁也难以估量出它有多高。房前沙沙作响的栗子树中间,有一条不长的小道通往室外的台阶。入口的栅栏门敞开着。卡尔带着困倦下了车,这才好像发现车子已经行驶了好一阵子。在黑洞洞的栗子树阴下,他听到身旁一个姑娘说:"终于盼来了雅各布先生。""我叫罗斯曼。"卡尔说着握起姑娘向他伸来的手,这时他才分辨出这姑娘的轮廓。"他只是雅各布的外甥,"波隆德先生介绍说,"名叫卡尔·罗斯曼。""不管叫什么,有他在这儿,我们照样高兴。"姑娘说,并不怎么在乎姓啥名谁。尽管这样,当卡尔夹在波隆德先生和这姑娘之间朝房子走去时,他还是问道:"您就是克拉拉小姐吧?""是的。"她说着朝卡尔转过头去,一丝微弱的光亮从屋里透出来照在她的脸上,"可我不想在这黑暗中作自我介绍。"看来她就在这栅栏门前等着我们? 卡尔心里嘀咕着,走着走着才慢慢清醒过来。"我们今晚还有另外一位客人。"克拉拉说。"不可能!"波隆德生气地喊道。"是格林先生。"克拉拉说。"他是什么时候来的?"卡尔好像预先知道似的问道。"他刚到。他的车子就走在你们前面,难道你们没有听见?"卡尔抬头望望波隆德,想知道他对这件事抱什么态度。但波隆德两手插在裤兜里,只是稍稍加重了脚步。

"即使住在纽约郊外也无济于事,干扰依然免不了,看来我们非得把住地挪得更远一些不可。这么一来,我要回家的话,就得开半个夜晚的车了。"他们在室外台阶上停下来。"但格林先生的确已经好久没有来过我们这儿了。"克拉拉说。她显然同父亲的想法一模一样,却企图宽慰他从中解脱出来。"他干吗偏得今晚来呢?"波隆德说。这话愤愤不平地从那噘起的下嘴唇边滚了出来。这嘴唇像一堆松弛而沉重的肉团上下不住地颤动着。"说得也是!"克拉拉说。"也许他马上就会走的。"卡尔插话说,连他也惊奇自己竟然跟这些昨天还完全陌生的人持有一致的看法。"噢,不,"克拉拉说,"他为爸爸揽了一大笔什么生意,洽谈大概会持续很久,因为他已经开玩笑地吓唬我说,如果我想当一个彬彬有礼的女主人的话,就只有恭耳静听到明天一大早。""原来还说了这样的话。这么说他整个晚上就呆在这儿了。"波隆德喊道,似乎这是再也糟糕不过的了。"我真恨不得,"他说,这新的念头使他变得温和起来,"我真恨不得让你再上车,罗斯曼先生,送您回你舅舅那里。今天晚上从一开始就让人扫兴。谁知道,你的舅舅先生下次什么时候才会让你再来我们这儿呢。可话说回来,如果我今天再把你送回去的话,下次想必他是不会拒绝你应邀来这儿的。"他说着便抓住卡尔的手,想实施他的意图。但卡尔一动不动,克拉拉也央求把他留下来,因为至少她和卡尔不会受到格林先生一丝一毫的干扰。最后,波隆德也觉得自己的决定并没有一锤定音。此外——这也许是决定性的,这时突然听到格林先生从楼梯上朝花园里喊道:"你们在哪儿呢?""来啦!"波隆德说着踏上室外的台阶,卡尔和克拉拉跟在他身后,他们借着灯光相互打量着。"看她那红艳艳的嘴唇。"卡尔自言自语说,不禁想起波隆德先生的嘴唇在女儿的嘴上变得何等的美丽。"用过晚餐后,"她这样说,"如果您觉得合适的话,我们马上就到我的房间去,这样我们至少可以摆脱这个格林先生,尽管爸爸不得不去跟他周旋。但愿您会赏个面子给我弹弹钢琴。爸爸说过,您钢琴弹得很棒。只可惜我全然没有演奏音乐的天赋。虽然我本来对音乐情有独钟,却没有摸过我的钢琴。"卡尔完全赞同克拉拉的建议,当然他也想把波隆德先生拉到他们的圈子里来。当他们一步一步地踏上台阶,格林那巨人般的身躯渐渐地展现在他们面前——卡尔刚刚才适应了波隆德身躯的硕大——时,卡尔企图今晚把波隆德先生从这个人身旁诱走的一切希望都化成了泡影。

格林先生十分匆忙地迎接他们进屋,似乎有许许多多的事要弥补回来。他挽起波隆德先生的手臂,顺手把卡尔和克拉拉推到餐厅里。餐厅里洋溢着节日的气氛,尤其是那一束束插在青翠的枝叶丛中的鲜花更增添了光彩,也使人为这个扫兴的格林先生的到来而倍加感到遗憾。在桌旁等其他人入座的卡尔正为那扇对着花园敞开的大玻璃门而暗暗高兴,一阵阵浓郁的香气扑面而来,让人觉得犹如进了一座园亭。就在这时,格林先生呼哧呼哧地走上前去,将这扇玻璃门关上。他弯下腰关上最下面的门闩,挺起身又插好最上面的门闩,一切干得那样干净利落,连急忙赶上前来的仆人也无事可做了。席间,格林先生先是喋喋不休,说他对卡尔能得到舅舅的允许来这里拜访感到奇怪。然后,他一边大勺大勺不停地往嘴里灌着汤,一边向右边的克拉拉和左边的波隆德先生述说着他为什么这样惊奇,舅舅如何管着卡尔,以及他对卡尔过分的爱心已经到了不能称之为一个舅舅的爱心的地步。"他不知趣地搅和到这里还嫌不够,同时还要在我和舅舅之间瞎搅和。"卡尔心想着,那金黄色的汤汁他一口也咽不下去。但他又不想让人觉察到他十分扫兴的心情,便开始不声不响地把汤灌了进去。这顿饭吃得就像是一场没完没了的折磨,惟独格林先生,至多还有克拉拉,显得饶有兴致,时而凑上机会笑一笑。波隆德先生只是在格林先生谈起生意时,有几次被扯进谈话里。然而,他随即又从这样的话题中缩回去,格林先生只好过一阵子再突然拾起这话题来唤起他。另外,他口口声声强调说——卡尔听得出了神,好像有什么危险就要来临,克拉拉不得不提醒他,烤肉就摆在他面前,他正在用晚餐——,他压根儿就没有不期而至的意图。尽管这笔要商谈的生意非常紧迫,但今天要是在城里有机会的话,至少会谈妥最重要的事,那次要的事便可以留待明天或以后去处理了。正因为这样,他确实早在下班前就去找过波隆德先生,但没有见到他。于是他不得不打电话告诉家里今晚不回去,开着车子出来了。"这么说我得请求原谅了。"卡尔没等到别人搭腔就抢先大声说道,"都怪我,波隆德先生今天才提早下了班,很抱歉。"这时,波隆德先生用餐巾遮着大半边脸,而克拉拉虽说朝着卡尔微笑,但这并不是一种会心的微笑,而是一种企图要感化他的微笑。"这儿没有什么要原谅的。"格林先生边说边大刀阔斧地切开一只鸽子,"完全相反,我倒很高兴在这样一个惬意的圈子里度过这个良宵,而不用孤单一人在家里让我那年迈的女管家伺候着吃晚饭。她已年老体衰,从门口走到我的餐桌前都要费很大的劲儿。如果要我看着她那蹒跚的步履,我就得坐在靠背椅里等上好一阵子。不久前,我才实现了让用人把饭菜端到餐室门口的安排。但照我的理解,从门口到我餐桌这段路仍要归她管。""我的上帝!"克拉拉喊道,"这才叫忠诚呢!""是的,这世上还是有忠诚的。"格林先生说着便拿起一块吃的送到嘴边,舌头一摆卷了进去。卡尔偶然看到了,对此几乎感到恶心。他站了起来。波隆德先生和克拉拉几乎同时抓住他的两手。"您还得坐下来。"克拉拉说。当他又坐下来时,她悄悄地对他说:"过一会儿我们一起走。要耐住性子。"此间,格林先生悠然自得地用着餐,仿佛他给卡尔造成的反感理所当然地要由波隆德先生和克拉拉来安慰。

这顿饭简直吃个没完没了，尤其是格林先生十分仔细地品尝着每一道菜。尽管他始终不知疲倦地迎接着一道道新上的菜，实际上却给人这样一种印象：他似乎借机要彻底摆脱开他那年迈的女管家。他不时地称赞克拉拉主持家事的本领，显然是在阿谀奉承她；而卡尔则企图阻挡他，仿佛他在伤害她。然而，格林先生并不只是满足于恭维克拉拉，他时而也对卡尔明显地倒了胃口表示遗憾。尽管波隆德先生作为主人应该劝卡尔进餐，但却为卡尔没有胃口打了圆场。事实上，卡尔由于在整个用餐过程中遭受着强制的折磨，因此他的感觉是那样的过敏，自己心里明明一清二楚，却把波隆德先生的这番话看成是不友好的行为。这跟他在席间的举止简直如出一辙：他一会儿完全不合情理地吃得又快又多，一会儿又没精打采地放下刀叉，久久地动也不动一口。他是这个圈子中最沉闷的，连那个送饭菜的用人也往往不知如何是好。

"明天我就要告诉参议员先生，您是怎样不吃东西而伤害了克拉拉小姐的一片心意。"格林先生说，并且比划着手里的刀叉，表示他说这话没有别的用意，仅仅是开玩笑而已。"您看看这姑娘有多伤心。"他接着说，摸了摸克拉拉的下巴。她听任着闭上了眼睛。"你这个小宝贝！"他喊道，随之身子往后一靠，鼓起酒足饭饱的力量哈哈笑得满脸通红。卡尔白白地费着劲，企图要弄明白波隆德先生的举止。这人坐在盘子前，两眼盯着盘子里面，好像真正重要的事就发生在那儿。他并没有将卡尔的靠背椅拉得靠自己近些。他要开口说话，就是说给大家听的。不过他对卡尔也没有什么特别要说的。相反，他却容忍着格林这个老奸巨猾的纽约光棍汉别有用心地触摸克拉拉，容忍着他奚落波隆德的客人卡尔，或者至少拿他当小孩子看。谁知道，他酒足了，饭饱了，一步一步地逼上前，要干什么勾当。

散席之后——当格林觉察到大家的情绪时，便第一个起身，几乎把所有的人一起拖了起来——,卡尔独自朝着旁边那些由白色镶条分开的大窗户中的一扇走去。这些窗户通往外面的平台。他一走近时才发现那本来就是真真正正的门。波隆德先生同他女儿起初面对格林感到厌恶,卡尔当时还觉得不大理解,那么这厌恶情绪现在跑到哪儿去了?只见他们同格林紧紧地站在一起,向他频频点着头。格林嘴上叼着波隆德送给他的雪茄。这种粗壮的雪茄父亲在家里常常津津乐道地说起,好像他真的吸过似的,可他自己大概从来就没有亲眼看见过。烟雾弥漫在餐室里,也把格林的影响传遍了他从未涉足过的每个角落。尽管卡尔站得远远的,但他鼻孔里依然难逃那烟雾的刺痒。卡尔从他站的地方回头稍稍瞥了一眼,觉得格林先生的行为太无耻。现在他似乎才理会了舅舅的良苦用心:舅舅之所以迟迟不同意他来这里拜访,是因为舅舅了解波隆德先生的软弱性格,由此而预料到卡尔在这次拜访时会蒙受不快。尽管他的预料不很确切,但他看到了发生的可能。这位美国姑娘也不讨他喜欢,他压根儿就没有把她想象得更美丽些。自从格林先生同她火火热热以来,她那容貌闪现出的美丽,特别是她那双异常活跃的眼睛放射出的光芒甚至使他惊异。他从来还没有看见过一条衣裙像她的那样紧紧地裹在身上,柔软结实的淡黄色裙料上显露出细微的褶皱,标志着绷紧的程度。然而,卡尔丝毫也没有把她放在心上,他宁可不被带到她房间里去。他两手搭在门把手上做好了一切准备。与其那样,倒不如让他打开这扇门,钻进汽车里;如果司机已经睡觉去了,就独自走回纽约去。晴朗的夜晚伴随着向他示意的圆月把自由洒向每一个人。而且在卡尔看来,在野外也许会产生恐惧感的想法是愚蠢的。他想象着——打他进到这个厅里以来,第一次有了愉快的感觉——,他明天一大早——以前他几乎不可能步行回家的——要让舅舅大吃一惊。他虽然从未到过舅舅的卧室,根本也不知道它在哪儿,但他会打听出来的。然后,他要敲敲门,随着一声客套的"进来"跑进房间里,让亲爱的舅舅大吃一惊;舅舅会穿着睡衣挺直地坐在床上,两眼惊奇地直盯着房门。他眼里的舅舅总是穿戴得衣冠楚楚的样子。这样做就本身而言也许无关紧要,可要想一想,这会带来什么样的结果!也许他会第一次同舅舅共进早餐,舅舅坐在床上,他坐在沙发上,早点就摆在他俩之间的小桌上。也许这次共进早点会成为一个固定的安排;也许由于这样共进早点,他们几乎不可避免地会经常见面,而不像现在这样,一天只见一次面,因此自然也就有了相互更加坦率交谈的机会。如果说他今天不顺从舅舅或者更确切地说执拗的话,最终无非是缺少这种坦率的交谈。即使他今天必须在这里过夜——看样子这已是不言而喻的事实,他们也任他站在窗前独自聊以自慰——,也许这次不幸的拜访会成为改善与舅舅关系的转折点。也许舅舅今晚在他的卧室里会有类似的想法。

想着想着,他略为宽慰地转过身来。克拉拉站在他面前说:"难道您一点儿也不喜欢呆在我们这儿吗?难道您不想在这儿感受到一点宾至如归的温馨吗?您来吧,我要最后再试试看。"她领着他横穿过餐厅朝门口走去。那两位先生坐在侧面一张餐桌前,高脚杯里斟着微微冒着泡沫的酒。卡尔不知道那是什么酒,巴不得也去尝一尝。格林先生将一只胳膊肘支在桌子上,整个脸面尽可能地贴近波隆德先生。要是你不认识波隆德先生的话,准会以为他们在这里策划着什么违法的勾当,而绝不会是在商谈什么生意。波隆德先生友善地目送着卡尔朝门口走去。尽管人们习惯于不由自主地随着与自己面对面的人的目光望去,但格林却无动于衷,头也不朝卡尔回一下。在卡尔看来,这种举止里包藏着一种信念,那就是每一个人,无论是卡尔还是格林,都应该使出自己的看家本事来奉陪;他们之间必要的社会联系将会随着时间的推移由二者之一的胜利或失败而确立。"如果他这样看的话,"卡尔自言自语道,"那他就是一个白痴。说真的,我对他无所苛求,他也应该让我安安然然。"他一踏进走廊,忽然想起他的举止似乎有些失礼,因为他两眼直瞪着格林,他几乎是被克拉拉拖出了屋子。因此,他现在更加顺从地挨着她走去。在穿过走廊的路上,他每走二十步就看见一位身着勤务制服、端着枝形台灯的仆人站立一旁,他们用双手握着粗大的灯柱。开始,他简直不敢相信自己的眼睛。"新电线至今只拉到了餐厅。"克拉拉解释说,"我们不久前才买下这幢房子,想彻底改建一下,这是一幢建筑风格古板的旧房子,凡是能改建的都要改建。""照您的说法在美国也有旧房子。"卡尔说。"当然有。"克拉拉笑着说,牵着他往前走去,"您对美国的看法很离奇。""您可别拿我取笑。"他气呼呼地说。他毕竟知道欧洲和美国,而她只知道美国。

他们从旁边走过去时,克拉拉顺手推开一扇门,边走边告诉他说:"您就睡在这儿。"卡尔自然想马上看看这间屋子,但克拉拉不耐烦地、几乎呼喊着解释说,看房子还有的是时间,他现在只管跟着走就是了。他们在走廊里来来去去了一阵子,卡尔最终觉得,他绝不能一切都顺着克拉拉的意愿,于是他脱开身,走进那间屋子。窗前一片出奇的黑暗,只见一棵树的梢头在周围摇来摆去,鸟儿在其间啾啾歌唱。屋子里面,月光还没有照进来,自然几乎什么也分辨不清。卡尔懊恼自己没有把舅舅送给他的那个手电筒随身带来。在这幢房子里,看来手电筒是必不可少的。要是有那样几个手电筒的话,就可以打发那些用人去睡觉了。他坐到窗台上,两眼望着窗外,两耳倾听着窗外的动静。一只受惊的鸟儿好像扑棱着要穿过这古树的枝叶飞去。一列纽约市郊列车的汽笛不知在旷野什么地方鸣起。接着四周又是万籁俱寂。

然而不一会儿,克拉拉就匆匆忙忙地进来了,显然气冲冲地喊道:"这到底是怎么回事?"她边问边拍打着她的裙子。卡尔想等着她变得冷静些再回答。然而,她大步地冲到卡尔跟前喊道:"您说说,您想不想跟我来?"随之便撞到他的胸膛上,要么是有意,要么只是出于激动。要不是他在最后的瞬间从窗台上滑了下来,两脚着了地,他就会被撞出窗外去。"您差点儿把我撞得掉下去。"他带着责备的口气说。"可惜没把您撞出去。您为什么要这样顽皮?我还要推您下去呢。"说着她真的抱住了他,凭着她那受过体育锻炼的体魄几乎把他拖到了窗前;卡尔一时给惊呆了,竟忘记了奋力去抗争。到了窗前,他猛地醒悟过来,一挣脱开身子,随手就把她抱在怀里。"哎哟,您把我弄痛了。"她马上说道。但卡尔觉得现在不能放开她。他任她随意走动,顺着她的步子,但一刻也不放开她。况且她穿着紧身衣,抱着也不费气力。"放开我。"她悄悄地说。那张炽热的脸紧贴着他的脸,他觉得挨得好紧呀,不得不后仰着身子去看她。"放开我,我就给您好东西。""她为什么要这样呻吟呢?"卡尔暗暗地想,"不会让她疼痛的,我又没有压着她。"他依然没有松开手。可是,当他站在那儿心不在焉地沉默了片刻之后,他突然感觉到了她那不断增强的力量。她挣脱开他,趁机从上面擒住了他,使出一种少见的格斗步法抵住他的两腿,毫不喘息地将他推到面前的墙边。墙边是一张长沙发,克拉拉把卡尔放倒在上面,欠着身子说:"现在你能动就动吧!""猫,发疯的猫!"卡尔陷入又羞又恼的境地,糊里糊涂地这样喊道。"你简直发疯了,你这个疯猫!""当心你的话!"她说着将一只手滑向他的脖子,狠狠地摁下去,卡尔顿时浑身发软,只是张着嘴喘气,根本动弹不得。她的另一只手掠过他的面颊,像是试探性地摸一摸,然后又越来越远地缩回到空中,随时都会变成一记耳光落将下来。"你看怎么样?"她同时问道,"为了惩罚你对一个女子的无礼行为,我要送给你一记响亮的耳光,让你带着回家去。这也许对你未来的人生道路是有益处的,尽管这不会留下什么美好的回忆。你真的叫我惋惜,你是个英俊的小伙子,你要是学过柔道的话,准会痛打我一顿。尽管这样,看你现在躺在这儿的样子,我恨不得给你一记耳光。可是,果真我这样做了的话,我可能会感到后悔的。因此,我现在知道,我几乎是违心地不这样做。当然,要做起来,我不会满足于一记耳光,而是要左右开弓,直到打你个鼻青脸肿。也许你是个要面子的人——我认为差不多是这样——,将不情愿蒙受这些耳光苟活下去,会自我诀别这个世界。但你为什么要跟我作对呢?也许是你不喜欢我?不值得到我房间里去?记着!现在我几乎不知不觉地让你尝到了惩罚的耳光。那你今天要是这样走开的话,往后可要放规矩点。我可不是你舅舅,可以随着你执拗。另外,我还要提醒你,我不打耳光放你走,你可千万别以为,从尊严的角度来看,你现在的境况跟实际上挨了耳光是一回事;你要是这样认为的话,那我就宁可真的打你耳光。如果我把这一切都告诉马克,他准保也会这样说的。"她提到马克时松开了卡尔。在他模模糊糊的念头里,马克成了他的救星。片刻间,他依然觉得克拉拉的手摁在他的脖子上,因此稍稍转了转身,便静静地躺在那里。

她催促他起来,但他不声不响,也一动不动。她不知在哪儿点起一支蜡烛,照亮了这个房间。一片蓝色的之形图案闪现在天花板上。然而,卡尔躺着,头枕在沙发的软垫上,依旧是克拉拉摆放的那个姿势,连一指宽也未挪动一下。克拉拉在屋里踱来踱去,她的裙子在腿间沙沙作响,她可能在窗前站了好一阵子。"赌完气了吧?"然后听到她这样问道。卡尔意识到在波隆德先生特意为他安排过夜的屋子里难以得到安宁。这姑娘在里面转来转去,走一走,站一站,唠唠叨叨。他烦透了她,简直无法用语言来形容。快快睡觉,早早离开这儿是他惟一的愿望。他压根儿就不再打算上床去,只想着躺在这沙发上就是了。他急不可待地盼着她走开，恨不得追着她的脚后跟跳到门前插上门，然后再回来跌倒在这沙发上。他需要展展四肢，打打呵欠，但在克拉拉面前他不想这样做。于是他躺在那里，两眼呆呆地朝上望去。他觉得自己的脸越来越呆滞了。一只围着他飞来飞去的苍蝇在他的眼前时隐时现，他竟不知道那是什么东西。

克拉拉又走到他跟前，朝着他目光的方向欠起身子。要不是他克制住自己，他肯定会看看她的。"我这就走，"她说道，"也许你过一阵子就会有兴致去我那儿。从这扇门数起，第四扇门就是我的房间，也在走廊的这一边。也就是说，你经过三扇门后就到了你要去的房间。我不再下楼去餐厅，而是呆在自己的屋里。但你把我折腾得够累了。我不会特意等着你，可你想来就来吧，别忘了你答应过给我弹钢琴。可话说回来，也许是我弄得你精疲力竭，你再也不能动了，那你就呆着睡个够吧。我暂且不把我们殴斗的事告诉父亲。我发觉那样做会使你心神不安。"说完，她顾不上所谓的疲倦，两下就蹦出房间去了。

卡尔立刻直挺挺地坐起来。他已经躺得受不住了。为了稍稍活动一下身子，他走到门前，朝着走廊望出去。但走廊里一片漆黑！他关上门，锁住它，又站在烛光映照的桌子旁，心里不禁乐滋滋的。他决意不在这幢房里久呆，而要下楼去找波隆德先生，坦率地告诉他，克拉拉是怎样对待他的——他根本不在乎承认自己的失败，并以这个肯定充分的理由请求准许他乘车或步行回家去。如果波隆德先生不赞成他这样立刻回家去，那卡尔起码也要请他派一个用人领他到最近的一家旅馆去。一般说来，人们不会以卡尔盘算的这种方式对待友好的主人，但更不会像克拉拉做的那样对待一个客人。她甚至还认为她许诺暂且不把殴斗的事告诉波隆德先生是友好的表示。这简直是骇人听闻！难道说卡尔是被邀请来参加一场摔跤比赛吗？难道说他被一个或许把自己生命的绝大部分都伴随着学习摔跤花招度过的姑娘摔倒是一件丢脸的事吗？说到底，她也许是从马克那里学来的。只要她把一切都讲给马克听，他肯定会通达事理，这个卡尔心里是有数的，尽管他永远也没有机会详细了解这一点。但卡尔也知道，如果马克教他的话，他会取得比克拉拉大得多的成就。到那时，他总有一天会再来这里，无疑不是被邀请来。他当然要先弄清这里的环境，因为熟悉环境是克拉拉今天的一大优势，接着就抓住这同一个克拉拉，痛痛快快地将她打翻在自己今天被放倒的同一张沙发上。

现在的问题就是找到回餐厅的路。由于他初到时心不在焉，可能把帽子放在餐厅里一个不恰当的地方了。他自然想举着这支蜡烛；但是，即便有烛光，他也难以弄清情况，比如说他根本就不知道，这间屋子是否跟餐厅在同一层上。克拉拉在来这儿的路上总是牵着他走，他根本就顾不上看看四周；格林先生和那些举着灯的用人也叫他思绪万千。总之一句话，现在他确实一点也不知道，他们是否上过一道或两道楼梯，或者根本就没有上过楼梯。往远处一看，觉得这间屋子的位置好像相当高。因此，他尽力想象着他们是踩着楼梯上来的。但他们在进楼时就先得登着台阶上，难道房子的这一侧不也同样高吗？可话说回来，要是至少在走廊的某个地方能看见从一扇门里透射出一丝光亮来，或者听得到远处传来的哪怕是隐隐约约的声音来就好啦！

舅舅送给他的怀表已经指到十一点。他举着蜡烛，出了屋子来到走廊上。他让门敞开着，以防找不到去路时至少还可以摸回自己的房间，过后万不得已时还可以找到克拉拉的房间。为了保险起见，他将一把靠背椅挡在门旁，免得它自行关上。走廊里显现出令人不快的情形：一股过堂风迎着卡尔——他当然是背离着克拉拉的房门向左走去——的面吹拂而来，虽说微弱，但毕竟很容易吹灭蜡烛。卡尔不得不用手护着烛火,而且不时地停住步子,好让被吹得奄奄一息的火苗恢复过来。他一步一步慢慢地向前挪,过道因此显得分外长。他顺墙走过一段又一段,墙上一扇门也没有,谁也无法想象这些墙后面是什么。然后便是一扇挨着一扇的门,他试着去开了几扇门,但它们都锁得紧紧的,房间里显然没有住人。这是一种无与伦比的空间浪费。卡尔想起舅舅答应过带他去看看纽约东部的居民住房。据说,那里一间小屋里住好几家人,一家人栖身在一个角落里,孩子们挤拢在父母的周围。而这里却有这么多的房间闲置着,只是供人们敲门时发出空荡的声音来。卡尔觉得,波隆德先生被虚伪的朋友迷惑了,痴爱着他的女儿,因此而堕落了。舅舅对波隆德的看法一点儿没错,只是他不给卡尔如何判断人施加影响的准则,对这次拜访,对在这走廊里的荡游负有责任。卡尔明天要把这一点毫无顾忌地告诉舅舅,因为照舅舅的准则看,他会乐意而从容地听取外甥对他的看法。此外,这条准则也许是卡尔对舅舅惟一不满意的,而这种不满意也并非是绝对的。

走廊一侧的墙突然到了尽头,取而代之的是一道冷冰冰的大理石栏杆。卡尔把蜡烛举到一旁,小心翼翼地俯过身去。一片虚无缥缈的黑暗迎面而来。如果这是房子的主厅——在微弱的烛光下,一个拱顶显现出它的一小部分——,那为什么进来时不经过这厅呢?这宽敞高大的空间做什么用呢?站在这上边,犹如站在教堂的楼厅上:卡尔几乎感到遗憾,不能在这幢房子里呆到明天;他盼望着白天让波隆德先生领着四处转转,把这里的一切弄个清清楚楚。

这道栏杆并不长。不大一会儿,卡尔又被吞没在封闭的走廊里。在走廊突然转弯的地方,卡尔重重地撞在墙上,幸亏他始终小心翼翼,极力地举着蜡烛,才使得它没有掉落和熄灭。这走廊似乎没有尽头,也没有窗口好让人向外看看,上上下下一点动静也没有。于是卡尔想道,他始终在同一道环形走廊里兜着圈子,并期望着也许又会找到他那开着门的房间。然而,无论是那扇开着的门还是那道栏杆都再也没有出现。卡尔一直克制着自己别大声喊叫,他不愿在一幢陌生的房子里,又是这么晚的时候吵扰人家。但此刻他意识到,在这个没有照明的房子里没有什么失礼可言。当他正要朝着走廊的两个方向扯开嗓子大喊一声"喂"时,发现从他来的方向有一盏小小的灯光慢慢移过来。这时他才能估计出这条直走廊有多长。这幢房子原来是座城堡,而不是什么别墅。卡尔看见这救助的灯光,简直高兴得忘乎所以,随之径直朝灯光跑去。他刚迈出几步,蜡烛就熄灭了。他也顾不上管它了,因为他不再需要烛光。一位年迈的仆人提着灯笼正迎着他走过来,也许会给他引路。

"您是谁?"这仆人一边问,一边把灯笼举到卡尔的脸旁,同时也照亮了自己的脸。他的脸显得有些呆板,银色的络腮大胡子垂到胸前,形成银丝般的卷儿。这准是个忠实的仆人,要不怎么会允许他留这样的胡须,卡尔一边想一边目不转睛地上下注视着这把胡子。虽然对方同时也在注视着他,但他并没有因此而觉得受到任何妨碍。另外,他立刻回答说,他是波隆德先生的客人,从房间出来想去餐厅里,但不知该怎么走。"原来是这样,"仆人说,"我们还没有把电接进来。""我知道。"卡尔说。"您不想借着我的灯点着您手里的蜡烛吗?"仆人问道。"谢谢。"卡尔边说边点起蜡烛。"这儿走廊里有过堂风,"仆人说,"蜡烛很容易被吹灭,所以我才提了个灯笼来。""是的,灯笼更为实用些。"卡尔说。"您身上滴满了烛泪。"仆人说着用烛光探了探卡尔的套装。"这我一点儿也没发现。"卡尔喊道。这叫他心里好不难过,因为舅舅说过,这套黑西装最合他身。他现在想起来,同克拉拉殴斗时穿着它也不会有什么好处的。这仆人倒很乐意尽快地帮他把衣服弄干净。卡尔在他面前将身子转来转去,不时地指着衣服上的蜡迹,仆人顺从地一点一滴地清除着。"这儿为什么会有穿堂风呢?"当他们往前走去时卡尔问道。"这里有许多地方需要修建,"仆人说,"虽然改建已经开始了,但进展非常缓慢。您也许知道,眼下建筑工人还在罢工。摊开这样的建筑工程,真有说不尽的烦恼。现在房子里打开了几个大缺口,谁也不去砌上它们,穿堂风满屋穿,我要不用棉花包住耳朵的话,就无法忍受得了。""这么说我得大点声讲话了?"卡尔问道。"用不着,您的声音很清亮。"仆人说。"还是回到这座建筑的话题上来吧,特别在小教堂的附近,穿堂风简直叫人无法忍受。这小教堂以后无论如何非得同这房子彻底隔开不可。""莫非在这条走廊里经过的那道栏杆就是通往小教堂的?""是的。""这个我马上就想到了。"卡尔说。"小教堂是值得看看的。"仆人说,"如果没有它的话,马克先生准不会买这栋房子。""马克先生?"卡尔问道,"我还以为这房子是波隆德先生的。""当然是他的。"仆人说,"但马克先生在买这房子时起了举足轻重的作用。您不认识马克先生?""噢,认识,"卡尔说,"那他跟波隆德先生是什么关系呢?""他是小姐的未婚夫。"仆人说。"这个我当然就不知道了。"卡尔说着停住步子。"这使您感到很奇怪吗?"仆人问道。"我只是要好好地想一想。要是不知道这样的关系,那就会犯大错的。"卡尔回答道。"我感到奇怪的只是,这事他们一点儿也没告诉您。""是啊,确实没有。"卡尔羞愧地说。"也许人家以为您知道。"仆人说,"那也不是什么新鲜事了。好吧,我们已经到了。"他说着打开了一扇门,门后便是楼梯,往下直通到餐厅的后门口。餐厅里依旧像他初到时一样灯火通明,听得见波隆德先生和格林先生谈话的声音,同大约两个钟头以前的情形一模一样。卡尔走进餐厅前,仆人说道:"如果您愿意的话,我就在这儿等着,然后领着您回房间。初来乍到,要熟悉这儿的环境,毕竟有困难。""我不会再回房间去。"卡尔说,不知道自己为什么说这话时伤心起来。"不会这么严重吧！"仆人略带自负地微笑着说，并拍了拍卡尔的手臂。他大概把卡尔的一番话理解为，卡尔企图要整夜呆在餐厅里，跟先生们交谈，同他们一起饮酒。卡尔此刻无意去表白，另外他想着这个仆人比这儿其他仆人都要讨他喜欢，而且过后可能会指给他去纽约的路，因此便说道："如果您愿意在这儿等的话，那的确太好了！我打心底感谢您的好意。我肯定一会儿就出来，然后告诉您我下一步要做什么。我想我还少不了要麻烦您。""好吧，"仆人说着把灯笼放到地上，坐到一个低矮的基座上，这基座闲置着，想必也跟修房子有关系吧，"说好了，我就在这儿等着。"当卡尔要举着烛火进餐厅时，仆人又说道："您也可以把蜡烛放在我这儿。""我真是六神无主。"卡尔说着把蜡烛递给了仆人。仆人只是向他点点头，不知他是有意这样，还是用手捋了捋胡须的结果。

卡尔推开门，这门便发出很响的咯咯声。这也怪不得他，因为它是由一整块玻璃板做成的，只要猛一打开，还没等人松开手，几乎就要走样了。卡尔吃惊地松开了手，他刚才还想着悄然无声地走进去呢。他身子回也不回一下，便觉察到，在他身后，那个仆人从座位上走下来，小心翼翼地关上了门，一点响声也没有。"请原谅，打搅了。"卡尔对着两位先生说。这两个人带着十分愕然的神色注视着他，卡尔却趁机匆匆地扫视了一下餐厅，看会不会在什么地方很快地找到自己的帽子。但哪儿也看不到帽子的踪影，餐桌上收拾得一干二净，也许帽子被人不以为然地弄到厨房里去了。"您把克拉拉丢在哪儿了？"波隆德先生问道，好像对卡尔的打扰并不在意，因为他立刻改变了在靠背椅里的坐向，完全正面对着卡尔。格林先生则装出不闻不问的样子，掏出一个又大又厚的文件夹子，似乎在许多夹层里寻找着某一个文件。但他一边寻，一边也查看着拿到手里的其他文件。"我有一个请求，您可别误解了。"卡尔说着急匆匆地朝波隆德先生走过去,把手搭在靠背椅的扶手上,以便尽量贴近他。"究竟是什么请求呢?"波隆德先生问道,他用坦诚的、毫无保留的目光打量着卡尔。"当然是有求必应了。"他说着用手臂搂住卡尔,把他拽到自己的两腿之间。卡尔情愿任他这样,尽管他觉得波隆德先生这样待他未免有些太失常情了。不过这样一来,他的请求就难以出口了。"说真的,您到底在我们这儿觉得怎样?"波隆德先生问道。"难道您从城里出来到了乡下不觉得自由自在了吗?一般说来,"——一瞥不可误解的、被卡尔的身子有所遮挡的目光投向了格林先生——"一般说来,我向来就有这样的感觉,天天晚上如此。""听他说话,"卡尔想,"仿佛他对这空荡荡的房子,那没有尽头的走廊,那小教堂,那空空如也的房间,那四处的黑暗一无所知。""好吧!"波隆德先生说,"说出您的请求吧!"他亲切地摇了摇不声不响地站在跟前的卡尔。"我请求,"卡尔说,尽管他极力压低声音,但也免不了让坐在一旁的格林听得一清二楚,卡尔打心底里就不想让格林听见这个请求,因为它可能会被理解为对波隆德先生的侮辱,"我请求您还是让我现在,也就是连夜回家去。"既然让人最不爱听的话都已经说出口了,所有其他要说的话便一股脑儿涌了上来。他老老实实原原本本地把他本来根本就没有想过要说的事都说了出来。"我一心想着要回家去。我很喜欢再来,波隆德先生,您在哪儿,我就喜欢上哪儿。只是今天我不能呆在这儿。您知道,舅舅很不情愿地同意了我来这里拜访。他对此肯定有他不可置辩的理由。他无论做什么事,都会深思熟虑的。我擅自软磨硬缠,不顾他的好心劝说,强求得到了他的许可。我简直滥用了他对我的爱,至于他是出于什么想法反对这次拜访,现在也全然无所谓了。但我完全清楚,无论是什么想法,丝毫也不会有伤害您的意思。您是我舅舅最好的朋友,独一无二的好朋友。在我舅舅的友情中,谁都不能同您相提并论,丝毫无法与您相比。这也是对我不恭行为的惟一申辩,但并非是充分的申辩。您也许对我和舅舅之间的关系了解得不很确切,因此,我只想谈谈至关重要的事。只要我的英语学业还没有完成,只要我在实际的商业活动中还没有足够的见识,我的生活就得完全依赖舅舅的恩赐。作为血亲,我毕竟还可以享受这份恩赐。您可别以为,我现在已经能够以某种方式正经八百——而充其量不过是上帝保佑着我——地挣得生计。可惜我为此受到的教育太不实用了。我在一所欧洲的中学里读了四年书,且是个平平常常的学生,要说去挣钱,那则意味着一无所有,因为我们中学的教学是十分落后的。要是我讲给您我学了些什么,您听了就会发笑的。如果继续学习,读完中学,再上大学,那一切就可能得到某种方式的弥补,那毕竟是受到了一种正规完整的教育,凭着它便可以开始干点事情,况且它也给了你去挣钱的信心。但我只叹中断了这种系统的学习。有时候我觉得自己简直一无所知。说到底,我所知道的一切对一个美国人来说也是微乎其微。现在,我的家乡到处都在改革,建起了新型中学,那儿可以学习现代语言,或许也可以学习商业贸易。而当我读完小学时,还没有这样的学校。我父亲曾经打算让我学习英语,但一来我当时还不可能料到我将会遇到什么样的不幸,我怎么会用得上英语呢;二来我得为上中学苦苦准备,也就没有太多时间兼学别的。我之所以提起这一切,无非是要向您说明,我是如何依赖于我的舅舅,因此也对他负有义务。您肯定会承认,处在这样的情况下,我当然丝毫不能容许自己做任何违背他的意愿的事,哪怕只是预感到的意愿。正因为如此,为了多多少少挽回我对他所犯下的过失,我必须马上回家去。"波隆德先生聚精会神地倾听着卡尔这番长篇大论,不时地即便是不知不觉地把卡尔搂得紧紧的,尤其当提到舅舅时更是如此;他几次严肃而又像充满期望地朝着依旧在翻着文件夹的格林望过去。然而,卡尔在说话时越是明确地意识到他对舅舅的态度,心里就越发忐忑不安。于是他不由自主地企图从波隆德的手臂中挣脱出来。这儿的一切都使他憋得慌,展现在他眼前的是通往舅舅家的路:走出这扇玻璃门,逐级而下,穿过林阴道,沿着乡间公路,经过市郊就到了通往舅舅家的那条大道上。卡尔觉得,这条路宛如一个严格的不可分割的整体,空旷而平坦,随时等待着他,强烈地召唤着他。波隆德先生的友善和格林先生的可恶变得模糊起来。卡尔一心只想离开这间烟雾弥漫的屋子,得到恩准告辞。他虽然觉得跟波隆德先生的事已经结束,但跟格林先生还要奉陪到底;一种莫名其妙的恐惧气氛笼罩着他,模糊了他的两眼。

他向后退了一步,所站的地方与两位先生保持同样的距离。"您不想跟他说些什么吗?"波隆德先生问格林先生,乞求似的抓住格林的手。"我不知道我该跟他说些什么?"格林先生说,终于从他的文件夹里掏出一封信摆到面前的桌子上,"他要回到舅舅那儿去,这是值得称道的。按照人之常情,人们会以为他这样做准让舅舅特别高兴。但由于他不听劝说,也可能使舅舅大为恼火,这是不容置疑的。那么他当然最好就呆在这儿了。难就难在说得确切些。我们俩虽说都是他舅舅的朋友,而且也很难在我的友情和波隆德先生的友情之间分个高低,但我们却无法看见他舅舅的内心深处,更何况有许多公里的距离把我们这儿和纽约隔开来。""对不起,格林先生,"卡尔一边说,一边克制着自己靠近格林先生,"我从您的话里听得出来,您也认为我马上回去才是上策。""我可根本没那样说过。"格林先生说毕便埋头看那封信,两个手指在信纸边上划来划去。他这样做似乎要表明,他是应波隆德先生的提问答话的,而与卡尔毫不相干。

这期间,波隆德先生走到卡尔跟前,温存地把他从格林先生身边拉到一扇大窗前。"亲爱的罗斯曼先生,"他俯到卡尔的耳旁说,用手帕擦了擦脸,然后捂在鼻子上擤了擤鼻涕,准备说下去,"您可别以为,我有意要违背您的意愿把您留在这儿。这根本就谈不上,我之所以不能给您车用,因为它停放在一个离这儿很远的公用车场里。这里百废待兴,我还没有来得及建自己的车库。再说司机也不睡在这儿,他住在那车场附近。说真的,我自己也不知道具体在哪儿。此外,他根本也没有义务现在呆在家里。他的职责只是每天一早准时把车开到这儿门前。不过这一切也不会妨碍您立刻回家去。如果您执意要走的话,我马上陪您到离这儿最近的市郊火车站去。当然那也够远的了。从那儿乘车并不比您明天一早——我们七点钟出发——跟我一道坐车走会早到家多少。""波隆德先生,那我也宁愿乘市郊火车走。"卡尔说,"我根本就没有想到市郊火车。是您自己说,我乘市郊火车要比明天一早坐汽车走早些到家。""不过就差那么一点点时间。""尽管这样,波隆德先生,尽管这样,"卡尔说,"我不会忘记您的热情,总是乐意来这儿的。当然这就是说,您并不在意我今天的举止,还愿意再邀请我来。也许下一次我能更好地向您说明,为什么今天我能早一分钟见到舅舅对我是那么的重要。"他接着补充说,仿佛已经获准离去:"但无论如何不能让您陪我去,而且也完全没有那个必要。外面有个用人会乐意陪我去车站的。现在我只需要找一找我的帽子就是了。"说到这里,他便横穿过屋子,最后匆匆地再看一眼,或许还能找到他的帽子。"我可以不可以送给您一顶帽子来替代呢?"格林先生说着从兜里掏出一顶帽子,"或许您戴上它也合适。"卡尔惊愕地停住步说:"我怎么会戴走您的帽子呢?我完全可以光着脑袋走,没有什么不好。我什么也不必戴了。""这不是我的帽子。您只管拿去吧!""那就谢谢了。"卡尔说,为了不再耽搁时间,便顺手接过帽子。他把帽子戴在头上,先是笑了笑,因为大小完全合适,接着又把它拿在手上仔细看了看,寻找着上面的特殊标志,但什么也没找到。这是一顶全新的帽子。"太合适了!"他说。"瞧,正合适!"格林先生拍着桌子喊道。

卡尔已经朝门口走去准备叫那个用人。这时格林先生站了起来,伸伸酒足饭饱休坐已久的身子,捶捶胸口,以介乎劝告和命令的口吻说:"您离开之前,一定要向克拉拉小姐道别!""您一定要这样做。"波隆德先生跟着站起身来也说道。从他的话音里听得出,他这样说并非出自肺腑。他有气无力地让两手耷拉在裤缝上,一会儿解开上衣的扣子,一会儿又扣上。这件上衣是眼下流行的时装,短得几乎盖不过腰间,裹在像波隆德先生这样肥胖的人身上很不相称。再说,他这样站在格林先生身旁,相形之下,让人明显感到他的肥胖并非是健康的;他身躯臃肿,压得背都有点弯曲了,腹部耷拉得要坠落下来,一堆实实在在的赘肉,而且脸色苍白难堪。格林先生站在这儿则不然,他也许比波隆德先生还要胖些,但他的肥胖连成一体,相辅相成,两脚并拢得像军人一样,挺着脑袋摇来晃去,宛如一个优秀的体操运动员,一个体操表演家。

"那么您先去克拉拉小姐那里,"格林先生接着说,"这肯定会叫您欢心的,也十分适合我的时间安排。也就是说,在您离开这儿之前,我真的要告诉您一些令人感兴趣的事。这事大概对您的去留具有决定的作用。只可惜我奉上司之命,不到午夜,一点都不能向您泄露。您可以想象得到,这也使我感到遗憾,折腾得我晚上不能休息,但我要信守人家给我的嘱托。现在是十一点一刻,我同波隆德先生还能谈完我们的生意,您在场不大方便,您可以去同克拉拉小姐度过这段美妙的时刻。十二点整您准时到这里来,便会得到您该得到的消息。"

难道卡尔能拒绝这个要求吗?这个要求确实使卡尔面对波隆德只能表现出最低限度的礼貌和谢意。再说它是由一个原本不闻不问现在却肆无忌惮的人提出来的。而身在其中的波隆德先生却竭力不露声色。那个要他到午夜才许知道的令人感兴趣的事是什么呢？这事非但没有使他回去的时间加快三刻钟，反倒推后这么长，对此他也没有什么心思去想。但他心头最大的疑虑是，到底该不该去克拉拉那里呢。她毕竟是他的敌手。要是随身带着那把舅舅送给他当作镇纸用的护身剑，那该多好啊！克拉拉的房间无疑是一个相当危险的洞窟。但此时此刻，万万不可说克拉拉的一点不是，她毕竟是波隆德先生的女儿，更何况——像他刚才所听到的——是马克的未婚妻。她仅仅为一件区区小事就翻脸不认人，闹得不亦乐乎，而他竟为她与马克的关系毫不掩饰地赞叹过她。卡尔仍然在思虑着这一切，但他已经发觉人家不容他再思考下去，因为格林打开门对那个用人说："带这位年轻人去克拉拉小姐那儿！"用人随之从座位上跳了下来。

　　用人拽着卡尔抄一条特别近的道朝克拉拉的房间走去，他几乎在奔跑着，因年迈力衰而呻吟不止。"人们就是这样执行着命令。"卡尔思忖着。当卡尔路过他那依然敞开着门的房间时，想进去看一眼，也许是为了让自己平静下来。但用人却拦住了他。"不行，"他说，"您一定要去克拉拉小姐那儿。您可是亲耳听见的。""我在里面只停留片刻。"卡尔说，盘算着倒在长沙发上稍稍休息一下，换换精神，好让时间快些走到午夜。"您可别为难我了，我得完成我的任务。"用人说。"我必须去克拉拉小姐那儿，他好像把这看作是一种惩罚。"卡尔心里想着。他走了几步，但执意又停了下来。"您既然已经到了这儿，那就跟着走吧，我的先生，"用人说，"我知道，您今晚就想离开，但不是事事都可以随心如意的。我不是当即就告诉过您，那几乎是不可能的。""您是说过，可我要离开，也会离开的。"卡尔说，"我现在只是去同克拉拉小姐道别。""原来是这样。"用人说。卡尔从他的神色里看得出来，他一句话也不相信。"既然去道别，那您为什么要犹犹豫豫的呢？跟着走吧。"

"谁在走廊里？"这时传来克拉拉的声音，只见她从近旁一扇门里探出身子，手里举着一盏红罩子台灯。用人匆匆赶到她跟前去报告，卡尔慢慢腾腾地跟在他后面。"您来晚了。"克拉拉说。卡尔暂且没有答理她，而是小声对用人说话，但由于他已经了解用人的本性，便带着严肃命令的口气说："您就在这门前等着我！""我正要去睡觉。"克拉拉说着把灯放在桌上。像在楼下的餐厅里一样，又是这用人从外面小心翼翼地关上了房门。"现在已经过了十一点半。""过了十一点半？"卡尔疑惑地重复道，好像对这个数字很吃惊。

"那么我不得不马上告辞了，"卡尔说，"因为十二点整我必须准时到楼下餐厅里。""您有什么急事吗？"克拉拉问道，心不在焉地整了整她那宽松睡衣的皱褶。她满脸绯红，一个劲儿地微笑着。卡尔相信看得出不会有跟克拉拉再次陷入争执的危险。"难道您不能弹一小会儿钢琴吗？爸爸昨天，您今天自己都答应过我了。""但不是已经太晚了吗？"卡尔问道。他也真的很想要让她开心，因为她同先前判若两人，似乎不知怎样就突然步入波隆德甚至马克的圈子里了。"是的，已经太晚了。"她说，看样子，她好像对音乐的兴致也消失了，"这时候，每个音符都会回响在整个房子里。我相信，要是您一弹起来，连上面阁楼里的用人都会给闹醒的。""这么说我就不用弹了，我想一定会再来的。再说，如果您觉得方便的话，不妨去拜访一下我舅舅，趁机也顺便看看我的房间。我有一架豪华的钢琴，是舅舅送我的。到了那会儿，如果您不嫌弃的话，我就把我会弹的曲子都弹给您听。可惜我会弹的曲子不多，那些曲子也根本不配在如此大雅的乐器上演奏。这样的乐器只是供人们来欣赏演奏大师的。不过，如果您能事先告知我拜访的时间，也会享受到这样的快乐，因为舅舅不久要为我聘请一位著名的钢琴师，——您可以想象，我是多么高兴地盼望着这一天的到来。到那时,您可以在我上课的时候来拜访,自然就会欣赏到钢琴师精彩的演奏了。说心里话,我很高兴的是,现在要弹奏已经太晚了,因为我还什么都不会。您会感到惊奇,我会弹的曲子简直少得可怜。现在请允许我向您道个别。毕竟已经是睡觉的时间了。"因为克拉拉亲切友好地注视着,好像一点也没有为殴斗的事而耿耿于怀,卡尔一边向她伸去手,一边笑眯眯地补充道:"在我的故乡,人们习惯说:愿你睡个好觉,做个甜蜜的梦!"

"您等等,"她说,没有握起他伸来的手,"也许您还是弹一弹好。"随之她消失在一扇小侧门后边,门旁立着一架钢琴。"究竟是怎么回事?"卡尔揣摩着,"不管她多么可爱,反正我是不能久等了。"这时有人敲了敲靠走廊的门,那个不敢把门全打开的用人透过门缝悄悄地说:"请原谅,他们刚才召我去,我不能再等了。""您只管走吧!"卡尔说,他现在敢独自找去餐厅的路了,"您把灯笼放在门前。现在什么时候了?""马上就十一点三刻了。"用人说。"时间过得多慢啊!"卡尔说。用人正要关上门时,卡尔想起还没有给他小费,于是从裤兜里掏出一个先令——按照美国人的习惯,现在卡尔的裤兜里总是装着叮当响的硬币,而纸币则放在坎肩兜里——,递给用人说:"谢谢您的精心关照!"

克拉拉又走了进来。两手按在她那固定的发型上。这时,卡尔突然想起真不该把用人打发走。谁现在会陪他去市郊火车站呢?好了,波隆德先生可能会另派一个用人来。再说也许那个用人被叫到餐厅里,然后又回来听候他的吩咐。"那我还是请您随便弹几首曲子吧。这儿难得听到音乐,人们不愿意放过任何听音乐的机会。""要不就来不及了。"卡尔不假思索地说,立刻坐到钢琴前。"您要乐谱吗?"克拉拉问道。"谢谢,我根本就不大会识谱。"卡尔边回答边弹了起来。那是一首小曲子。卡尔肯定知道,这首曲子如果特意要让外国人也能听得懂的话,必须用相当缓慢的节奏来弹奏,但他用不堪入耳的进行曲速度草草地弹了下去。弹完之后,房子里被打破的宁静一下子全又恢复过来。他们坐在那儿,昏昏迷迷的样子,一动也不动。"太美了。"克拉拉说,但没有一句卡尔弹奏完后按理会受到恭维的客套话。"几点了?"他问道。"十二点差一刻。""那么我还有一点时间。"他说,并暗暗地想着:"要么这首,要么那首,我无论如何不能把我会弹的十个曲子都弹上一遍,但有一首我会尽可能弹得好些。"于是他开始弹起自己所喜爱的士兵曲。他弹得那么慢,连听者那忍耐不住的渴盼都延伸到了下一个音符上,卡尔却迟迟按着不动,只是艰难地让它发出音来。事实上,他弹每首曲子时,都不得不睁大眼睛搜寻着每一个必要的琴键;此外,他还觉得心中升起了另一首曲子,它超越过正在弹奏的这首曲子的尾声,寻求着另外一个尾声,却无法找到。"我可是什么都不会。"卡尔弹完这首曲子后说,眼里噙着泪花注视着克拉拉。

这时,从旁屋里传来了啪啪的鼓掌声。"还有人在听呢!"卡尔如梦初醒地喊道。"是马克。"克拉拉低声说。随之听见马克喊道:"卡尔·罗斯曼,卡尔·罗斯曼!"

卡尔一跃而起,两脚同时跳过钢琴凳子,推开那扇门,只见马克半躺半坐在一张有天盖的大床上,腿上随便搭着一条被子。在这个原本朴素的、用贵重木材做得棱角分明的床上,那蓝色的丝织床罩是惟一一件颇有童话气氛的华丽装饰。床头小柜上只点着一支蜡烛,但床上用品和马克的衬衫洁白如玉,烛光映照在它们上面,几乎反射出灿烂夺目的光亮;丝织床罩那轻轻的波皱和微微绷起的周边也闪耀着光辉。但就在马克的身后,这床连同一切都沉浸在一片黑暗中。克拉拉身子靠在床柱上,目不转睛地看着马克。

"您好!"马克说着向卡尔伸过手去。"您弹得不赖啊,我还没看出来您不仅只懂骑术。""我是样样都不通,"卡尔说,"我要是知道您在听,肯定不会献这丑的。但您的小姐——"他停顿了一下,犹豫着未说出"未婚妻"这个字眼来。很显然,克拉拉和马克已经同居了。"这我预料得到。"马克说,"因此就叫克拉拉把您从纽约诱出来,要不我哪里会听到您弹钢琴呢?您确实还是个初出茅庐的生手,就是在您拿手的曲子里也出了几个错,况且弹得很幼稚。但无论怎么说,我听了非常高兴,更何况我不会小看任何人的演奏。难道您不想坐下来在我们这儿多呆一会儿?克拉拉,给他拿把椅子来。""谢谢,"卡尔结结巴巴地说,"我倒很乐意呆在这儿,但我不能呆下去了。我知道太晚了,这房子里竟有这样舒适的房间。""我要把一切都改建成这个样子。"马克说。

这时,传来了十二声钟响,一声赶着一声,一声余音未散另一声就响起来。卡尔觉得,那大钟的摆动就飘拂在他的面颊上。这是一个什么样的村庄,竟然有这样的大钟!"时间来不及了!"卡尔说,只是向马克和克拉拉伸去两手,顾不得握一握就跑到走廊里。在走廊里,他没找到那灯笼,后悔给仆人小费太晚了。他打算顺墙摸到他那敞开着门的房间,但还没走到一半,就看见格林先生高举着蜡烛急急忙忙摇摇晃晃地走过来了。他举着蜡烛的手里同时拿着一封信。

"罗斯曼,您到底为什么不来呢?您为什么要让我等着呢?您究竟在克拉拉小姐那儿干了些什么?""问题真多!"卡尔想,"现在他还要把我摁到墙根上去。"因为他确实紧站在背靠着墙的卡尔面前。在这个走廊里,格林肥胖的躯体显得十分可笑,卡尔打趣地问自己,莫非他连好心的波隆德先生都吞进去了。

"您真是个不讲信用的人。您答应十二点整下楼来,非但不守信用,反倒偷偷摸摸地围着克拉拉小姐的房门转悠。我说好午夜告诉您一件令人感兴趣的事,现在不就把它带来了吗?"

随之,他把信递给卡尔。信封上写着:"致卡尔·罗斯曼。午夜时分交给他本人,不管在哪儿碰到他。""我觉得,"当卡尔拆开信时,格林先生说,"您终归得承认,我为了您,专程从纽约开车来这儿,您根本就不应该让我在这走廊里追着您的屁股找。"

"是舅舅来的!"他几乎往信里看也没看一眼就说道。"我就盼着它呢。"他转向格林先生说。

"您盼不盼着它,这跟我毫不相干。您还是先看看信好了。"这人说着把蜡烛举到卡尔面前。

卡尔借着烛光读起信:

亲爱的外甥!

在我们只可惜太短暂的共同生活的日子里,你也许会看得出来,我是一个地地道道讲求原则的人。这不仅对我周围的人,而且对我本人都是非常不愉快的、也是伤感的。但是,我现在的一切都归功于我的原则,任何人都没有资格要求我从根本上去否认我自己。任何人,也包括你,我亲爱的外甥,即便首屈一指的会是你,倘若我有朝一日突然会产生一个念头,容许对我有那种习以为常的冒犯。到那时,我也许恨不得用我这两只拿着纸写写画画的手把你接住捧得高高的。但由于暂时还没有一点迹象预示着这样的情况有一天会发生,因此,在今天这事发生后,我不得不无条件地让你离开我。我恳切地请你既不要亲自上门来找,也不要写信或者通过中间人寻求与我联系。你是违背我的意愿,决定今天晚上离我而去,那你就永远守着这个决定吧。这样才算得上是一个男子汉的决定。我选择我最好的朋友格林先生去传递这个消息,他肯定会找到足以宽慰的话,而我眼下对此实在是无能为力。他是位富有影响的人。看在我的面上,他会在你独立起步的时候大力支持你。当我要结束这封信时,又觉得我们的离别是不可思议的。为了理解它,我不得不一再告诉自己:卡尔,从你的家里出来的,没有什么好让人称道的东西。如果格林先生忘记把箱子和雨伞交给你的话,你提醒他就是了。深深地祝愿你永远幸福!

你忠实的舅舅雅各布

"你看完了吗?"格林问道。"完了。"卡尔说,"您把箱子和雨伞给我带来了吗?""在这儿。"格林说,随之把那只旧旅行箱放到卡尔身旁的地板上。他一直把箱子用左手提着藏在背后。"那雨伞呢?"卡尔继续问道。"全在这儿。"格林边说边把挂在裤兜上的那把雨伞拿下来。"这些东西是一个叫舒巴尔的人送来的,他是从汉堡到美国海轮上的轮机长。他说这些东西是在船上找到的。您有机会时可以谢谢他。""现在,我起码又有了我这些旧东西。"卡尔说着把雨伞放在箱子上。"但以后您要多多留心这些东西,参议员先生让我这样告诉您。"格林补充说。然后,他显然出于个人的好奇问道:"这样一个奇怪的箱子到底是干什么用的?""在我的家乡,士兵们入伍时都提着这样的箱子。"卡尔回答说,"这是我父亲的旧军用箱。不管怎么说它非常实用。"他笑眯眯地补充说:"也就是说,可不能把它随随便便丢在什么地方。""您总算有了足够的教训。"格林先生说,"在美国,您也不会有第二个舅舅的。我这里再给您一张去旧金山的三等舱船票。这次旅程是我为您安排的,其一,对您来说,东部的就业可能性要大得多;其二,在这里凡是能够为您考虑到的事,都少不了您舅舅插手去操持,现在无论如何得避免同舅舅见面。到了旧金山,您就可以完全不受干扰地工作。您安心地从最低层做起吧,努力奋斗,一步一步地爬上来。"

卡尔从这番话里听不出有什么恶意。整夜藏在格林心里的这个坏消息终于亮出来了。从现在起,格林好像不再是一个危险人物,比起其他任何人来,也许同他更能坦率地交谈。这个大好人被无辜地挑选来充当传递这样一个秘密而折磨人的决定的差人,只要他还保守着这个决定,必然会显得令人可疑。"我会马上离开这栋房子的。"卡尔说,并期待着得到一位久经世故的人的确认,"我只是作为我那舅舅的外甥受到了接待,而作为陌生人,我则没有任何理由要来这里。劳驾您指给我出口在哪儿,然后把我领到去最近的一家客店的路上好吗?""但要快点,"格林说,"可别给我再添麻烦。"当卡尔看到格林马上迈开大步要走开时,便愣了起来。那急不可待的样子好可疑。他上去抓住格林的上衣,突然间看清了事情的真相。他说:"有一点您还得向我说清楚。在您交给我的那封信的封皮上只是写着:我应该在午夜收到它,无论在哪儿碰到我都行。那么,当我十一点一刻要离开这儿时,您为什么要利用这封信阻拦我留在这儿呢?您这样做超出了您的职责。"格林打了一个手势作为回答的开始,过分地表明卡尔的话一文不值,然后说:"难道在信封上写着我应当为了您疲于奔命,非得奔个七死八活不可吗?难道这封信的内容可以让人推断出信封上的话能这样理解吗?如果我不拦住您的话,那我不就得在午夜追到乡间公路上去交给您这封信吗?""不,"卡尔毫不动摇地说,"事情并非完全这样,信封上写的是'过了午夜交'。如果您太疲倦了,也许根本就追不上我。或许我午夜已经到了舅舅那里,当然这个连波隆德先生也会否认;或许您也有义务用您的车把我送回舅舅那里,因为我一再要求回去,您却只字不提车的事。难道信封上写的不是清清楚楚,午夜应该是给我最后的期限吗?就怪您,使我错过了这个机会!"

卡尔瞪着严厉的眼睛注视着格林。他看得出,在格林的心里,这种被揭穿的羞耻和诡计成功的喜悦斗得难解难分。格林终于尽力克制住自己说:"别再说下去了。"听他说话的口气,仿佛是打断了已经沉默良久的卡尔的话。接着,他打开面前的一扇小门,把又拿到箱子和雨伞的卡尔推了出去。

卡尔惊异地站在门外面,面前有一道连着这房子建造的、不带栏杆的楼梯直通下面。他只需径直走下去,然后稍稍向右一拐,便是那条通往乡间公路的林阴道。在皎洁的月光下是根本不会迷路的。到了下面,他听见花园里有好几只狗在狂吠。它们被放开来,在黑洞洞的树阴下蹿来蹿去。周围万籁俱寂,完全听得清它们纵身跳跃,然后扑进草丛里的声响。

卡尔并没有受到这些狗的侵扰,幸运地走出了花园。他不能确切判定纽约在哪个方向;他乘车来这儿的路上,没太留神那些现在会对他有用处的细小标志。最后,他告诉自己说,不一定非得去纽约不可,那里没有人盼着他,而且还有一个人甚至肯定不想看见他。于是他随意选了一个方向上路了。

四 去往拉姆西斯的路上

卡尔小走了一程后,来到一家小客店。这里原是纽约马车驿道的最后一个小驿站,因此通常很少用来过夜。卡尔要了最便宜的床位。他觉得,从现在起就得节省着用钱。店主满足了他的要求,挥了挥手示意让他上楼去,仿佛卡尔就是这儿的店员。上了楼,接待他的是一位披头散发上了年纪的女人。她被从睡梦中吵醒,一脸气呼呼的样子,几乎听也不听卡尔说什么,一个劲嘟嘟哝哝地提醒他脚步放轻点。她把卡尔领到一间屋子里,嘘嘘示意他别吱声,随之便拉上了门。

屋子里一团漆黑,卡尔一时弄不明白,是因为窗帘放下来了呢,还是这屋里根本就没有窗户。他终于发现了一个遮掩着的小窗口。他拉开帘子,有几丝光亮从外面透了进来。这屋里有两张床,但上面已经躺着人。卡尔看见两个年轻人在呼呼大睡。看他们那样子,他一下子难以放下心来,因为他们没有什么理由穿着衣服睡觉,其中一个甚至连靴子也没脱。

就在卡尔拉开帘子的瞬间,其中一个酣睡的年轻人微微抬起胳膊和腿,看到那副架势,卡尔竟不顾自己的惶恐不安,忍不住暗暗笑了起来。

他很快就意识到,即使撇开这里没有其他睡觉的地方不说,他也不能只顾着去睡觉,而使他刚刚失而复得的箱子和随身带的钱再遭厄运。可离开这里吧,他也不愿意;他没有胆量从那女人和店主身旁溜过去,马上又离开这家客店。再说,这里也许要比在大街上安全些。当然,让人感到异乎寻常的是,借着昏暗的光亮,整个屋子里连一件行李也看不到。不过这两个年轻人也许而且完全可能是客店的伙计,他们过会儿就要起来伺候客人,所以才和衣睡觉。这样说来,跟他们睡在一起固然不怎么体面,但也更少些担心。不管怎样,只要还有一丝疑虑没有排除,他千万不可掉以轻心,躺下去睡大觉。

一张床前的下方放着一支蜡烛和火柴,卡尔蹑手蹑脚地取了过来。他无所顾虑地点起了蜡烛,因为按店主的安排,这屋子同样属于他,就像属于他们俩一样。况且他们已经享用了半个良宵,并占着两张床,和他相比,他们够占便宜了。另外,他在来回走动和收拾行李时小心翼翼,极力不去吵醒他们。

他首先想打开箱子看看,清点一下他的东西。可那些东西他已经模模糊糊地记不清了,最值钱的东西恐怕早已无影无踪了。只要是经过舒巴尔的手,你就别再指望完好无损地得到它。不用说,他会从舅舅手里得到一笔可观的小费,但同时又会在少了某些物品时制造种种借口,把罪责推卸到原来照看箱子的布特鲍姆先生身上。

卡尔把箱子打开一看,立刻吃了一惊。一路上,他花去了多少时间把箱子整了一遍又一遍,可现在,一切都乱七八糟地给塞在里面,箱锁刚一开启,箱盖就自动弹了开来。然而,卡尔很快就高兴地看到,箱子里的凌乱只是因为人家后来把他在旅途中穿在身上的那套西装一并塞了进去。当时装箱时,他当然没有考虑过给它留出位子来。东西一件也没少:不仅护照,而且从家里带来的钱依旧安然无恙地装在上衣的暗兜里。如果卡尔把这钱和随身带的钱加在一起,也足够应付眼下这阵子的生活了。那些他抵达美国时穿在身上的衣服也在箱子里,洗得干干净净,熨得平平整整。卡尔立刻把表和钱放进这安全可靠的暗兜里。惟一让他感到懊丧的是,那包威罗纳色拉米香肠还放在箱子里，串得满箱子都是它的气味。如果不想个什么法子除掉的话，卡尔往后几个月就免不了要带着这种气味四处游荡。

他翻腾着放在箱底的几样东西：一本袖珍《圣经》，还有信纸和父母的照片。这时，他头上戴的那顶帽子掉到了箱子里。在它那固有的环境里，卡尔一下子就看出，这是他自己的帽子，是妈妈送给他旅行用的。但出于小心，他在船上没有戴过这顶帽子。他知道，在美国，人们一般戴便帽而不戴礼帽，所以在到达美国之前，他一直没舍得戴。于是，格林先生自然就利用这顶帽子来戏弄卡尔，自得其乐了。莫非是舅舅让他这样做的？卡尔无意而愤怒地抓住箱盖，啪的一声把它合上了。

这下可糟啦，两个酣睡的人被吵醒了。先是一个伸开四肢打着呵欠，另一个也立刻跟上了。这时候，箱子里的东西几乎全都摊在桌子上，如果这两个人是小偷的话，他们只需走过来随意拿了。卡尔举着蜡烛走到床边向他们解释说，自己在这儿享有什么样的权利。他这样做不仅是为了先发制人，而且也是为了马上弄清情况。这两个人好像对卡尔的解释一点儿也不在乎，他们依然是那般睡眼蒙眬的样子，懒得张口说话，只是木然地盯着他。他们俩都很年轻，但艰辛的工作或困苦使他们脸上的骨头过早地凸了出来，不修不剪的胡子乱糟糟的吊在下巴上，久久没有理过的头发乱蓬蓬地披在头上。他们此刻还蒙蒙眬眬地没有醒过来，不停地用手指节骨揉压着那深陷的眼睛。

卡尔不想错过他们还处于迷迷糊糊的时刻，趁机说道："我叫卡尔·罗斯曼，是德国人。既然我们同住一间屋子，那就请二位也告诉我尊姓大名和国别。我再声明一下，我没有要张床铺的意思，我来得这么晚，况且也不打算睡觉。另外，你们可别介意我这身漂亮的衣服，我穷得叮当响，无可指望了。"

那个穿着靴子睡觉的矮个子动着手臂、腿脚和面部表情,示意他对这一切丝毫不感兴趣,现在也根本不是这样谈话的时候,随之马上又躺下去睡了。另一位是个肤色黝黑的汉子,也跟着躺下去了。但他在临入睡前,懒洋洋地伸开手指着说:"这位叫罗宾逊,是爱尔兰人,我叫德拉马舍,是法国人,现在请安静。"他一说完这话,就一口气吹灭了卡尔手里的蜡烛,倒在枕头上睡了。

"这么说危险暂时排除了。"卡尔自言自语地回到桌前。如果他们的昏昏欲睡不是假装的话,那一切都会顺利的。只是那个爱尔兰人叫他心里七上八下。卡尔不再记得清了,在家时,他不知在哪本书里看到过,在美国应该时时提防那帮爱尔兰人。可爱尔兰人到底有多危险呢?呆在舅舅那里期间,他自然本该有得天独厚的良机问个水落石出,但却完完全全错过了,因为他以为永远会得到很好的照料。于是,他想至少借重新点燃的烛光把这个爱尔兰人看得仔细些。这时他发现,恰恰这个爱尔兰人看上去要比那个法国人还要让人好忍受些。卡尔从几步远的地方踮起脚看到,这人的面颊上还留着曾经圆润丰满的痕迹,睡梦中满面笑容,可亲可爱。

尽管这样,卡尔还是打定主意不睡觉。他坐到屋里仅有的一把靠背椅上,暂且不去打理箱子,他还有一整夜的时间可以用来收拾它。他随便翻了翻那本《圣经》,也没有要读的意思。然后,他拿起父母的照片端详着:矮小的父亲直挺挺地站着,而在他的前面,母亲稍微陷进去似的坐在一把圈椅里。父亲一只手扶着椅背,另一只手握成拳放在一本打开的插图书上。这本书摆在位于他身边一张不太结实的小装饰桌上。另外还有一张卡尔同父母合影的照片,上面一边是卡尔按照摄影师的吩咐必须看着那照相机,另一边是父亲和母亲都严厉地盯着他。但这张照片家里没有给他带到旅途上。

于是他越发仔仔细细地端详着面前的这一张。他试图从各个不同的角度来捕捉父亲的目光。然而,尽管他变换着各种各样的烛光方向看来看去,父亲怎么也不愿意活生生地显现出来,他那浓密而直立的胡须根本不像他实际的样子。这不是一张成功的照片。相反,母亲却照得要好些,看她那走了样的嘴,仿佛有人施加给了她什么痛苦,使她不得不强扮个笑脸。卡尔觉得,好像无论谁看这张照片,都必定会有这样的感受。但转瞬间他又觉得,这种感受的清晰性过分强烈了,几乎荒谬不堪。人们怎能从一张照片上就会对照片里的人那潜藏深处的情感如此强烈地获得不可辩驳的确信呢?他的目光从照片上移开了一会儿。当他把目光再投回到照片上时,看见妈妈的手垂在圈椅的最前边,近得让人都吻得着。他心里思忖着,给父母亲写封信好不好呢?在汉堡时,他们俩确确实实向他这样要求过,而且父亲最后说得非常严肃。那是在一个可怕的夜晚,妈妈倚在窗前向他宣布了这次美国之行。不言而喻,他当时就起过誓,永远不给父母写信,绝无反悔。然而,眼下在这新环境中,那样出自一个涉世不深的孩子口中的誓言顶什么用呢?就好像他当时也可以发誓他到美国两个月以后就会成为美国国民军的将军一样。而事实上,他却同两个流浪汉挤在纽约附近一家客店的阁楼里。除此以外,他必须承认,这儿确实是他的归宿。想到这里,他露出微笑审视着父母的面孔,好像可以从中看出,他们是否还在盼望着儿子能捎个信回来。

他这样看着看着,很快就觉得自己实在累得支持不住了,难以熬过这不眠之夜。照片从他手里落到了桌上。然后,他把脸贴在照片上,一股清凉滋润着他的面颊,于是他怀着惬意的感受进入了梦乡。

清晨,他被腋窝里一阵刺痒弄醒了。这是那个法国人在有意捣蛋。但那个爱尔兰人也已站在卡尔的桌前。这两个人饶有兴趣地注视着卡尔,一点也不比卡尔昨夜面对他们时的神情有什么两样。卡尔并不奇怪他们起床时没将他吵醒。想必他们不是出于恶意才格外轻手轻脚,只是他睡得很沉罢了。再说他们穿衣,显然还有洗漱,都没费什么事。

于是,他们正经八百地相互问候,显得客客气气的样子。卡尔得知,这两个人都是钳工,在纽约好久找不到工作,因此几乎到了穷困潦倒的地步。为了证实他们的艰难困苦,罗宾逊解开自己的上衣,让卡尔看看里面连衬衫都没有,这当然也可以从那连在上衣后边的、松松垮垮的衣领上看得出来。他们打算步行去距纽约两天路程的小城市布特弗德。据说在那儿可以找到工作。他们不反对卡尔一起去,而且向他许了两个愿:第一,他们会时不时帮他提提箱子;第二,一旦他们自己找到了工作,就给他弄个学徒干。只要那里有事可做,一切都好办。还没等卡尔同意,他们已经友好地劝他脱下这身漂亮的衣服,说是无论他找什么工作,它都会碍事的。恰恰在这个客店里,就有把它脱手的好机会,那个女招待就是干服装交易的。卡尔一时还拿不定主意,他们见他犹犹豫豫的样子,便一起凑上前去,替他把衣服剥了下来,拿着就跑出去了。卡尔一个人被撇在屋里,依然有点睡意蒙眬。当他慢慢地穿起那件旧旅行装时,他暗暗责备自己不该卖掉那套衣服;它也许会影响到卡尔找一个学徒的差事,但在求一份更体面的工作时当会派上用场的。于是他拉开门要把那两个人叫回来,不料却跟他们正好撞了个满怀。他们把变卖来的半个美元扔到桌子上,露出一副眉开眼笑的样子。这让谁能相信他们在这桩买卖中不会捞到好处,而且是一大笔令人愤怒的好处呢?

卡尔还来不及说出自己对这事的看法,那个女招待就闯了进来,完全像昨晚那般睡眼惺忪的样子,急着要把这三个人都往过道上赶,说是必须收拾好房子给新来的客人住。要说她这样做纯粹出于恶意,当然也谈不上。正想去收拾箱子的卡尔不得不眼睁睁地看着那女人两手抓起他的东西,使劲地直往箱子里扔,好像那是些非要给整得乖乖不可的动物似的。这两个钳工虽然围着她转来转去,一会儿扯扯她的裙子,一会儿又拍拍她的背,但他们要是有心帮助卡尔的话,事情完全不至于弄到这等地步。这女人一合上箱子就把提手塞到卡尔手里,甩开两个钳工,赶着他们三个,并且威胁着说,如果他们不顺从的话,那就别指望喝上咖啡了。很明显,这女人肯定全忘了,卡尔从开始就跟这两个钳工不是一路人。她把他们当成是一伙的了。诚然,他们把卡尔的衣服卖给了她,这就表明了他们在某种程度上是一起的。

他们在过道上来来回回走了好久,尤其是那个法国人,他挽着卡尔的胳膊,嘴上叫骂个不停,扬言只要店主敢来冒犯,就把他打翻在地,让他尝尝拳头的厉害。看他一个劲摩拳擦掌的架势,好像随时准备好了要打架似的。终于,来了一个满脸稚气的矮个子年轻人。当他把咖啡壶递给那个法国人时,他不得不踮起脚尖。可惜只有一个壶,也没法让这小子明白还需要拿杯子来。这样只好一个喝着,其他两个站在他的面前眼巴巴地等着。卡尔一看就不想喝了,但又不愿意伤害他们,于是轮到他喝的时候,他便把咖啡壶放在嘴边,一口也不去喝。

爱尔兰人喝毕咖啡,将壶往石板地上一扔,权且当作辞行。他们神不知鬼不觉地离开了客店,踏进清晨那泛黄的浓雾里。一路上,他们默默不语,并排走在公路边上;卡尔自己还要提着箱子,看来不去求一求,他们是不会替他扛箱子的。浓雾中,不时地飞出一辆辆的汽车。一有超大型的车辆驶过,他们三个便不约而同地扭头去看;它们的式样是那样的引人注目,它们的闪现又是那样的短暂,连车里有没有坐人都来不及去留意。他们走了一阵子,路上开始出现往纽约运送食品的马车队,五辆一排,占满了整个路面,浩浩荡荡接连不断地驶过去,难得给人横穿马路的空儿。这条公路不时开阔得像一个广场,中央有一个岗楼似的高台,一个警察在上面走来走去,察看着四面八方的情况,用一根棒子井然有序地指挥着主干道上以及从支线汇流到这儿的交通车辆。然后,它们便不受监督地驶去,直到下一个十字广场和下一个警察,但那些默不作声全神贯注的车夫和司机却自觉自愿地维持着行车的秩序。最让卡尔感到惊奇的,是那无边无际的宁静。如果不是那无忧无虑的、供人屠宰的牲畜时而发出嘶叫声,也许能听到的只是马蹄的嗒嗒声和汽车防滑轮胎风驰电掣般的呼啸声。但车辆行驶的速度并不总是一成不变。当川流不息的车辆从横街上拥挤到某个十字广场上时,主道上的车辆就不得不大大地放慢速度,顿时排成一列列的长队,只能一步一步地爬行。可片刻间,又是一辆追着一辆风驰电掣般地穿过去,而转眼间又全部缓慢下来,就像共同受到一个制动器控制似的。无论车辆怎么行驶,公路上没有扬起一点儿灰尘,一切都在清新的空气里流动。路上见不到行人。这儿不像在卡尔的故乡,也看不到四处去赶集的单帮女商贩。然而,在不时开过去的一辆辆大平板汽车上,大都站着二十来个背着背篓的妇女。她们伸长脖子,注视着前面的交通,急切地盼望着快些赶路。这也许就是这儿的女商贩吧。同时,还可以看到在类似的汽车上,一个个男人手插在裤兜里荡来荡去,这些车上打着各式各样的广告。卡尔读着其中一辆车上的广告:"雅各布搬运公司招收码头工。"那辆车正好十分缓慢地行驶着,一个站在车脚踏板上的矮个子男人弯着身子,十分热心地邀请这三个流浪汉上车。卡尔立刻躲到钳工身后,好像舅舅就坐在这辆车上会看见他似的。他很高兴,这两个人也拒绝上车去,尽管他们扮出那副不屑一顾的傲慢神态多少使他心里不是滋味。他们绝对不要以为,他们有什么了不起,竟不屑去为舅舅干事。当然,他不会直截了当地把话明说出来,但立刻就暗示他们留个心。随之,德拉马舍叫他别在自己不懂的事上自以为是地瞎搅和,说这种招人的方式是坑害人的骗局,雅各布公司在整个合众国都臭名远扬了。卡尔没有答话,但他从现在起更多地靠向爱尔兰人,并请他帮着提一会儿箱子。在卡尔的再三请求下,他才勉强接过了手。他提着箱子,一个劲不停地抱怨着太重。醉翁之意不在酒,他一心想着减去箱子里那包在客店里准已让他垂涎三尺的香肠。卡尔只好打开箱子把香肠取出来。法国人随手接过香肠,用匕首似的刀子切开来,几乎只管往自己嘴里填。罗宾逊偶尔只能得到一片。而卡尔却一片也得不到,好像他预先已经吃过了自己那份。卡尔不愿意眼巴巴地看着人家将箱子扔在公路上,只好把它又提在手里。讨一片香肠吃吧,他觉得太寒碜了;不理睬吧,他却怒火中烧。

浓雾渐渐消失了。远方,巍巍的群山闪烁着夺目的光彩,重峦起伏地蜿蜒到更远的霞雾之中。公路两侧,一座座熏得黑乎乎的大工厂矗立在空旷的原野上;一片片延伸到工厂四周的田野显得荒芜不堪;一幢幢毫无选择地建造在其间的简陋公寓显得零零散散,许许多多的窗户伴随着各种各样的运动和照射抖抖颤颤。只见在那狭小简易的凉台上,妇女和孩子在忙碌着什么。她们周围晾晒的床单衣物在晨风中飘动或者鼓得高高的。她们的身影时隐时现。目光从房屋移去,看见云雀在天空中高高飞翔,燕子擦着开车人的头顶掠过。

这许许多多的景象不禁使卡尔思念起了家乡。离开纽约去内地,他不知道这样做对不对。纽约濒临大海,什么时候想回家就可以走。于是他停住脚步,对着两个同伴说,他还是想留在纽约。德拉马舍敦促他继续赶路,他不但不听,还说他总归还有自己拿自己主意的权利吧。爱尔兰人不得不先调停说,布特弗德要比纽约美得多。卡尔执意不肯动,这两个人死死地缠着要他继续走下去。他暗暗告诉自己,到一个不那么容易有机会回故乡的地方去,这对他也许要好些。到了那里,他肯定会更好地工作,更快些上进,因为那里不会有让他想入非非的事儿妨碍他。要不是他给自己说了这番话,他依然不会迈步的。

于是,现在却成了卡尔牵着这两个人一起走。他们一见卡尔热情很高,简直喜出望外,不用他请便主动轮换着提箱子。卡尔心里很纳闷,他到底凭什么引起了他们这么大的兴致呢。他们来到了一块丘陵地。当他们不时地停住脚步回头望去时,纽约城和纽约港的全景越来越开阔地展现在他们的眼前。那座连接纽约和波士顿的大桥柔弱地挂在哈德孙河上。如果你眯起眼睛,便觉得它好像在颤动。桥上似乎没有车辆行驶,桥下绷着一条平静的水带。矗立在这两座巨大的城市里的一切都显得空虚和无用。那大大小小的房子几乎没有什么区别。在那看不见的街道深处,生活大概以自己的方式在继续着。但在它们的上方,能看到的不过是一层薄薄的烟雾,虽然漂浮在那里一动不动,但似乎可以轻而易举地驱散开来。甚至连那世界最大的港口里,宁静也降临了。人们只是偶然相信——准是同时想起了从近处观看港口时的情景——看见一条船缓缓地向前推进一段,但也不可能目送多久,它很快就逃出视野,再也找不见了。

然而,德拉马舍和罗宾逊显然看见的要多得多,他们一会儿指指左边,一会儿指指右边,挥舞着手臂指向一个个他们都叫得出名字的广场和公园。他们无法理解,卡尔在纽约呆了两个多月,居然除了一条街外,几乎没有到过任何别的地方。于是他们向卡尔许愿,等他们在布特弗德挣够了钱,就带他一起到纽约去,叫他看看所有值得一看的地方,特别是去尝尝那些极乐世界的滋味。紧接着,罗宾逊放开喉咙唱起一首歌,德拉马舍打着拍子。卡尔听得出,这是来自他故乡的一段轻歌剧曲子,现在听到有人用英文来唱这首曲子,他觉得比在家乡听到的时候动听多了。于是他们三人凑起了一台小合唱,只是下面那座据说借着这首曲子来享乐的城市似乎对此却一无所知。

有一次，卡尔问起雅各布搬运公司在什么地方，他们立刻不约而同地伸出食指指去，也许指向同一个地方，也许指向相当遥远的地方。然后，当他们继续走去时，卡尔又问，他们最快什么时候能挣够了钱回纽约。德拉马舍回答说，有一个月的时间就足够了，因为布特弗德缺少劳工，工钱又高。当然大家都要把钱存到一个共同的户头上，这样他们作为同事之间的收入差别就会得到均衡。卡尔当学徒自然比熟练工挣得少些，但他对这共同的户头并不感兴趣。另外罗宾逊还说道，如果在布特弗德找不到事干的话，他们也只好继续流浪下去，或者找个什么地方当农工，或者也许去加利福尼亚淘金。从罗宾逊津津有味的详细描述里看得出，淘金是他梦寐以求的计划。"你现在想去淘金，当初为什么当了钳工呢？"卡尔问道，很不情愿听他空谈这种不着边际、毫无把握的旅行。"我为什么当了钳工？"罗宾逊说，"不就是为了让我母亲的儿子讨一碗饭吃，还能因为别的什么呢？淘金则可以赚大把大把的钱。""以前是这样。"德拉马舍说。"现在依然如此。"罗宾逊说，接着讲了许多靠淘金发了财的熟人，说他们还在那儿，当然用不着自己再去动手了。但看在老朋友的分上，他们会帮助他发财的，不用说也少不了帮他的同事。"到了布特弗德，我们好歹会争取到事干的。"德拉马舍这样说出了卡尔的心里话。但从他的谈吐里也让人看不到什么希望。

这一天，他们仅仅在一家客店里歇息了一次。在客店前的露天里，他们坐在一张卡尔觉得是铁制的桌子旁，吃着半生不熟的肉，刀叉已经派不上什么用场，只好用手撕着吃。桌上摆着一种圆筒形面包，每个面包上面都插着一把长刀子。配给这顿饭的是一种黑乎乎的饮料，喝在喉咙里火辣辣的。但德拉马舍和罗宾逊喝得很起劲，他们为着实现各种各样的愿望而频频举杯相碰，两个杯子在空中一阵一阵地碰来碰去。周围桌旁坐着身上溅满石灰浆的工人，个个都喝着同样的饮料。成群结队的汽车从旁边驶过去,扬起一团团的尘烟,弥漫到桌子的上空。大张的报纸传来传去,人们激烈地谈论着建筑工人的罢工,也不断地提到马克这个名字。卡尔凑上去询问了一下,知道那是他所熟悉的马克的父亲,是纽约最大的建筑企业主。这次罢工使他遭到数百万的损失,或许还要威胁到他的经营地位。这流言蜚语出自于一群道听途说幸灾乐祸的人之口,卡尔一句也不相信。

另外,这顿饭卡尔吃得没有一点味道,也是因为他揣摩不透这饭钱是怎么个付法。按道理当然应该是各付各的账,但不管是德拉马舍还是罗宾逊,他们都借着机会说,他们剩下的钱一分不留地交了昨晚的房费。在他们身上也看不到有手表、戒指或者其他可以变卖的东西。卡尔也不能当面说穿他们变卖他的衣服时捞了些钱,那样做他们脸面上会很难堪,因此也可能跟他们永远分手。但奇怪的是,他们俩非但对付账的事没有一丝一毫的忧虑,反而那样兴致勃勃,一个劲地试图跟那个女招待套近乎。女招待迈着沉重的步子,自鸣得意地在桌子间穿来穿去。她的头发从两侧蓬松地掠在额头和面颊上,她不时地用手插在下面把它拂回去。最后,当他们也许期待着听她说出第一句温情的话时,她走到桌前,双手放在上面问道:"谁付账?"只见德拉马舍和罗宾逊一齐飞快地指向卡尔,简直快得出人意料。卡尔对此并不感到惊奇,他早就料到了。在他看来,同伴让他为几样小吃付账,这算不得什么大不了的事,况且他也希望从他们那儿得到好处。要是这事先说好了,不就做得更体面些吗?卡尔惟独感到为难的是,他得现从暗兜里掏出饭钱来。他本来打算,暂时先这样跟同伴凑合在一起就是了,不到万不得已,这钱是不能拿出来用的。他拥有这笔钱,首先是隐瞒着这笔钱,与同伴相比,他就赢得了优势。但这钱一亮出来,这种优势便会被抵消掉。这两个人从小就生活在美国,对谋生有足够的见识和经验,他们终归也不习惯过优于他们目前境况的生活。不管怎么说，卡尔先前因考虑到自己的钱所产生的这些打算不能受到这次付款的妨碍，他毕竟不会吝惜那二十五美分，干脆拿出来一枚二十五美分的硬币放到桌子上，说明这是他惟一的财产，决心奉献给他们共同前往布特弗德的旅程。这个数目完全足够应付这趟徒步旅行了。然而，他不知道自己是否有足够的零钱。再说这钱和折叠起来的纸币都深藏在暗兜里，如果把暗兜里的东西全倒在桌子上来找的话，倒也容易不过。可是，他完全没有必要让同伴知道这个暗兜。值得庆幸的是，此时此刻，这两个同伴依然对那个女招待很感兴趣，并不在意卡尔怎样来凑钱付账。德拉马舍借口买单，将女招待诱骗到自己和罗宾逊之间，两人死皮赖脸地跟她缠来磨去，女招待只好用手捂在这个或那个的脸上将他们一一推开。这期间，卡尔则心急火燎地在桌子底下凑着钱，他一只手在暗兜里不停地搜寻着，把一枚一枚的硬币掏出来凑在另一只手上。虽然他对美国钱还不怎么熟悉，但最后看硬币的数量，觉得至少凑起了足够的数目，便顺手把钱放到桌上。硬币的响声顿时打断了那戏谑的纠缠。然而，摆在桌上的硬币几乎是整整一块钱，这使卡尔十分懊恼，也使同伴们感到惊奇。拿这些钱足够舒舒服服地乘火车去布特弗德了。尽管没有人问起卡尔为什么先前一点也没提起过，他自己却陷入了尴尬的境地。付完饭费后，他慢腾腾地收拾起桌上的钱，德拉马舍趁机又从他手里拿走一枚硬币，要给女招待当小费。他搂住女招待，将她紧紧地抱在自己怀里，然后好从另一边把钱递给她。

　　他们又继续前进了。途中，德拉马舍和罗宾逊没有提起钱的事，卡尔因此打心里感激他们。一时间，他甚至想到把自己的全部财产统统告诉他们，然而他没有这样做，因为找不到合适的机会。傍晚，他们来到了一片土地肥沃的乡间。四周是一望无际的田野，连绵起伏的丘陵地上泛着初春的绿色。公路环绕着富贵的庄园。他们在那金色的花园栅栏之间行走了几个钟头,一次次穿过那条潺潺流水的小河,又一次次听见火车从头顶上方横空飞跨的高架桥上隆隆驶过。

太阳就要从远处森林那笔直的边缘上落下去。这时,他们来到一个山坡上,随身倒在一片小树林中的草丛里,想解一解这旅途的疲劳。德拉马舍和罗宾逊痛痛快快地伸开四肢躺在那里,卡尔则坐得直直的,俯视着那条从几米深的低处穿过的公路。像整个白天一样,公路上来来往往的汽车穿梭不停地行驶着,仿佛它们始终以严格的辆数被从一个远方发送出来,而在另一个远方又期待着同样的辆数到来。从一大早起,卡尔整个白天里没有看见一辆汽车停下,没有看见一个客人下车。

这时,罗宾逊提议今天就在这儿过夜,因为大家都够累的了,这样他们明天就可以早点上路。天黑之前,他们毕竟难以找到一家便宜而且顺道的客店过夜。德拉马舍表示同意,惟独卡尔觉得有责任表明,他有足够的钱,甚至可以管得起大家在饭店里过夜。德拉马舍说,这钱他们还会派上用场的,卡尔只管把钱保管好就行了。德拉马舍丝毫也不掩饰他已经在打卡尔的钱的主意了。罗宾逊看到自己的第一个建议被采纳,便继续解释道,为了让大家明天有气力赶路,他们今晚睡觉前可一定要饱餐一顿,而且得有个人去饭店里为大家把这顿饭买回来,就是公路边上离这儿最近的、上面打着"西方饭店"霓虹灯招牌的那一家。卡尔在他们中年龄最小,见没有人吭声,便毫不迟疑地接受了这个差事。他接到要买熏板肉、面包和啤酒的吩咐后,便朝着那家饭店走去。

这儿附近肯定有个大城市,因为卡尔一走进这家饭店的第一个厅,就发现里面熙熙攘攘挤满了人。便餐柜台顺着纵一道横两道的墙边排列着,许多齐胸系着白围裙的招待在柜台旁穿梭似的忙来忙去,依然不能使那些急不可待的客人满意。这儿或那儿的座位上不断地传来叫骂声和拳头捶击着桌子的响声。没有人留意卡尔。大厅里连个招待也没有,客人们坐在有三个人就挤得满满的小桌旁,自己到便餐柜台上取来喜欢吃的一切。每个小桌上都放着一个装着酱油、醋或者类似调料的大瓶子,用餐前,所有从柜台上取来的饭菜都一一地浇上瓶子里的东西。卡尔要买一大堆东西,如果他先要去便餐柜台跟前的话,势必会造成乱上加乱,而且必须从许多桌子之间挤过去,就是再小心翼翼,也免不了碰到其他客人。然而,这些客人像是麻木不仁地容忍着一切,即使卡尔有一次险些把桌子撞翻了,他们依然无动于衷。当然,卡尔同样是被一个客人挤得撞到那桌子上的。他虽然当即向在座的人表示道歉,但他们显然不明白他说了些什么。另外,别人冲他大喊些什么,他也一点都听不懂。

他好不容易才在便餐柜台跟前找到一个容身的位子,但邻座的客人将胳膊肘支在桌上,久久地挡住他的视线。在这里,似乎司空见惯的是,人们总爱把胳膊肘支在桌子上,把拳头顶在太阳穴上。卡尔不禁想起,他的拉丁语教授克鲁姆帕克博士恰恰非常讨厌这种行为;他总是悄然无声地突然走过去,出人意料地亮出直尺,狠狠地猛击一下,让胳膊肘老老实实地从桌上收回去。

卡尔被挤得紧贴在柜台边上站着,因为他刚一排上队,身后就又支起了一张桌子。卡尔跟人说话时身子向后一靠,坐在这桌旁的客人中就有一位用大礼帽顶一顶他的背。此时此刻,他几乎没有可能从招待手里得到吃的,甚至在邻座那两个大腹便便的人心满意足地离去后,也不会有什么指望。好几次,卡尔从桌上伸过手去抓住招待的围裙,可人家一次又一次地板着难堪的脸甩脱了。一个招待也拦不住;他们一个劲地跑来跑去。要是在卡尔周围至少有什么合适的饭菜和饮料的话,他会毫不犹豫地拿起来,问好价格付上钱,然后高高兴兴地走开。然而,偏偏摆在他面前的只有一盘盘的鱼,像是鲱鱼,那黑色的鳞皮边上闪现出金黄色的光芒。这鱼可能非常贵,或许让谁都填不饱肚子。另外,装在小瓶里的朗姆酒也是唾手可得,但他不想给自己的同伴带这种酒去,反正他们从来不会放过任何一个酗酒的机会,卡尔不愿纵容他们那样做。

这样,卡尔没了法子,只好另去找个位子,辛辛苦苦地又得从头开始。但眼下已经失去了好多时间。透过烟雾缭绕的大厅,卡尔定睛看去,正好还看得出来,挂在那头的大钟指针已经过了九点。但无论去柜台哪个地方,都要比先前那个稍微偏僻的位置更为拥挤。而且时间越晚,大厅里的人就越多,新来的客人络绎不绝地穿过正门走了进来,大声地打着招呼。有的客人蛮横地掀去柜台上的东西,抬腿就坐到台面上,随之相互对饮起来。那可是眼观六路的好位子。

卡尔虽然还一个劲地挤来挤去,但他真的不再抱希望会得到什么。他暗暗责怪自己,本来就不了解这儿的情况,为什么自找着揽这差事呢。他的同事完全有理由叱责他,甚至心里还会想着,他什么都没有买回来,不过是为了省钱罢了。这时,他挤到了一个地方,四周的桌旁,客人们都在吃着热气腾腾的肉和令人垂涎的黄澄澄的土豆。卡尔弄不明白,这帮人是怎样搞到这些饭菜的。

这时,他看见前面几步远的地方站着一个年龄较大的妇人。她显然是饭店的人员。她正在笑嘻嘻地跟一个客人谈话,一边谈着话,一边不停地用一个发卡收拾着她的发式。卡尔当机立断,要请这位妇人来订餐。对他来说,在这一片闹哄哄的你追我逐中,作为大厅里惟一的女性,她是个例外。再说更简单的原因是,她也是这里惟一可找得上的饭店职员。当然也就是说,她可不要当卡尔一跟她说话时又忙忙碌碌地跑开。但事情完全出乎意料,卡尔还根本没有同她去搭话,只是眼神稍稍地留了留意,她就像人们有时在谈话中那样左看看右看看,当她朝着卡尔望去时,马上中断了她的谈话,操着十分得体晓畅的英语,热情地问他是不是有什么事。"当然啰!"卡尔说,"我在这儿简直什么都买不到。""那你跟我来吧,小伙子。"她说,随之告别了她的熟人。那人摘下头上的礼帽致意。他的客套在这个地方显得不入情理。她抓起卡尔的手走到柜台跟前,顺手把一位客人推向一旁,掀开柜台上的活动门,拉着卡尔避开来回奔跑的招待,穿过柜台后面的过道,打开一道两面裱糊似墙的门,便来到了大冷藏室里。"看来不熟悉这套程序是不行的。"卡尔自言自语地说。

"好吧,你现在说说你想要什么?"她一边问,一边殷勤地向他躬了躬身。她身躯肥胖,摇摇晃晃的,但长着一副近乎娇嫩的脸。这当然是相对而言了。卡尔眼看着这许多整整齐齐堆放在柜架和桌上的食物,便试图订出一份美味可口的晚餐来。尤其是因为他可以期待着得到这位富有影响的妇人的优待。可他一下子却想不出什么合适的东西来,最后只好又要了熏板肉、面包和啤酒。"再不要别的东西?"这妇人问。"谢谢,不要了。"卡尔回答说,"但要订三份。"这妇人又问起另外两个同伴的情况,卡尔三言两语地说了说,他也很乐意回答人家随随便便的询问。

"但这些东西是供给囚犯的。"妇人说,显然在期待着卡尔继续提出要求。这时卡尔担心,她有意要惠顾他,不收钱,因此默不作声。"你所要的东西我马上就会弄好。"妇人说着迈开令人惊叹的灵活步子,拖着那肥胖的躯体走到一张桌子跟前,用一把又长又薄的锯齿刀切下一大块肥瘦相间的熏板肉,从柜架上取来一个圆面包,又从地板上拿起三瓶啤酒,然后把这些东西装到一只轻巧的草篮里递给了卡尔。其间,她向卡尔解释说,她之所以把他领到这儿来,是因为外面柜台上的食物熏在烟雾和各种气味里,虽然卖得很快,但毕竟不新鲜了。可对外面那帮人来说,一切都够好了。卡尔再也不吭一声。他心里很纳闷,自己凭什么受到这样的厚待呢?他想到自己的伙伴,尽管他们对美国了如指掌,可他们未必会进入这些储藏室,能吃到柜台上那些不干不净的东西也就心满意足了。在这里面,听不到大厅里的喧闹声,隔墙肯定很厚实,使储藏室里始终保持着足够的低温。卡尔将草篮拎在手上好一阵子,可他没有想到要付钱,一动不动地愣在那儿。当这妇人还要把一个像摆在外面桌子上一样的调料瓶放进草篮时,他才战战兢兢地连声道谢。

"你还要走好远吗?"妇人问道。"到布特弗德去。"卡尔回答说。"那还远着呢!"妇人说。"还有一天的路程。"卡尔说。"再不往前走了?"妇人问。"噢,不走了。"卡尔说。

这妇人整了整桌上的几样东西。这时一个招待走了进来,四下看了看,寻找着什么东西。妇人指给他一个大碗,里面满满地盛着撒有香菜的沙丁鱼。那招待员随手捧起这个碗出了储藏室,走进大厅。

"你究竟为什么要在露天过夜呢?"妇人问,"我们这儿有的是地方。你来我们饭店里住吧。"这对卡尔来说是盼之不得的,特别是因为昨晚简直太难熬了。"我的行李在外面。"卡尔犹豫地说,并且完全放不下面子来。"你只管把行李拿来就是了。"妇人说,"这又不是什么大不了的事。""可我还有同伴呢!"卡尔说,立刻意识到他们无疑会添麻烦的。"你的同伴当然也可以在这儿过夜,"妇人说,"您只管来吧,别再叫人请来请去的。""再说我的同伴也是安分守己的人。"卡尔说,"但他们太不讲究了。""难道你没看见大厅里那乌七八糟的样子吗?"她边问边做出一副怪模怪样的脸,"说真的,什么不三不四的人都可以来我们这里。我马上就让人准备三张床。当然只能住在阁楼上了,饭店的客房已经住得满满的,我也搬到了阁楼上。但不管怎么说,总归比住在露天强多了。""我不能把我的同伴一起带来。"卡尔说。他想象得到,那两个家伙保不准会在这个颇有档次的饭店走廊里闹出什么名堂来。罗宾逊可能会弄得四处肮脏不堪,德拉马舍少不了要调戏这妇人。"我就弄不明白,为什么不行呢,"妇人说,"如果你愿意那样的话,那你干脆自个儿来好了,让你的同伴留在外面。""这不行,我哪能这么干呢?"卡尔说,"那是我的同伴,我必须和他们在一起。""你太固执了。"妇人说着目光移开了他,"人家对你是一片好意,很想帮助你,你却一点儿也不领情。"卡尔领悟到了这一切,但不知如何是好,因此只是一个劲地说:"非常感谢你的一片盛情。"这时他想起还没付钱,赶忙问她一共多少钱。"等你把草篮子送回来时再付钱吧。"妇人说,"最迟明天一早我就要用它。""好吧!"卡尔说。然后,她打开一扇直接通向外面的门。当卡尔躬了躬身走出屋时,她又说道:"晚安。但你这样做有失常理。"他已经走出几步远了,她还在身后向他大声喊道:"明天见!"

卡尔刚一到外面,又听见从大厅里传来了那丝毫也没减弱的喧闹声,而且现在夹杂进了管乐队的吹奏声。他很高兴自己不用穿过大厅走出来。这时,整个饭店的五层楼灯火通明,把前面的马路照得一片雪亮。马路上,汽车依然在奔驰,虽说不是一辆接着一辆,却比白天从远方来得更快。车灯的白色光柱扫视着路面,突然同饭店的灯光交织在一起,黯然失色,然后又亮闪闪地奔向那遥远的黑暗中。

卡尔回到同伴身边时,他们已经沉浸在梦乡里。他确实离开得太久了。他从篮子里取出纸铺开,想把买来的食物整整齐齐地摊放在纸上,等一切都准备好了再把同伴唤醒。但就在这时,他吃惊地发现自己走时锁得好好的,而且钥匙带在身上的箱子大开着,半箱子东西散落在周围的草地上。"起来!"他大声喊道,"你们睡觉时有小偷来过了。""少了什么东西吗?"德拉马舍问道。罗宾逊还没有完全清醒过来,顺手就拿起啤酒。"我不知道,"卡尔喊道,"但箱子大开着。你们只顾躺下睡大觉,谁也不管箱子,简直太不像话了。"德拉马舍和罗宾逊咯咯地笑了起来。前者说:"正好省得你下一次再去这么长时间。饭店离这儿仅有十来步远,而你一去就是三个钟头。我们饿了,想着你的箱子里可能会有什么吃的,就捣鼓了一阵锁,终于将它打开了。再说里面根本没有什么吃的。你再把这一切好好装进去就是了。""原来是这样。"卡尔说。他呆呆地望着那抢得一干二净的篮子,听着罗宾逊喝酒时发出的奇怪的响声:他先是把酒深深地灌到喉咙口,再让酒咕咚咚地快速翻上来,然后才一大口咽下去。"你们吃完了没有?"当他们歇息下来时卡尔问道。"难道你在饭店里没吃吗?"德拉马舍问,以为卡尔在要求他自己的那份食物。"如果你们还要吃的话,那就快点。"卡尔说着走到箱子跟前。"他好像生气了。"德拉马舍对罗宾逊说。"我没生气,"卡尔说,"可话说回来,你们背着我,撬开我的箱子,把我的东西翻出来,这合适吗? 我知道,和同伴相处,有些事是得宽容,我也有这样的思想准备,但你们这样做未免太过分了。我要在饭店里过夜,不去布特弗德了。你们快吃吧,我得把篮子还回去。""罗宾逊,你看看,人家说得多好听。"德拉马舍说,"可以说是能说会道。他不愧是个德国人。你当初就警告我提防着他,可我真是个大傻瓜,让他跟我们一起走。我们没有拿他当外人看,拖着他走了一整天,至少浪费了我们半天的时间。可现在,饭店那儿有人引诱他,他就要和我们分手了,就这样随随便便地要走开了。不过,他是个虚伪的德国人,不会光明正大地去干这些,而是拿箱子的事来为自己寻找借口;又因为他是个无礼的德国人,他不侮辱我们的尊严,不说我们是小偷,也是不会走开的。我们拿他的箱子不过是开个小小的玩笑而已。"卡尔收拾着自己的东西,身子转也不转地说:"你只管这样说下去,也好让我走得轻松些。我十分清楚什么叫做友谊。我在欧洲也有朋友,但没有一个人会指责我对他虚伪或卑鄙。我们现在当然没有什么联系,可是,如果我有一天再回到欧洲的话,他们都会热情地接待我,而且会立刻把我当作他们的朋友。而你呢,德拉马舍,还有你,罗宾逊,难道说我背叛了你们不成?我永远不会否认,你们的确是那样热情地关心过我,答应给我在布特弗德找个当学徒的差事。但事情并非如此。你们一无所有,这在我的眼里丝毫也不会降低你们的身份,但你们嫉妒我那点微不足道的财产,因而千方百计地侮辱我,这叫我忍无可忍。现在,你们撬开了我的箱子,非但没有说一句道歉的话,反而还辱骂我,辱骂我的民族。你们这样做,无非是夺走了任何跟你们呆在一起的可能。顺便提一下,罗宾逊,这一切原本不是冲着你说的。要说你的性格吧,我只是看不惯你太依赖于德拉马舍了。""这里我们都看见了。"德拉马舍说着走到卡尔跟前,轻轻地推了他一下,好像要提醒他注意。"这里我们都看见了,你不是原形毕露了吗?你一整天都跟着走在我后面,拉着我的上衣,学着我的一举一动,像只小老鼠一样不声不响。可现在,你在饭店里找到了什么靠山,就开始说起大话来。你这个小滑头,我还不知道,我们会不会就这样不动声色地容忍了你的所作所为。你整天跟着我们看样学样,我们还考虑要不要收你的学费呢。你听听,罗宾逊,他说我们嫉妒他的财产。在布特弗德干一天,我们挣的钱就会比你让我们看到的多十倍,比你可能还藏在上衣兜里的多十倍,更不用说在加利福尼亚了。哼,别再这么信口雌黄啦!"卡尔从箱子旁边站起身来,也看着那个迷迷瞪瞪的,但借着啤酒劲才打起精神的罗宾逊走过来。"要是我还一直呆在这里的话,"卡尔说,"说不定我还会经受许许多多意料不到的事。看来你要拉开架势狠狠地揍我一顿。""一切忍耐都是有限度的。"罗宾逊说。"罗宾逊,你最好闭上嘴。"卡尔说,目光一刻也不离开德拉马舍。"你无疑打心底里觉得我是对的,但你嘴上又不得不跟德拉马舍一唱一和。""你也许想拉拢他吧?"德拉马舍问道。"我可没这样想过,"卡尔说,"我很高兴要离开这儿,我不想跟你们任何一个人再有什么干系。不过有一件事我还要说说,你们指责我有钱,藏着没有告诉你们,即使这是真的,那也没有什么好指责的,难道说我面对几个钟头前才认识的人不该这样做吗?你们现在的行为不就证实了我的行为方式是无可指责的吗?"
"别激动。"德拉马舍对罗宾逊说,尽管这家伙显得无动于衷的样子。然后,他问卡尔:"既然你是如此极端的坦诚,那你不妨把这种坦诚继续保持下去吧。我们现在这样痛痛快快地聚在一起,你老老实实地说说你究竟为什么要到饭店去。"德拉马舍一步一步地逼近卡尔,卡尔不得不跨过箱子退后一步。然而,德拉马舍一步也不让,他把箱子踢向一旁,又向前逼近一步,一只脚踩到散落在草地上的一件白色的假衬衫上,嘴里不断重复着他的问话。

这时候,有人打着强烈的手电筒从马路那边朝他们走上来,就像是来回答问话似的。来人是饭店里的招待。他一看见卡尔就说:"我找你快半个钟头了,马路两旁的斜坡上都找遍了。厨房总管让我告诉你,她借给你的那个篮子现在等着急用。""篮子在这儿。"卡尔说,激动得声音都变了。德拉马舍和罗宾逊装出一副谦恭的样子退到一边,这是他们在有钱有势的陌生人面前一贯玩弄的伎俩。招待拎起篮子说:"厨房总管还让问问你考虑好了没有,要不要在饭店里过夜。如果你愿意带着他们的话,也欢迎另外两位先生一道去。床已经准备好了。今天夜里是挺暖和的,但要是在这山坡上过夜,绝对不是没有危险的,这儿经常有蛇。""看在厨房总管如此热心的情分上,我还是接受她的邀请为好。"卡尔说完这句话,便等待着他的同伴的反应。然而,罗宾逊直愣愣地站在那儿,德拉马舍两手插在裤兜里仰望着星空。两人显然自以为卡尔准会带着他们一块去。"你答应去了,"招待说,"那我就奉命把你领到饭店去,帮你扛上行李。""你再稍等一会儿吧。"卡尔说着便俯下身去,把几样散落在地上的东西收进箱子里。

突然间,他挺起身来。那张照片没有了,它本来放在箱子的最上边,现在哪儿也找不到。别的东西全都在,就少了那张照片。"我找不到那张照片了。"他恳求着对德拉马舍说。"一张什么样的照片?"他问道。"我父母的照片。"卡尔回答说。"我们没有看见照片。"德拉马舍说。"里面就没见照片,罗斯曼先生。"罗宾逊也插话予以证实。"但这是不可能的。"卡尔说,那求助的目光把招待引到了跟前,"照片就放在最上面,现在却不翼而飞了。要是你们不拿我的箱子开这个玩笑,哪里会有这回事呢?""任何疏忽都是绝对不可能的。"德拉马舍说,"箱子里根本没有什么照片。""对我来说,那张照片比我箱子里所有的东西都重要。"卡尔对在四处寻找的招待说,"这是独一无二的一张,我不会再有第二张的。"当招待停止了无望的寻找时,他还在说:"这是我带在身边的惟一一张父母的照片。"看到这情形,招待毫不掩饰地大声说:"也许我们还可以搜查一下这两位先生的衣兜。""对,"卡尔立刻说道,"我一定要找到这张照片。但在搜查衣兜之前,我再说一句,谁向我主动交出照片,箱子连同里面所有的东西就归谁。"过了一会儿,卡尔见没人吭声,便对招待说:"看来我的这两位同伴显然愿意让人搜查衣兜。不过就是现在,我依然保证,从谁的衣兜里找出照片,整个箱子照样归谁。再多我就无能为力了。"招待立刻准备要搜查德拉马舍,把罗宾逊留给了卡尔,他觉得前者比后者难对付。他提醒卡尔,对这两个一定要同时动手搜查,要不然他们之中就会有人趁你不注意把照片藏起来。卡尔的手一伸进罗宾逊的衣兜里就摸着了一条属于自己的领带,但他没有拿走,而是对招待大声喊道:"无论你在德拉马舍身上找到什么别的东西,统统都留给他吧。我什么都不要了,只要照片。"在检查胸间的衣兜时,卡尔的手触到了罗宾逊那热乎乎的肥胸膛。这时他突然意识到,他这样对待自己的同伴也许太不公正了,于是他尽可能匆匆地了事。

再说一切都是徒劳的,不管是在罗宾逊还是在德拉马舍身上都没见照片的影子。

"什么用也没有。"招待说。"他们说不准把照片撕成碎片扔掉了,"卡尔说,"我心想他们是我的朋友,可他们却暗地里一个心眼要伤害我。其实不会是罗宾逊干的,他压根儿就想不到这照片对我是如此的重要,多半是德拉马舍捣的鬼。"卡尔只是看着面前的招待,他打着手电筒照了一个小小的圆圈,而其他一切,也包括德拉马舍和罗宾逊都被吞没在深沉的黑暗里。

既然到了这般地步,卡尔当然不再可能把这两个人一起带到饭店去。招待把箱子扛在肩上,卡尔提起篮子,他们一块走下去了。卡尔已经到了马路上,这时他打断了自己的沉思停住步子,朝着那黑暗喊上去:"你们好好听着!要是你们俩有谁真的还拿着那张照片,而且愿意给我送到饭店里来的话,箱子依然归他,我也保证不去告发。"从斜坡上没有传来真正的回答,只听见一个断断续续的声音,是罗宾逊开始发出的呼叫声,但显然立刻被德拉马舍堵住了嘴巴。卡尔又等了好一阵子,看他们到底还会不会做出别的决定来。有两次,他一字一字地喊去:"我依然等在这里。"然而没有听见任何回声,惟有一块石头从坡上滚了下来,也许是偶然的,也许是没有打中目标。

五 在西方饭店里

到了饭店,卡尔立刻被领进一间办公用的房间里,只见厨房总管手里拿着一个记事本,正在口授,让一位年轻的女打字员打一封信。一个在极其精确地口授着,一个在娴熟自如地敲打着字键,这声音赛过了挂钟时而可闻的滴答声。挂钟快指向十一点半了。"好啦!"厨房总管说着合上了手里的记事本,女打字员顿时跳了起来,把木盖罩到打字机上。她做这习惯性的动作时,目光并未移开卡尔。看样子她好像还是个中学生。她身上的衣裙熨得十分讲究,两肩上还打着波浪式的皱褶,头上留着短发。留意这一个个细节,再看看她那庄重严肃的面孔,不禁使人感到有几分惊讶。她先向厨房总管,然后又向卡尔躬了躬身便离去了。卡尔不由自主地用询问的目光望着厨房总管。

"你到底还是来了,这太好了。"厨房总管说,"你的同伴呢?""我没带他们来。"卡尔说。"他们可能一大早就要上路。"厨房总管说,像是给自己解释这事似的。"难道她就不会想到我也一起去上路吗?"卡尔暗暗自问。为了排除疑虑,他说:"我们闹翻了,现在各走各的路。"厨房总管似乎认为这是件令人高兴的事。"这么说你自由了?"她问道。"是的,我自由了。"卡尔说,他觉得没有什么比这种自由更一文不值了。"你听着,你愿不愿意在这饭店里干事呢?"厨房总管问。"非常愿意,"卡尔回答说,"可我简直对什么都一窍不通,比如说我连打字机也不会用。""这没有什么关系,"厨房总管说,"你现在暂且只能从小差干起,然后要争取靠勤奋和精心一步一步地向上走。但无论怎么说,我觉得,对你来说,找个地方落脚总比你这样四处流浪要强些,要合适些。我看你也不是那号子人。""这一切不也是舅舅盼之不得的吗?"卡尔自言自语地说,点头表示赞同。这时他才想起来,人家这样关心他,可他压根儿还没有自我介绍一下。"对不起,"他说,"我压根儿还没有做自我介绍,我叫卡尔·罗斯曼。""你是德国人,对吗?""是的,"卡尔说,"我才到美国不久。""你是从哪儿来的?""波希米亚的布拉格。"卡尔说。"你看看,"厨房总管一面操着英语腔很重的德语喊道,一面几乎举起手臂来,"那我们可是同乡。我叫格莱特·米策巴哈,维也纳人。我对布拉格简直了如指掌。我在文策尔广场的金鹅饭店里打过半年工。你想想看!""那是什么时候的事?"卡尔问。"已经是好多好多年前了。""老金鹅饭店,"卡尔说,"两年前已经拆掉了。""是的,不用说也知道了。"厨房总管说着完全沉浸在对当年的回忆之中。

然而,她一下子又活跃起来,拉住卡尔的手喊道:"现在,既然你是我的同乡,那你无论如何都不要离开这儿。你可别干这叫我伤心的事。比如说你有兴趣当电梯工吗?只要你说声'有',那你就是电梯工了。如果您四处去看一看的话,就会知道,要得到这样的差事可不是特别容易的事。你可以想到,这样的差事是再好不过的开端。您一天到晚跟所有的客人打交道,谁都看得见你,托你办点小事。一句话,你天天都有可能得到越来越多的好处。至于其他事情,全包在我身上了。""我很乐意当电梯工。"卡尔踌躇片刻后说。与其说他只上过五年中学,对当个电梯工还踌躇不决,似乎太荒唐了,倒不如说他在美国更有理由为这不足挂齿的五年中学学历而感到羞愧。再说卡尔总觉得那些开电梯的小伙子讨人喜欢。在他的眼里,他们就像是饭店的门面。"这工作对语言有没有什么要求呢?"他又问道。

"你能讲德语,英语也很好,这就足够了。""我的英语是到美国这两个半月里才学的。"卡尔说,觉得不能埋没自己这惟一的长处。"这对你已经足够用了,"厨房总管说,"我简直不敢回想,当初讲不好英语有多困难。当然这已经是三十年前的事了。我昨天还刚刚提到过这事呢。昨天正好是我五十岁生日。"说毕她微笑着试图从卡尔的表情里看出这般年龄的尊严会对他产生什么样的印象。"那我祝你好福气了!"卡尔说。"好福气人人总归都需要的。"她说着握住卡尔的手,接着又为自己讲德语时想起家乡这句古老的俗语而半带感伤。

"我在这儿就跟你扯个没完没了,"她然后大声说,"你现在一定很累了,我们来日有的是机会,可以更加痛痛快快地聊个够。在这儿遇上同乡,我高兴得简直什么都忘了。来吧,我这就带你去房间休息。""总管夫人,我还有个请求。"卡尔看到放在桌上的电话机时说,"明天,或许是一大早,我先前的同伴可能会给我送一张我急需的照片来。你待我这么热情,就劳驾你给门房打个电话,要么他让人来我这儿,要么我自己去取。""好吧,"厨房总管说,"如果让他代你收下照片,行吗?你要不介意的话,我想问问是张什么样的照片?""那是我父母的照片。"卡尔说,"不,我得自己跟他们交涉。"厨房总管没再说什么,随手打电话给门房做了相应的吩咐,然后告诉卡尔住536号房间。

之后,他们穿过一道对着入口的门,来到一个小过道里。只见那儿有一个开电梯的小伙子倚在电梯栏杆旁睡着了。"我们可以自己来开。"厨房总管一边小声说,一边让卡尔走进电梯。"一干就是十到十二个钟头,对于一个小伙子来说是长了些。"当电梯慢慢上升时,她接着说,"可这在美国是特有的现象。比如说这个小伙子吧,他也是半年前随父母一道来这儿的,是意大利人。现在看上去,他好像无法胜任这份工作,脸也变得干瘪了,上班时打瞌睡,尽管他天生很勤快。但他只要在这儿或者美国别的什么地方干下去,出不了半年,便会轻轻松松地胜任一切。五年以后,他就会变成一个身强力壮的男子汉。像这样的例子我就是给你说上几个钟头也说不完。我这样说根本没有把你等同看待,因为你是个强壮的小伙子。你十七岁了,不是吗?""我下个月满十六岁。"卡尔回答说。"还不到十六岁!"厨房总管说,"那么只要有勇气就行!"

到了楼上,她把卡尔领进一间屋里。这虽说是间有一道斜壁的阁楼,但两只白炽灯把整个屋子照得亮堂堂的,显得十分舒适。"你对这屋里的陈设可千万别见怪。"厨房总管说,"也就是说,这不是饭店客房,而是我住的套房里的一间。我住的是三间一套,因此你一点也不会打扰我。我一关上这道隔门,你就可以自由自在地去歇息。明天你就成了饭店的新职工,当然会得到自己的小房间。要是您的同伴也一道来了的话,那我就让人在饭店工役的集体宿舍里给你们加床位。可现在就你一个,我心想,虽说要委屈你睡在沙发上,但这儿会更合适你。现在你就睡吧,明天一上班就精精神神的样子。明天还不会太辛苦的。""多谢你的热情关照。""等一等,"她停在门口说,"要不你过会儿会被吵醒的。"说毕,她朝着房间的侧门走去,边敲门边叫道:"特蕾泽!""听见了,总管夫人。"里面传来那位小打字员的声音。"你一大早来叫醒我时,要走过道来。这间屋子里睡了一个客人,他累极了。"她说这话时朝卡尔笑了笑。"你明白了吗?""明白了,总管夫人。""那好吧,晚安!""晚安!"

"也就是说,"厨房总管解释道,"几年来,我总是睡不好觉。现在我对自己这个位子可以说心满意足了,真的不必有什么忧愁了。不过这肯定是我以前的忧愁所留下的后果,落下了这失眠症。如果我夜间三点能够入睡的话,那就谢天谢地了。因为我五点,最迟五点半又得去上班,只好让人来叫醒我,而且要格外的小心谨慎,免得使已经烦躁不安的我再雪上加霜。于是我就让特蕾泽来叫醒我。现在你可是什么都知道了,而我还根本没有走开。晚安!"尽管她拖着沉重的躯体,却几乎飘飘然地走出了房间。

卡尔高兴地盼来了可以睡觉的时刻,他这一天给折腾得够呛了。他不敢奢望会有比这更舒适的环境让他不受干扰地美美睡一觉。这房间不是做卧室用的。它早先是间厅房,或者更确切地说是厨房总管应酬用的接待室。为了他,今晚特地搬来了一张洗漱台。尽管这样,卡尔并没有觉得自己是个不速之客,而只是越发觉得自己受到了无微不至的关照。箱子安然地放在这儿。肯定好久没有比这样放着更安全了。屋里一个带着滑门的矮柜子上罩着一块大网眼的毛织品,矮柜子上的玻璃镜框里夹着各种各样的照片。卡尔在察看这间屋子时停在那里端详着照片。照片几乎全是旧的,大部分是姑娘的留影。她们衣着不合时宜,土里土气的样子,头上顶着高高的小礼帽,右手拿着一把伞,面向着这个看照片的人,目光却回避开他。在男人的照片里,尤其是一位年轻士兵的照片引起了卡尔的注意。这位士兵把军帽放在一张小桌上,披着一头蓬乱的黑发,直挺挺地站在那儿,满面带着自豪而克制的笑容。照片上,金黄色的制服扣子是后来才着上去的颜色。所有这些照片可能还是在欧洲照的,这或许在照片背面会看得一清二楚,但卡尔不想去动它们。他盘算着也要把父母的那张照片像这些照片一样放在自己未来的房间里。

卡尔痛痛快快地洗了个澡。由于旁屋住着一个女人,他洗澡时尽量轻手轻脚。洗完澡,他刚躺到长沙发上舒展开四肢,准备享受梦乡的快乐时,突然似乎听到哪儿传来隐隐约约的敲门声,但一时却弄不准敲的是哪一扇门,也许不过是一个偶然的响声而已。过了一会儿,当卡尔快要睡着时,敲门声又响起来了。这次不会再听错的,确实有人在敲门,响声来自女打字员的那扇门。卡尔踮起脚尖跑到门前低声问道:"你有什么事吗?"他的声音是那样的低,即便是旁边有人在睡觉,也不会给吵醒的。门那边立刻有人同样低声答话:"你不愿意打开门?钥匙就插在你那边。""请等一等,"卡尔说,"我得先去穿好衣服。"过了一会儿,那边又开口说:"这大可不必。你打开门锁就躺到床上去,我待会儿再进去。""好吧。"卡尔说,照着去做了,并拉亮了灯。"我已经躺下了。"他接着稍稍抬高嗓门说。这时,小打字员从她那黑洞洞的屋里走出来,完全像在楼下办公室里那样一副装扮。她这阵子可能就没有想过去睡觉。

"真对不起,"她说着稍稍弯下身子站在卡尔床前,"请你别说出去,我也不想打扰你多长时间,知道您困极了。""还不至于这么严重,"卡尔说,"但让我穿上衣服也许要好些。"他不得不直挺挺地躺在那儿,以便能把被子齐脖子盖上,因为他没有睡衣。"我只呆一会儿,"她说着伸手抓来一把椅子,"我可以坐到沙发跟前吗?"卡尔点点头。于是她紧靠着沙发坐下来,弄得卡尔不得不挪向墙边,好使自己能够仰面望见她。她长着一张匀称的圆脸,惟独额头显得异常的高,不过这可能只是因为发型不太相称的缘故。她穿着十分整洁,左手攥着一块手帕。

"你要长期呆在这儿吗?"她问道。"还说不准,"卡尔回答说,"不过我想,我会留下来的。""这太好了,"她说着用手帕掠过自己的脸,"我在这儿太孤独了。""这可叫我感到奇怪了,"卡尔说,"总管夫人不是待你很热情吗?她根本不拿你当职员看。我还心想着你们是亲戚呢。""噢,不是,"她说,"我叫特蕾泽·贝希托尔德,是波莫瑞人。"卡尔也自我介绍了一番。随之,她第一次把目光完全投向了他,仿佛他说出名字后变得有点陌生了。片刻间,他们谁也不吭一声。然后她说:"你可别以为我是个忘恩负义的人。要是没有总管夫人,我的境况就会糟糕透顶。我以前在这饭店的厨房里干勤杂,险些都给解雇了,因为我干不了重活。这里的要求可高了。一个月前,有个厨房女工就是由于劳累过度昏倒了,在医院里住了两个星期。我的身体不怎么壮实,我以前经受过许许多多的磨难,因此影响了发育。你可能根本不会认为我已经十八岁了。不过,我的身体现在变得越来越结实了。""说实在的,这里的工作肯定是非常辛苦的。"卡尔说,"我刚才在楼下就看见一个开电梯的小伙子站着睡着了。""要说起来,电梯工的境况还算是最好的,"她说,"他们能挣到一笔可观的小费,而且远远不会像在厨房里干活的人那样受煎熬。可我真的是偶然走了好运。有一次,总管夫人需要一个姑娘为宴会准备餐巾,就来找我们这些厨房女工。这里有近五十个姑娘,我正好干得十分麻利,让她非常满意,因为折餐巾向来是我的拿手活儿。打那以后,她就把我留在了身边,并慢慢地教我当了她的秘书。跟着她,我学会了许多东西。""这儿真有那么多东西要打吗?"卡尔问道。"啊哈,可多啦,"她回答说,"这可能是你根本想象不到的。不过你也看到了,我今天一直干到十一点半。可这还算不上特别忙。当然,我不单是打字,而且还要去城里办各种各样的事。""这座城市叫什么名字?"卡尔问道。"你连这都不知道?"她说,"叫拉姆西斯。""是个大城市吗?"卡尔问。"很大,"她答道,"我就不喜欢去城里。不过我要问一声,你现在真的还不困吗?""不,还不困,"卡尔说,"我还根本不知道你为什么过来呢。""因为我没有个说话的人。我不是一个多愁善感的人,可是,如果真的没有人陪着你,而最终能有人听你说话,那也是很幸福的。我在楼下大厅里已经看见了你,我正要去叫总管夫人时,她领着你进了食品储藏室。""那是一个令人生畏的大厅。"卡尔说。"我已经完全不再有这种感觉了。"她答道,"但我只想告诉你,总管夫人待我一往情深,惟有我那已故的母亲会像她这样。但我们在地位上的差别太大了,我不可能同她自由自在地说话。从前,在那些厨房女工当中,我交了很多朋友,但她们早已不在这儿了。新来的姑娘我几乎一个也不认识。有时我难免会觉得,我现在的工作比以前那个更让人觉得吃力,而我也根本不会把它做得比那个好。总管夫人之所以把我留在这个位子上,无非是出于同情罢了。说实在的,要当秘书,毕竟得受过较好的学校教育。说这些话是一种造孽,但我常常担心自己会发疯的。千万千万!"她突然说得非常快,急匆匆地抓住卡尔的肩膀,因为他把手盖在被窝里,"你可别把我的话告诉总管夫人,不然我真的就完了。我在工作上已经给她添了麻烦,如果再给她雪上加霜的话,那确实是不可饶恕的过错了。""放心吧,我什么都不会告诉她的。"卡尔说。"那就好,"她说,"你留在这里吧。要是你留在这儿的话,我会很高兴的;我们会同心协力,和衷共济,但愿你别介意我的话。我第一次看到你时,马上就对你有了一种信赖感,尽管这样——你想想,我是多么的不尽如人意,我也有过担心,怕只怕总管夫人会让你来替代我当秘书,然后辞掉我。当你在下面的办公室时,我独个儿在这里坐了好久,才把这事想开了。我甚至觉得,如果你接替我的工作,那是很合适的,因为你干这事肯定会干得比我好。要是你不愿意去城里采购的话,这事可以留给我来继续做。不然的话,厨房里肯定会更用得着我,特别是我现在比以前壮实了。""事情已经安排好了,"卡尔说,"我当电梯工,你干你的秘书。但是你一点儿也不能把你的想法吐露给总管夫人,要不我也会把您今天对我所说的其他事和盘告诉她,尽管那样做会使我感到很难堪。"这一席话深深地刺激了特蕾泽,她一头扑倒在沙发上,呜咽着把脸紧贴到他的被子上。"别这样,我什么也不会说出去的,"卡尔说,"但你也要守口如瓶。"这时,他再也不能把整个身子藏在被窝里了。他伸出手抚了抚她的手臂,也找不出什么合适的话来跟她说,只想着这里的生活是严酷的。特蕾泽终于平静下来了,甚至为自己的哭泣而感到羞愧。她感激地注视着卡尔,劝他早上多睡一会儿,并答应快到八点时会找时机上楼来叫醒他。"你倒挺会叫人的。"卡尔说。"是的,我还能干点事。"她说着用手温情地抚过他的被子向他道别,然后跑回自己的房间去了。

第二天,厨房总管留给他一天时间去拉姆西斯城里看看,但卡尔执意要马上上班。他坦然地解释说,去城里看将来有的是机会,现在对他来说,最重要的是开始工作。在欧洲他曾经把一份瞄准着另外一个目标的工作白白地葬送了。他到了这般年龄才从当电梯工做起,而那些更能干的小伙子,即使按部就班,这时也快轮到接任更高一级的工作了。他从当电梯工做起,这是完全正确的。他特别要争取时间,这同样也一点没错。考虑到这些情况,逛城根本不会给他带来任何快乐。甚至他连特蕾泽邀请他抄一条捷径去都下不了决心。德拉马舍和罗宾逊的影子总是浮现在他的眼前;他的心里只有一个念头:如果不勤奋,他最终的境况不会同他们有什么两样。

在饭店裁缝那儿,人家让他试穿了电梯工制服。这制服外表十分华丽,缀有金色纽扣和绦带,但卡尔穿到身上时不禁微微打起了寒战,尤其是上衣的腋下冷冰冰的,硬邦邦的。这是在他之前的电梯工穿过的,浸透了他们留下的汗气和无法抹得干的潮湿。这制服首先必须把胸部特地为卡尔加宽,因为现有的十套中没有一套合他的身,哪怕能勉强将就也好。虽然制服需要在这里改缝,而且裁缝师显得十分尴尬——有两次,从他手里交出去的制服马上又被退了回来——,但还不到五分钟的时间,一切便就绪了。于是卡尔穿着紧裹在腿上的裤子和一件裁缝信誓旦旦保证很合适但却捆绑着身子的上衣离开了裁缝部。这上衣一再诱惑着穿衣人做呼吸练习,它要看看他是否还能喘上气来。

然后,卡尔去电梯工总管那儿报到。他将要直接听从这位总管的指挥。总管是一个身材修长仪表堂堂的大鼻子男人，看上去已经有四十岁的年纪。他没有时间跟人谈话，哪怕只是三言两语；他随即唤来一个电梯工，偏偏就是卡尔昨天看见的那位。总管只唤他的教名：吉亚柯莫。卡尔随后才得知，在英语发音中，这个名字是无法听出来的。这小伙子接受了总管的吩咐，应该把开电梯的工作须知——介绍给卡尔，可他却显得怯生生的样子，匆匆应付几下就了事了。其实本来就没有多少要介绍的，但卡尔从他那里几乎连这微乎其微的一点也没有得到。不言而喻，吉亚柯莫之所以恼火，无非是由于卡尔的到来，使他不得不离开电梯工作，被分配去给那些女服务员当帮工。照他难以说出口的经验，他觉得那是很丢面子的。但首先叫卡尔感到失望的是，一个跟电梯机器打交道的电梯工所能做的，无非是简单地按一下电钮，让电梯上下运行而已，而传动装置的修理只是饭店机械师的事。就说吉亚柯莫吧，他在电梯上干了半年之久，但无论是地下室的传动装置还是电梯内部的构造，他都没有亲眼见过，尽管他一再表明他对这些具有浓厚的兴趣。说到底，这是一份十分单调的差事，日夜轮班，一干就是十二个钟头，非常辛苦。照吉亚柯莫的说法，如果不学会争分夺秒地站着睡觉，这苦差事是根本无法忍受的。卡尔对此不置可否，但他心里一定明白，正是这个本事才使吉亚柯莫丢掉了这个位子。

　　卡尔感到非常高兴的是，他所操作的这部电梯只供最高层使用，因此他不会去跟那帮十分挑剔的阔佬们打交道。但在这儿同在别的地方一样，也学不到什么太多的东西，惟独对起步是有好处的。

　　过了一个星期，卡尔觉得他已经完全胜任了这个工作。他操作的电梯，那黄铜的壁板擦得锃锃闪亮，另外三十部电梯没有一部可以同他的媲美。要是那个和他同开一部电梯的小伙子也差不多这样勤快，不会觉得卡尔的勤劳补救了自己的懒散的话，也许还会更加锃亮。他是个土生土长的美国人,名叫勒内尔。这小伙子喜爱打扮,睁着一对黑色的眼睛,略显消瘦的面颊刮得光光的。他自己有一套很漂亮的西装,每到休假的晚上就穿上它,洒些香水,急急忙忙去城里了。有时他还请卡尔替他上夜班,说家里有事一定得回去;他并不怎么在乎,他的外表同所有这样的借口多么前后矛盾。尽管这样,卡尔还是挺喜欢他。每逢这样的晚上,勒内尔就穿上那套西装。临行前,他走到楼下电梯口,停在卡尔面前,一边戴着手套,一边还略表歉意,然后穿过走廊离去。卡尔总是心甘情愿为他代劳。再说卡尔这样替他顶班,只是想帮帮他的忙。在他看来,自己初来乍到,帮一位年长一些同事的忙也是理所当然的。但这样长此以往,那可万万不是办法。一天在电梯里不停地上上下下就够累人了,尤其到了晚上,来来往往的人简直就没完没了。

不久,卡尔也学会了要求电梯工必须做到的深鞠躬,小费也接得自如敏捷了。他收到的小费一下子就装进马甲的口袋里,没有人会从他的面部表情看出小费的多少。面对女士,他会献上小殷勤打开电梯门,在她们身后慢条斯理地走进电梯。女士们进电梯时一般都要比先生们瞻前顾后,总留心着她们的裙子、帽子和饰物。电梯运行时,这是最不引人注意的时候。他紧站在电梯门旁,背对着客人,手抓在电梯门扶手上,好让客人出电梯时,他一下子就能把门推向一边,又不至于使她们受到惊吓。在运行期间,偶尔也会有人拍拍他的肩膀,想询问点什么小事。这时,他便急忙转过身来,仿佛他在期待着人家的问话,随之大声地给予回答。虽然饭店有许多电梯,但也常常免不了有拥挤的时候,尤其在散戏或某些特快列车到达后,总要忙乎一阵子。遇上这种情况,卡尔一把客人送上去,立刻就得迅速地开下来,再接楼下等候的客人。他也有可能靠拉住一条穿过电梯车厢的绳索加快平常的运行速度。当然这是违反电梯操作规程的,而且也很危险。只要电梯里有乘客,卡尔是从来不会那样做的。可当他把客人送到楼上,楼下还有其他人等着时,他便无所顾忌地拉上绳索,活像一名水手,使劲而富有节奏地加快速度。再说他也知道,其他电梯工也这样干,他不愿意把自己的客人白白地让给他们。另外在这里相当常见的是,有少数客人在饭店里住的时间较长,有时会露出笑容,表示认出了卡尔是他们的电梯工。卡尔总是带着严肃的表情,但又很乐意接受这友好的表示。有时候,当电梯不太繁忙时,他也会接受一些分外的小任务,比如有客人把什么小东西忘在房间里,自己又懒得回去拿,这便成了卡尔的小差事。然后,他就会独自载着自己在这样的时刻觉得异常熟悉的电梯飞一般地上楼去,走进那陌生的房间里。他看到的大多是他从未见过的、稀奇古怪的东西,不是放得散散乱乱,就是挂在衣钩板上,闻到的是那异样的香皂、香水和漱口药水混合的特殊气味。他一刻也不停留,一找到大多即便交代得很含糊的东西就急急忙忙又回去。他常常为自己不能接受更大的任务而感到遗憾。干大差事有专门的勤杂和听差,他们可以骑自行车甚至摩托车办事。只有从客房到饭厅或娱乐厅的差事,卡尔才好不容易能有机会让人用得上。

每当他干完十二个钟头下了班,一周里三天是晚上六点,另三天是早晨六点,他总是感到疲惫不堪,径直就倒在床上,也懒得去答理任何人。他住在电梯工的集体宿舍里。厨房总管的影响也许并非像他第一天晚上所想象的那样大。虽然她竭力争取为卡尔弄一个小单间住,而且也可能弄得到,但卡尔却发现做起来困难重重,就为这事,厨房总管跟他的上司,那位忙得不可开交的总管打电话说来说去。于是卡尔主动放弃了住单间的奢望,并且说服厨房总管自己是真心诚意放弃,表示这样一种优待不是真正通过自己的劳动获得的,他不愿意因此而受到其他电梯工的嫉妒。

诚然,这个宿舍大厅不是能安安静静睡觉的地方。在十二个钟头休息时间里,人人都各不相同地安排着自己的吃饭、睡觉、娱乐和其他事情,所以,宿舍大厅里一天到晚就没有不喧闹的时候。几个在里面睡觉的人,拉着被子捂在耳朵上,想躲开这喧闹声。但只要有一人被吵醒了,他就会冲着其他喧闹的人大发雷霆,这样,连剩下那些还能睡得着的人也被吵得无法安宁了。几乎每个小伙子都有自己的烟斗,他们借此寻求一种奢侈的享受。卡尔也为自己买了一个,不久便抽上了瘾。但上班期间是不许抽烟的,其后果是,回到宿舍里,只要不到非得睡觉不可的时候,人人都是吞云吐雾,抽个不停。因此,每张床都笼罩在各自的烟云中,一切都淹没在一片烟雾里。尽管本来大多数人原则上都同意夜间只在宿舍的一端亮一盏灯,但根本无法实施。要是这个建议行得通的话,那些想睡觉的人就能够在大厅不亮灯的一边——这是个摆放着四十张床的大厅——心安理得地去睡他们的觉了,而另一些人则可以在亮灯的一边玩骰子或打扑克,或做其他一切有必要在灯光下做的事情。如果有人想去睡觉了,可他的床却在亮着灯的一边,那他就可以睡到不亮灯的一边任何一张空床上。空床多的是,别人临时用用也没有人会说什么。然而,没有一个晚上,这个规矩会得到大家的遵守。比如说总会有那么两三个人,他们借着不亮灯的地方睡了一觉后,又来了打扑克的瘾,于是便坐在床上,两人之间搭起一小块木板,当然也少不了顺手拉开就近的电灯。这刺眼的灯光势必会耀得那些正好面对着它睡觉的人暴怒不安。他们虽然还会辗转反侧一阵子,但最终依然是没有什么别的好计可施,索性就跟同样被吵醒的邻床也拉亮灯玩起来。不用说,所有的烟斗又一齐冒起了烟。不过也还有那么几个人无论如何也想睡睡觉,卡尔便属于其中的一个。他们不是把头放在枕头上,而是用枕头盖上或裹住头睡觉。然而,当邻床的人半夜三更起来,在上班前还要借机去城里寻欢作乐时;当他在自己床头的洗脸盆上洗得丁丁当当,水花四溅时;当他不光是扑腾一声蹬上靴子,而是噔噔噔地直跺着脚往里踩时——尽管是美国式样的靴子,但几乎所有的人穿在脚上都觉得太紧;当他最终因自己的装扮还缺少一样小东西而抽掉睡觉的人的枕头时,谁还能睡个安稳觉呢?不言而喻,埋在枕头下的人早就被吵醒了,也正盼着向他去发泄呢。也正是,大家都是些运动员和血气方刚的小伙子,谁也不想放过任何一次体育锻炼的机会。如果你半夜被喧闹声从梦乡里吵醒了,猛地爬起来一看,肯定就会发现,在你床一边的地上有两个摔跤手正在搏斗。在耀眼的灯光下,所有床上的人都穿着汗衫和短裤,直挺挺地站成一个圆圈,充当交手的裁判。有一回,两个拳手这样夜间交起手来,其中一个恰好倒在正在睡觉的卡尔身上。当卡尔睁开睡眼时,最先看见的是鲜血从那个小伙子的鼻子里汩汩地流出来,还没来得及采取应急措施,就染满了整个被子。卡尔常常在这十二个钟头里,几乎无时不在想方设法争取睡上几个钟头,尽管参与同其他人的闲谈也在强烈地诱惑着他。但他始终又觉得,所有其他人在他们的人生中都处在比他优越的地位,他要通过更加勤奋的工作和放弃一定的爱好得到补偿。虽然他明明为了工作而非常看重休息,但无论在厨房总管还是在特蕾泽面前,都从不抱怨宿舍里的状况。这首先是因为所有的电梯工大都能忍则忍着,没有人当真去抱怨。再就是宿舍大厅里的烦恼是他当电梯工工作一个必要的部分。这工作是他怀着感激的心情从厨房总管手里接受过来的。

每周有一次,换班的时候可以休息二十四个钟头,他便抽出一部分时间去看望一两次厨房总管,也等待着特蕾泽那可怜巴巴的空余时间,同她在某个角落里,在走廊上匆匆说几句话。他很少去她的房间。有时候,他也陪她到城里去办理各种十分火急的差事。于是卡尔提上她的包,他们几乎是跑着奔向地铁站,然后乘坐在列车上风驰电掣般地驶去,仿佛地铁列车毫无阻力似的。转眼间他们就下了车。他们不去乘电梯,嫌电梯太慢,干脆踏着台阶,噔噔噔直跑上去。上面是宽阔的广场,大大小小的街道纵横交错,从这里辐射开去。广场把鼎沸的人群汇入从四面八方径直而来的车水马龙里。卡尔和特蕾泽急急忙忙形影不离地走进一家又一家办事所、洗衣店、仓库和商店,操办着一个又一个不容易通过电话操办的、再说也不是什么特别重大的采购或申诉。特蕾泽很快就发现,且不可小看卡尔的帮助;有他帮忙,许多事情办得快多了。有他陪着,她不再像以往那样,常常要等到那些忙得不亦乐乎的售货员前来应酬她,现在根本用不着了。他走到柜台前,不停地用踝骨敲击着柜台,直到有人过来应酬;他操着自己那依然有点走火的、在众声中很容易让人听得出来的英语越过人墙喊去;他毫不犹豫地冲进人堆里,根本不管他们傲慢地退到商店大厅的深处。他这样干并非出于狂妄,有意要逞强,他觉得自己处在一个赋予他权利的保险地位上:西方饭店是顾客,容不得人怠慢。特蕾泽虽然有办事的经验,但毕竟需要充分的帮助。"你应该每次都跟着来。"有时候,当他们特别圆满地办完一件事走出来时,她会满脸露出幸福的笑容这样说。

在拉姆西斯城停留的一个半月里,卡尔只有三次去特蕾泽的小房间里呆的时间比较长,每次有几个钟头。这房间当然比厨房总管的任何一间都小。屋里的几样东西几乎都堆挤在窗户跟前。但卡尔凭着自己住集体宿舍的感受,深深地明白一个相对安静的单间的可贵。尽管他没有直接说出来,但特蕾泽看得出他是多么喜欢她的房间。她对卡尔没什么秘密可言。自从当初第一天晚上拜访了他以后,她似乎也不该再有什么秘密不能告诉他。她是个私生子,父亲是建筑工头,后来才让孩子和妈妈从波莫瑞过来。但他这样做,似乎就是为了完成自己的义务,或者好像期待的是别的什么人,而不是他在靠岸的码头上所迎候的历尽磨难的妻子和弱小的孩子。她们来后不久,他没有多说什么就去了加拿大,留下这母女俩。她们既看不到他的信,也得不到他任何消息。这也不足为怪,因为她们流落到了纽约东区的贫民窟里,谁也无法寻找到她们。

有一次,卡尔站在她的身旁,倚窗望着大街,特蕾泽借机讲述了她母亲的死。那是一个冬天的晚上,母亲和她各自背着行囊,心急火燎地穿过一条又一条街巷,想找一个过夜的地方。当时她可能只有五岁。起初,母亲牵着她的手领着她,在暴风雪里十分艰难地挪着步子,到后来母亲的手冻僵了,她也不回头看看特蕾泽就丢开了她。于是特蕾泽不得不竭尽全力抓住母亲的裙子。她跌跌撞撞地跟着走,甚至跌倒了,可母亲像发疯了一样,依然一个劲地走去。在纽约那漫长而平直的大街上,这暴风雪是何等的肆虐啊!卡尔还没有经受过纽约的冬天。你要顶着卷成漩涡的风走去,一刻也睁不开眼睛,大风搓起雪花不住地扑打在你的脸上;你狠劲地奔跑着,却一步也前进不了,犹如一场绝望的挣扎。在这暴风雪里,小孩子当然要比成年人优越,她在风里跑呀跑呀,对什么事还觉得有点兴致。正因为这样,特蕾泽当时就不能完全理解母亲的心情。她坚信,要是她那天晚上聪明些——可她恰恰还是一个那样不懂事的孩子——对待母亲的话,她肯定就不会死得那么凄惨。当时,母亲已经两天找不到事干了,身无分文,饿着肚皮在街头奔波了一天。她们随身拖来拖去的行囊里不过是毫无用处的破布片,也许是出于迷信,她们不敢扔掉它。就在这一天,有人答应让母亲第二天早上去一个建筑工地上干活,但她担心自己可能用不上这个良机。她一整天都在试图给特蕾泽说个明白,因为她觉得精疲力竭了。那天一大早,她就在巷子里咯了许多血,使过路的人看见都害怕。她这时惟一的企望是在哪儿找块暖和的地方歇息。而偏偏就在这天晚上,怎么也找不到一块落脚的地方。她们每到一家至少还可以稍微遮避风寒的大门口,只要不被看门人驱赶出来,便急急忙忙地穿过那狭窄冰冷的走廊,爬上一层又一层的高楼,绕过院庭一圈又一圈狭长的露台,不加选择地敲打着每一扇门。她们开始不敢同任何人搭话,后来才恳求着迎面而来的每一个人。有一两次,母亲上气不接下气地蜷伏在沉寂的楼梯台阶上,把近乎执意不肯的特蕾泽拉到自己怀里,嘴唇十分痛苦地贴在她的脸上亲吻着。当她后来知道这是妈妈最后的亲吻时,她怎么也不理解,自己竟然能无知到连这个都看不明白,简直就是一条小小的可怜虫。她们走过一些房前时,房门敞开着,里面一股令人窒息的污浊气味扑面而来,满屋就像火烧似的烟雾腾腾。在她们的恳求声中,从这烟雾里闪现出模模糊糊的人影来,他站在门槛里,要么不予理睬,要么厉声厉色,一次次把她们赶开,不让她们在这里得到安身之处。特蕾泽现在回想起来,觉得母亲只是在最初几个钟头里寻找着歇息的地方,因为过了午夜之后,她就不再去跟任何人搭话了,尽管直到黎明时分,除了其间的小歇以外,她几乎一直不停地奔走着,尽管她们经过的那些大门和那些还敞开着门的房子里,依然充满着勃勃生机,处处都碰得到人。当然,并不是有什么东西推着她们快速向前奔跑,而是她们在极其艰难地竭力挣扎着。实际上,充其量也只能说是在缓慢地爬行。特蕾泽弄不清楚,从午夜到早上五点,她们去过二十栋还是两栋,或者仅仅只是一栋房子里。这些房子的走廊构思得很巧妙,空间得到最佳的利用,但却让人难以辨别方向。有多少次,她们可能就在同一走廊上穿来穿去!特蕾泽好像还模模糊糊地记得,她们在一栋房子里撞来撞去,好不容易才走出了大门,但她觉得,她们好像到了巷子里,马上又折了回来,再次闯进了这栋房子里。一会儿妈妈牵着,一会儿她紧紧地抓住妈妈,一路上连半句安慰的话都得不到。这对一个孩子来说,当然是一种不可理解的痛苦。当时,在这个尚不懂事的孩子看来,这一切好像只归结到一句话:妈妈要弃她而去。因此,特蕾泽越发把妈妈抓得更紧,生怕她走掉了;虽然妈妈牵着她的一只手,但她的另一只手依然死死地扯住妈妈的裙子不放,一路走一路哭号着。她害怕被留在这儿,留在这些人当中:她们前面的人踏着沉重的脚步爬上楼梯;她们身后还有看不见的人从楼梯拐弯处走过来;门外走廊里的人争来吵去,互相推搡着进了屋子;喝得醉醺醺的人哼着深沉的调子在楼里游来荡去。幸好妈妈牵着特蕾泽从这样一些正要纠结起来的人群里钻了进去。她们经过了几家由雇主承租的普通集体宿舍。在这深夜时分,人们不会再那么留心,也不会再有人非得把什么事都当真,她们无疑起码可以挤进这样一家宿舍里去。但特蕾泽不懂这些,母亲也不再想歇息了。清晨,当一个美好的冬日来临时,她们俩倚靠在一家墙根,或许在那儿打了个盹,或许睁着呆滞的眼睛四处张望。事实上,特蕾泽丢掉了她的行囊,母亲正要去打她,惩罚她粗心大意,但特蕾泽既没有听到打的声音,也没有感觉到挨打。然后,她们继续走下去,穿过热闹起来的街巷。母亲走在靠墙一边。她们过一座桥时,妈妈用手掠去桥栏上的白霜。她们最终正巧来到了妈妈说好那天早上要去的那个建筑工地。当时,特蕾泽听之任之,但至今却弄不明白。到了工地,母亲没有告诉特蕾泽,是原地等候还是走开,特蕾泽以为这意味着让她原地等候,因为这最符合她自己的心愿。于是她坐到一个砖堆上,看着母亲打开行囊,从里面抽出一条花布条来,扎起她昨天晚上就一直戴在头上的头巾。特蕾泽太累了,哪里还会想到去帮一帮母亲。母亲一反常态,没有去工棚里报到,也不问任何人,而是径直顺着梯子爬上去,仿佛她早就知道人家分派给她什么工作似的。特蕾泽对此感到惊奇,因为帮工通常只在下面和石灰,递砖瓦或干其他简单的活儿。因此,她心里揣摩着母亲今天要干能多挣点钱的工作,于是睡眼惺忪地朝她笑了笑。工地上的墙砌得还不太高,底层几乎还没砌好。但为下一步施工用的脚手架已经高高地耸立起来,当然还没有搭上连接横杆。母亲在脚手架上敏捷地绕过一个个正在砌砖的瓦工。让人不可思议的是,他们谁也不去问她一声。她伸出柔弱的手,小心地扶在一块当作栏杆用的木隔板上。在下面的特蕾泽模模糊糊地惊叹着母亲这般敏捷的动作,而且相信母亲和蔼可亲地看了她一眼。可就在这时,母亲朝着一小堆砖走过去。这砖堆的前面没有了栏杆,或许脚手架也到了尽头,但她已经身不由己,直冲着那堆砖而去。她的敏捷似乎遗弃了她。她撞翻了那堆砖,从砖堆上直摔到底下,许多砖块随之纷纷滚将下来。紧接着,不知从哪儿又脱落一块沉重的木板,砰的一声砸在她身上。特蕾泽对母亲最后的回忆是:她穿着那条还是从波莫瑞带来的裙子,两腿叉开躺在那儿;那块压在她身上的粗木板几乎把她全盖住了;人们从四面八方一齐拥来;工地脚手架上还有个男人气急败坏地向下面大喊大叫。

当特蕾泽结束了她的讲述时,时间已经很晚了。她不顾平素的习惯,讲述得十分详细。只有说到无关紧要的地方时,比如说描述那孤零零地耸立云天的架杆时,她才会收住自己的眼泪。当时发生的每个细节,而今已经过去十年了,她依然记忆犹新,母亲在尚未砌起来的第一层楼的脚手架上让她看见的形象是她对母亲生命最后的回忆,她恨不得把这些向自己的朋友吐露个够。所以,她结束了讲述后,还想再回到这个话题上,却哽塞住了,她两手捂在脸上,再也说不出一句话来。

然而,在特蕾泽的房子里也有比较愉快的时刻。就在第一次拜访时,卡尔发现那里放着一本商业信函教科书,并恳求她借去看看。同时,他们商定,卡尔必须做书里规定的作业,交给特蕾泽检查。这本书,凡是她那琐里琐碎的工作用得上的,特蕾泽都读遍了。于是卡尔通宵达旦地趴在楼下集体宿舍的床上,用棉球塞住耳朵,孜孜不倦地读着这本书,这也是为了尽可能调剂一下环境。他用钢笔把作业写在一个小本上。这支笔是厨房总管奖赏给他的,因为卡尔帮她制了一个非常实用的盘货大表格,而且完成得一丝不苟。看书时,他先让其他小伙子不断地用英语向他提些小小的建议,直到他们厌倦了,让他安静下来。这样,他成功地将绝大部分干扰转化为有利因素。他常常觉得不可理解的是,其他人如此安于自己的现状,压根儿就感受不到他们暂时性的生存特点——过了二十岁的电梯工就不受欢迎了——,意识不到为自己未来抉择职业的必要性。尽管卡尔做出了榜样,但他们读的书最多不过是从床上传来传去、肮脏破损的侦探小说而已。

卡尔同特蕾泽会面时,特蕾泽批改起他的作业,总是不厌其烦地挑来挑去,两人常常因此发生意见分歧。这时,卡尔就搬出他那伟大的纽约教授当盾牌,但这对特蕾泽来说,就如同那些电梯工对文法的看法一样一文不值。她从卡尔手里夺过笔,划掉她深信有错误的地方。但在这种疑惑难解的情况下,尽管通常也不会有比特蕾泽更高的权威来审定,卡尔出于慎重,又把特蕾泽划掉的地方再划回来。诚然,有时会遇上厨房总管来,但她总是做出偏向特蕾泽的裁定,依然说服不了人,特蕾泽毕竟是她的秘书。与此同时,她也让大家言归于和,因为茶煮好了,甜点也端上来了,卡尔得讲讲欧洲的事了。当然,他的讲述一次次被厨房总管打断。她一而再,再而三地提问和表示惊讶。她这样做是想让卡尔意识到,欧洲有多少事情在相当短的时间里发生了天翻地覆的变化。打他离开以来,又有多少事情也可能已经完全变了样儿,而且还在不断地变化着。

卡尔约摸在拉姆西斯呆了一个月光景。有一天晚上,勒内尔打他身旁走过时告诉他,饭店门前有一个名叫德拉马舍的男人同他攀谈,探问卡尔的消息。勒内尔说他当时没有理由去隐瞒什么,于是就如实说卡尔当了电梯工,不过他有厨房总管的提携,还有望得到完全不同的位置。卡尔察觉到,德拉马舍是多么狡猾地对待勒内尔,甚至还邀请勒内尔这天晚上去共进晚餐。"我不会再同德拉马舍打任何交道的,"卡尔说,"你可千万要提防着他!""我?"他说着甩开身子,一溜烟地走开了。他是这饭店里最英俊的小伙子。在其他小伙子中间流传着这样的谣言:在电梯里,一位在饭店里住了较长时间的高贵女士说至少亲吻了他。谁也不知道这谣言是从哪儿来的。可对每个熟知这个谣言的人来说,当他看着那位女士身挂纤巧的披纱,挺着束得紧细的腰身,迈着稳健轻盈的步履从自己身旁走过,而其外表丝毫也让人看不出她会采取那样的举动时,这必定是一种莫大的刺激。她住在二层,不是勒内尔电梯的客人。然而,如果其他电梯一时都被占用着,当然也不能不让这样的客人去乘另外的电梯。于是这位女士时而也乘卡尔和勒内尔的电梯上上下下。事实上,这始终只发生在勒内尔当班的时候。这或许是偶然的,但没有人会相信是这样。只要电梯载着他们两人开动起来,顿时就会在整个当班的电梯工中出现一片难以制止的喧闹,甚至闹腾得非得总管出来干预不可。追究原因,是这女士也好,是那谣言也罢,勒内尔无论如何变了个样,变得绝对更加自信了。他把擦洗电梯的活儿一股脑都推给了卡尔。就为这事,卡尔也正等待机会要同他彻底摊开谈一回。在宿舍大厅里,再也见不到他的影子了。他彻底脱离开了电梯工这个集体,没有人像他这样。至少在工作问题上,大家通常都紧紧地抱在一起,并且有一个为饭店管理部门所承认的组织。

卡尔思考着这一切,也想到了德拉马舍。另外,他照常上自己的班。临近午夜时分,他得到了短暂的调剂,因为特蕾泽给他带来了一个大苹果和一块巧克力。她常常出其不意地送些小礼物来叫他惊喜。他们相互说上一会儿话,虽然不时被电梯的上上下下所打断,但几乎不受什么妨碍。他们在谈话中也提到过德拉马舍,而且卡尔发现,如果说他这阵子认为德拉马舍是个危险人物的话,那真的是受了特蕾泽的影响,因为特蕾泽印象里的德拉马舍无疑是听了卡尔的话后才有的。然而,归根到底,卡尔认为德拉马舍不过是个不幸使之堕落下去的流浪汉,跟他还是可以打交道的。但特蕾泽十分激烈地反驳卡尔,并振振有词地要求他发誓同德拉马舍一刀两断。卡尔没有发誓,而是再三催促她去睡觉,因为早已过了午夜了。当她不肯走开时,卡尔威吓说要擅离职守送她回房间去。最后,她无奈地准备走开,这时卡尔说:"特蕾泽,你干吗多操这份心呢?如果我那样做会让你睡好觉的话,那我情愿向你发誓:不到万不得已,我不会同德拉马舍说话。"接着,卡尔来来往往忙了起来。旁边电梯的伙伴被派去干什么别的差事了,他不得不管起两部电梯来。这时有客人议论起来,说这里乱了套,一位陪伴女士的先生甚至用手杖轻轻地捅了捅卡尔,催着他动作迅速些。其实这种催促是大可不必的。要是客人们马上都上卡尔的电梯,一切也就迎刃而解了。但有些客人明明看见那边电梯无人操作,却偏不肯过来,非得要走到那部电梯前,手抓着电梯门把手站在那儿等着,甚或擅自走进电梯里。按照十分严格的电梯操作规程,电梯工无论如何也要防止发生这样的情况。于是卡尔不得不跑来跑去,累上累下,哪里还会顾得上考虑小心仔细地履行自己的职责。此外,快到凌晨三点时,一位行李搬运工想叫他去帮点忙,虽然他跟这位老人还有点交情,但他此刻无论如何也顾不得帮他了,因为恰好他管的两部电梯前都站着客人。他当机立断,大步走上前去,先选定送走一批。当那个伙伴回来接上班时,卡尔高兴极了,便朝他喊了几句,责怪他一去好久不见回来,尽管这可能也怪不得他。过了凌晨四点,才有些平静下来,卡尔也亟待有个喘息的机会。他疲惫地倚靠在自己电梯旁边的栏杆上,慢慢地咬着那个苹果。咬开第一口,里面散发出一股浓烈的香味。他透过天井看下去,四周是储藏室的大窗户,挂在窗户后面的香蕉在昏暗中闪着微光。

六　罗宾逊事件

这时有人拍了拍他的肩膀,卡尔自然以为是一位客人,急急忙忙把苹果塞进衣兜里,几乎看也不看那人一眼,直冲着电梯走去。"晚上好,罗斯曼先生!"这人随之说道,"我是罗宾逊。""你可变样了!"卡尔说着摇了摇头。"是的,我现在混得挺不错。"罗宾逊一边说一边往下看着自己的那身打扮。这身打扮用的也许都是些精美的东西,但如此拼凑在一起,看上去简直寒碜极了。最惹人注目的是一件显然初次穿在身上的白色坎肩,上面有四个黑边口袋,罗宾逊始终挺着胸膛,试图引起人们对这坎肩的注意。"你你穿的可都是些高档的衣服。"卡尔说,不禁想起自己那件朴素而漂亮的上衣。要是把它穿在身上,他甚至不会比勒内尔逊色。恨只恨这两个人太不够朋友,硬是把它给卖掉了。"是的,"罗宾逊说,"我几乎天天都为自己买点什么。你看这坎肩怎么样?""棒极了。"卡尔应道。"但这实际上不是口袋,只是做成这个样子而已。"罗宾逊说着抓住卡尔的手叫他摸摸,让他相信这是真的。但卡尔把手缩了回去,因为从罗宾逊的口里喷出一股不堪忍受的烈酒味儿。"你又喝多了。"卡尔说完又站到栏杆旁去了。"没有,"罗宾逊说,"没喝多少。"接着,他一反自己先前那心满意足的神态补充说:"这人活在世上不喝酒还有什么意思呢。"有人来乘电梯,打断了他们的谈话。卡尔刚一回到楼下,又有电话打来了,说是一位住在八层的女士昏厥过去了,要他去接饭店大夫来。一路上,卡尔暗暗地期盼着罗宾逊在这期间会走开,他不愿意让人看到他和他在一起。他想起特蕾泽的告诫,也不想听到德拉马舍的任何情况。但醉醺醺的罗宾逊依然僵直地等候着。这时,恰好有一位身穿礼服、头戴大礼帽的饭店高级职员打这里路过,值得庆幸的是他好像没有特别留意罗宾逊。"罗斯曼,难道你不想去我们那里看看?我们现在过得挺自在的。"罗宾逊边说边投以诱惑的目光端详着卡尔。"是你邀请我呢,还是德拉马舍?"卡尔问道。"我和德拉马舍,我们俩都有这个意思。"罗宾逊说。"那我就告诉你,并请你转告德拉马舍:我们的告别是最终的告别。如果说这事当初还模棱两可的话,现在我就给你彻底说个明白。你们俩给我造成的痛苦比任何人都多。难道你们打定了主意,继续让我不得安宁吗?""我们毕竟是你的同伴。"罗宾逊说着眼里噙上了令人作呕的醉鬼的泪水,"德拉马舍让我告诉你,他要向你赔偿过去的一切。我们现在同布鲁纳尔达住在一起。她是一位出色的女歌手。"紧接着,他就要扯开嗓子唱一首歌,亏得卡尔及时地"嘘"住了他:"你现在可别吱声了。难道你不知道你这是在哪儿吗?""罗斯曼,"罗宾逊只是因为考虑到唱歌的事而怯生生地说,"我毕竟是你的同伴,你要说什么,就尽管说吧。现在,你在这儿有这样一个美差,想来可以赐给我几个钱花吧。""给了你,无非又是拿去酗酒挥霍了。"卡尔说,"我现在就看见您的口袋里装着个酒瓶子,我离开这会儿,你准保又喝了。你刚来时还相当清醒。""当我上路的时候,喝酒不过是用来提精神的。"罗宾逊抱歉地说。"我真不敢相信你会变好。"卡尔说。"可是钱呢?"罗宾逊瞪大眼睛说。"你准是受德拉马舍的指使,让你拿钱回去。好吧,我给你钱,但是有个条件,你得马上离开这儿,永远别再到这里来缠我。如果你要告诉我什么事,就给我写信。地址是:卡尔·罗斯曼,电梯工,西方饭店。这样写就行了。我再说一遍,不许你再上这儿来找我。我在这里要上班,没有时间接待来客。你愿意接受这个条件拿钱吗?"卡尔问道,手随之伸进坎肩口袋里,他已经打定主意舍弃今晚得到的小费。对卡尔的问话,罗宾逊只是点了点头,艰难地喘着气。卡尔没有理会他的意思,便又一次问道:"行,还是不行?"

这时,罗宾逊示意让卡尔到自己跟前来,嘴里十分明显地吞来咽去,低声说:"罗斯曼,我感到好恶心。""见鬼去吧!"卡尔脱口而出,两手把他拖到栏杆前。

就在这时,罗宾逊吃进去的东西从他的口里一下子直喷到天井的深处。在他呕吐的间歇,他显出一副无可奈何的样子,盲目地向卡尔摸过去。"你确实是个好小子。"他然后说,或者:"简直太不像话!"这样说还远远算不了什么,或者:"那帮狗东西,不知他们在那儿给我灌了些什么玩意!"不安与恶心使卡尔无法在罗宾逊身旁忍受下去,他开始走来走去。罗宾逊的身子被稍稍遮掩在电梯旁边的角落里,可一旦有人发现了他,怎么办呢?要么是让那些神经过敏的阔佬中的某个人看见了,他准会向赶来过问的饭店头头提出抗议。这家伙便会以此为由,气急败坏地拿饭店里所有的人问罪。那些阔佬们无时不在寻找机会抗议这抗议那。要么就是那些不断更换的饭店密探中的某一个会打这里经过。除了饭店领导,没有人知道哪个是密探。因此,谁只要投以审视的目光,也许只是出于近视,谁就会被看做是密探。楼下面,修缮工作通宵不停地进行着。这时,只要有人进了储藏室,就会吃惊地发现天井里那堆令人作呕的东西,并且打电话问卡尔上面究竟发生了什么事。难道卡尔可以否定这是罗宾逊干的吗?如果他这样做的话,这个干了蠢事而处于绝望中的罗宾逊非但不会表示一点歉意,反而会把卡尔牵连进去。于是闻所未闻的事发生了:一个电梯工,一个在这家饭店那庞大的工役等级中处于最低层的、可有可无的工役,让他的朋友玷污了饭店,惊动甚或吓跑了客人。卡尔因此不就肯定会马上被炒鱿鱼吗?人们还能容忍一个结交这样的朋友而且在上班时间让他们来拜访的电梯工吗？难道这还不足以让人觉得这个电梯工自己好像就是个酒鬼，甚或心怀鬼胎的人吗？人们便会猜测，他是拿这饭店的东西供他的朋友尽情吃喝，直到他们醉得在这个保持得一尘不染的饭店里随便呕吐，就像现在的罗宾逊一样。难道还有什么比这更显而易见的猜测吗？而像这样一个电梯工，他怎么会只限于偷窃食物呢？这里有的是行窃的机会：客人们疏忽大意，柜子到处敞开着，贵重物品散落在桌子上，首饰盒大开着，钥匙随意丢下，实在举不胜举。

远处，卡尔正好看见客人们从一个地下酒吧走上来。那里刚刚结束了一场游艺演出。卡尔站在他的电梯前，根本不敢朝罗宾逊转过去，他害怕自己看到可能看到的情景。那儿没有传来什么响动，更听不到有叹息声，这使他的心绪稍稍平静下来。他虽然伺应着他的客人，载着他们上上下下，但却无法完全掩饰自己心不在焉的惶恐。每当电梯下去时，他随时都准备着面对一场令人难堪的意外。

他终于又有了时间去看看罗宾逊。罗宾逊蜷缩在那个角落里，把脸压在膝盖上。那顶硬邦邦的圆礼帽从额头被推到了脑后。"你现在该走啦。"卡尔低声而坚定地说，"这是钱，如果你赶快走的话，我还能指给你走条近路。""我没法走了。"罗宾逊说着用一条小手帕擦了擦额头，"我会死在这里。你想象不出我有多难受。德拉马舍带着我到处进出高级饭店和酒馆，但我天天都对他说，我受不了那过分敏感的贱货。""这儿你反正是不能呆了。"卡尔说，"你倒想想你这是在什么地方！要是人家在这儿看见你，你会受到惩罚的，我也免不了丢掉饭碗。难道你愿意这样吗？""我走不成啦。"罗宾逊说，"我宁可从这儿跳下去。"他随手指着栏杆之间的天井。"我就这样坐在这儿，还勉强受得了。但我没法站起来，你不在的时候，我已经试过了。""那我叫辆车来，送你到医院去。"卡尔说，并摇了摇罗宾逊的腿,因为这家伙时刻都会彻底陷入不省人事的境地。然而,"医院"这个词似乎勾起了他可怕的想象,他刚一听到这个词儿,顿时号啕大哭起来,两手向卡尔伸去,乞求可怜。

"别出声!"卡尔说,轻轻地把他的手拍了下去。接着,他跑到自己给顶过夜班的那个电梯工跟前,请他同样帮忙代劳一会儿,又急急忙忙回到罗宾逊身边,使尽全身力气,把这个仍在抽泣的家伙提了起来,小声对他说:"罗宾逊,如果你愿意要我来照料你的话,那你现在就必须鼓起劲来,直着身子走几步路。也就是说,我领你去睡到我的床上,你在那儿可以一直呆到感觉好了的时候。你很快会恢复过来的,你自己都会为此感到惊讶。不过你现在的一举一动必须理智些,走廊里到处都有人,而且我的床是在一个集体宿舍里。如果有人哪怕是稍微留意上了你,那我可就再帮不上你什么了。你一定要睁着眼睛,我不能把你当个垂危的病人牵来牵去。""你觉得怎么合适我就怎么做。"罗宾逊说,"可你一个人是弄不动我的。你能不能再把勒内尔叫来呢?""勒内尔不在这儿。"卡尔说。"哎,对了,"罗宾逊说,"勒内尔同德拉马舍在一起,是他们俩派我来请你的。我把什么都搞糊涂了。"卡尔趁着罗宾逊含混不清自言自语地说这说那的机会推着他向前走去,同他一起幸运地来到了一个拐角,从这里有一条灯光昏暗的走廊通往电梯工的集体宿舍。这时一个电梯工急匆匆地迎着他们奔过来,打他们身旁跑了过去。再说,直到这会儿,他们还没有遇到过让他们提心吊胆的人。从四点到五点期间,可以说是最清静的时候。卡尔准保知道,要是他现在把罗宾逊弄不走的话,一到拂晓和交接班的时候,那根本就别再想了。

宿舍大厅的另一边正闹得热火朝天,也许是在举行别的什么活动,有节奏的鼓掌声、激动不已的跺脚声和运动场上似的喊叫声响成一片。在靠门的这一边,只有几个不为所动的人睡在床上。他们大都仰面躺着，两眼呆呆地盯着天花板。不时有人从床上跃起来，想看看宿舍那头闹腾的场面，有的穿着衣服，有的还没有顾得上穿衣服。这样，卡尔几乎神不知鬼不觉地把此时慢慢又可以走路的罗宾逊安顿在了勒内尔的床上。这张床离门很近，幸好也空着。卡尔打远处就看见自己的床上静静地睡着一个陌生的小伙子。罗宾逊一倒在床上，马上就睡着了，一条腿摇晃着吊在了床边。卡尔将被子深深地盖到他的脸上，满以为自己往后这段时间至少用不着担心了，以为罗宾逊肯定不会在六点前醒来。到了那会儿，他就会回到这儿，然后或许可以同勒内尔商量个办法把罗宾逊弄走。只有在特殊情况下，上面才会派人来检查宿舍。几年前，电梯工经过多方努力，以前那种例行检查已经取消了。因此，也用不着担心有人来检查。

　　当卡尔再回到他的电梯前时，发现它已经同相邻的那部恰好都上去了。他忐忑不安地等待着，想知道这究竟是怎么回事。他的电梯先下来了，刚才打走廊里跑过去的那个小伙子从里面走出来。"罗斯曼，你究竟上哪儿去了？"这小伙子问道，"你为什么擅离职守？为什么连个招呼也不打？""可我给他说过了，要他帮我顶一会儿。"卡尔回答说，指着相邻电梯的那个小伙子，他正好朝这边走过来，"在最繁忙的时候，我也替他顶过两个钟头班。""这一切都无可非议。"这个前来搭上话的人说，"但这还是不够的。难道你不知道上班期间不得擅离职守，哪怕离开一时半刻也得向总管办公室报告吗？这儿有的是电话，就是供你派这个用场的。我倒很乐意替你顶班，但是你要知道，这可不是那么随随便便的事。正好乘坐四点三十分特快列车新来的客人站在两部电梯前，我当然不可能先跑到你的电梯前，让我的客人等着，于是就先开着我的电梯上去了。""是吗？"卡尔看着这两个小伙子不言语了，便神情紧张地问道。"是这样，"相邻电梯的小伙子说，"这时，正好总管打旁边经过，看见你的电梯前站着客人没人管,一下子火冒三丈,问我你去哪儿了。我马上跑过来回话,你人在哪里,我一点也不知道,你压根儿就没告诉我你去哪儿。他马上就给宿舍打电话,叫立刻另来一个人。""我还在走廊里碰见了你。"这个顶替卡尔的人说。卡尔点了点头。"当然,"相邻电梯的小伙子申明说,"我马上就告诉他,你请我替你代班,可他哪里听得进这样的理由呢!你可能还不了解他。我们得转告你,你应该马上去办公室。你最好别再耽搁时间了,快去吧。或许他还会原谅你,你确实离开不过两分钟而已。你只管心安理得地把我端出来吧,说你请我替你代班。你最好别提你替我上班的事。听我的劝告吧,我倒不会被怎么样,因为我得到了许可。即便你把前后两件毫不相干的事情搅和在一起说,也是没有什么好处的。""我这是第一次离开自己的岗位。"卡尔说。"说归这么说,只是人家不会相信。"这小伙子说着向他的电梯跑去,因为有人走近电梯。卡尔的替班人是一个十四岁左右的小伙子,他显然对卡尔抱以同情。他说:"曾经发生过许多这样的事情,大家都被宽恕了。通常是调你去干别的工作。就我所知,因为这样的事被开除的只有一个。你一定要想出一个合情合理的、能够得到宽恕的理由来。千万可别说你突然感到不舒服,那样人家会取笑你的。你就干脆说,一位客人让你去给另外一位客人转达什么紧急口信,而你记不起来第一位客人是谁,第二个客人也无法找到。""好吧,"卡尔说,"事情不会这样糟糕吧。"然而,按照他所听到的一切,他不再相信事情会有好的结局。即使这工作上的失误会被谅解了,但躺在宿舍里的罗宾逊则是他活生生的罪证,而那个性情暴躁的总管肯定不会善罢甘休,敷衍了事。罗宾逊终归还会被搜查出来。当然,没有什么明文禁令说不许把陌生人领进集体宿舍。但这种禁令之所以不存在,恰恰是因为不可想象的东西是禁止不了的。

当卡尔走进总管的办公室时,这人正坐在那里喝咖啡。他喝上一口咖啡，回头又看一看摊在面前的名册。这名册显然是那位同样在场的饭店门卫长送给他审定的。总管是个彪形大汉，他那身装扮得富丽奢侈的制服——从肩膀到手臂上还盘绕着金链和金边——使他显得比天生的身量更加魁梧。一把闪亮的黑胡须捋得尖尖的，就像是匈牙利人留的胡须一样，即使脑袋转动得再快，胡须也纹丝不动。再说由于衣服的累赘，这人行动十分迟缓，挺起身来两腿不得不向两边叉开，以便切实分摊身体的重量。

卡尔无拘无束匆匆忙忙地走了进去。他在饭店已经养成了这样的习惯，因为稳重谨慎一向被视为人际交往的礼貌，但要放在电梯工身上却被看成是懒惰。另外，他也不能一进门，就让人马上看出他的负罪心理。总管虽说朝着打开的门匆匆瞥了一眼，但马上又回过头去喝他的咖啡，看他的名册，不理睬卡尔。但那个门卫长也许觉得卡尔的出现干扰了他，也许他有什么秘密消息或请求要报告，无论怎么说，他不住地硬是扭着脑袋，两眼恶狠狠地向卡尔瞪去。当他的目光显然如愿以偿地跟卡尔的目光撞到一起时，便又扭头转向总管。但卡尔认为，既然他现在已经来了，没有总管发话，他又离开办公室，似乎是不大明智的。可这家伙依然仔细地查看着名册，同时享用着一块糕点，不时地甩去撒在上面的糖，一刻不停地看着他的东西。一瞬间，有一张表格掉在地上，门卫长丝毫也没有要捡起来的意思，他知道这不是他干的事，也没有这个必要，因为卡尔已经走上前去，拾起表来递给总管。总管随手拿去卡尔递来的表格，仿佛表格是自己从地上飞起来的。这微不足道的效劳丝毫无济于事，门卫长依然一点也不收敛他那凶神恶煞的目光。

尽管这样，卡尔比先前更冷静了。他的事情在总管看来好像无关紧要。这可以看作是个好兆头。这事也毕竟只能这样去理解。当然，一个电梯工根本就算不了什么，因此绝对不允许擅自行事。可恰恰因为他算不了什么,所以也就不可能干出什么大不了的事来。总管自己年轻的时候毕竟也当过电梯工,——还算是这一代电梯工的骄傲呢。正是他,率先把这些电梯工组织起来的。他肯定也有过未经允许擅离职守的时候,即便现在不会有人逼迫他回首过去;即便人们也不能不顾及到,正因为他当过电梯工,所以他认为自己的职责,就在于通过一种毫无容情的严厉态度来维持这个现状。除此以外,卡尔现在却寄希望于时间的推移。办公室的挂钟已经过了五点一刻。勒内尔随时都可能回来,也许他现在已经回来了,因为罗宾逊没有回去,肯定会引起他的注意。另外,德拉马舍和勒内尔可能就呆在离西方饭店不远的地方。卡尔突然想起来,要不是罗宾逊这般神魂颠倒的样子,他怎么会找到来这儿的路呢。如果勒内尔现在在他的床上遇上罗宾逊,这肯定是免不了的,那一切便迎刃而解了。事实上,像勒内尔这种人,尤其一旦涉及到他自身的利益,他就会想方设法,马上把罗宾逊从饭店里弄走。这期间,罗宾逊已经稍微恢复了精神,要弄走他倒更容易些。再说,德拉马舍可能就在饭店前迎候着罗宾逊呢。只要罗宾逊被弄走了,卡尔便可以更加冷静地来对付总管。这次也许还能幸免被开除的危险,虽然逃不了一顿严厉的训斥。然后,他会去同特蕾泽商量,要不要把实情告诉厨房总管。在他看来,这不会有什么障碍的。如果可以这样做的话,事情就算顺顺当当地了结了。

卡尔这样思来想去,心绪稍稍平静一些,开始悄悄地把昨晚收到的小费再点一遍。凭他的感觉,昨晚的小费似乎特别可观。这时,总管把名册放到桌上说:"请你再等片刻,费奥多尔!"他突然暴跳起来,冲着卡尔大声叫喊,吓得他目瞪口呆,只是直愣愣地望着那黑洞洞的大口。

"未经允许擅离职守,你知道这意味着什么吗?意味着解雇。

我不愿意听任何要求宽恕的理由,你编造的借口就留给你自己吧。事实上,你不在岗位上,我看这就够了。要是我容忍和宽恕了你这一次,以后所有四十个电梯工都会在上班期间跑开的,那我不就得独自把我的五千客人一个一个地背上楼去吗?"

卡尔一声不吭。门卫长靠近卡尔,把卡尔起了几道褶皱的上衣稍稍向下扯了扯,无疑是要提醒总管特别去留意卡尔不大讲究工作制服的整洁。

"也许是你身体突然感觉不舒服了?"总管狡黠地问道。卡尔用审视的目光打量着他,回答道:"不是。""这么说你一点儿也没感觉到不舒服?"总管越发厉声地喊道,"那你肯定是编造出了什么精彩的谎言吧,快快说出来!你要求宽恕的理由是什么呢?""我不知道一定要打电话请求准许。"卡尔说。"真是滑稽可笑!"总管说着抓住卡尔的衣领,把他几乎摇摇晃晃地拖到钉在墙上的电梯操作规程前。门卫长也跟在他们后面走过去。"你念一念这是什么!"总管指着其中一条说。卡尔以为要他自己默默地看一下就是了。然而,总管却命令说:"大声念!"卡尔没有大声念,而是解释道,希望借此使总管快些冷静下来:"这条我知道,这操作规程我也有,并且细细读过。可偏偏这一条从来也用不上的规定给忘记了。我已经干了两个月了,从未离开过自己的岗位。""因此你现在离开了它。"总管说毕走到桌子跟前,又把那名册拿到手里,好像要继续看下去。然而,他却把名册拍到桌子上,犹如一张毫无用处的废纸,接着在屋子里踱来踱去,额头和面颊涨得通红。"就因为这样一个捣蛋鬼非得让人如此折腾不可!闹得夜班一片沸沸扬扬。"他气得连连发出这样的喊叫。"你知道不知道,当这个家伙离开电梯后,是谁要上楼去吗?"他转过身去问门卫长,说出了一个名字,门卫长听到后打了个寒战,因为他肯定认识所有的客人,能够掂量出他们的轻重。于是他匆匆地朝卡尔瞟了一眼,仿佛只有卡尔的存在,才能证实叫那个名字的人不得不在一部操作工跑得无影无踪的电梯前白白地等候良久。"这简直太不像话了!"门卫长一边说,一边似乎不敢相信地冲着卡尔直摇脑袋,显出一副无限担忧的神情。卡尔忧伤地看着他,寻思着自己也得为这家伙的蠢笨而遭殃。"再说我也早就认识你。"门卫长说着伸出他那粗笨僵直的大拇指,"惟独你一个从来就不向我打招呼。你究竟有什么好自以为是呢!每个打门房经过的人都得跟我打招呼。对其他门卫你可以为所欲为,但我要的是打声招呼。有时候,我虽然装作不留意的样子,但你却完全觉得若无其事。而谁同我打没打招呼,我心里一清二楚。你这个无赖!"然后,他撇开卡尔转过身,趾高气扬地朝着总管走过去。但总管并没有就门卫长的话发表自己的看法。他结束了自己的早点,翻阅起侍从刚才送到办公室的一份晨报。

"门卫长先生,"卡尔说,趁着总管不留意的时候至少想澄清门卫长的非难,他理会到,门卫长的责难也许不会伤害他什么,倒是他的敌意不可小看,"完全可以肯定,我一直都同你打招呼。我出身于欧洲,来美国的时间还不长,人所共知,在那里,人们的相互问候多得远远到了不必要的地步。这个习惯我当然还不会完全丢掉的,而且就在两个月前,我在纽约有幸跟上流社会交往,人们每次都劝我别再拘泥于那过多的礼节。而在这里,我偏偏就会不向你打招呼。我每天都向你打过几次招呼,当然不是每次见到你都打招呼,因为我天天打你身旁要经过上百次。""你每次都必须向我打招呼,一次也不能例外;你同我说话的时候,必须把帽子拿在手里;你必须任何时候都要用门卫长来称呼我,而不能用你。每次都得这样,少一次也不行。""每次?"卡尔小声而疑惑不解地重复道。这时,他想起来这儿的前前后后,这个门卫长始终以严厉而充满责备的眼光看着他,打第一天早晨就开始了。当时他还不太怎么适应自己的服务工作,也有点太冒失,毫无顾忌不厌其烦地询问这门卫长,是否有两个男人来打听过他,并为他留下了一张照片。"你现在该看到了,这样的行为招致了什么样的后果吧。"门卫长说着又回到卡尔的面前,指着依然在看报的总管,仿佛总管就是他复仇的代理人,"你以后无论干什么事,哪怕也许只是在低劣的贫民窟里,都要懂得应该向门卫长打招呼。"

卡尔意识到,他的饭碗真的已经丢掉了,因为总管已经宣布了解雇,门卫长又当作既成事实重申了一遍。解雇一个电梯工,可能也没有必要经过饭店领导批准,不过这事来得比他想象得要快。他毕竟尽职尽责地干了两个月,而且肯定比有些电梯工干得好。但偏偏在决定命运的时刻,发生了这样的事。显然在世界的任何一个角落,无论是在欧洲还是在美国,没有人会考虑到这种情况。而最终的判决不过是有人在盛怒之下信口说出的。他马上告辞离开,也许是上策。厨房总管和特蕾泽也许还在睡觉,他可以写信向她们告别,至少免得当面告别使她们对他的行为感到失望和伤心。他可以马上打理好自己的箱子悄悄地走开。可他哪怕只是再呆上一天——他当然需要睡一会儿——,等待着他的也不会是别的,而是他的事被沸沸扬扬地炒成丑闻。他将面临来自方方面面的指责,他不忍心看到特蕾泽甚或厨房总管潸然泪下,最后可能还要受到惩罚。另一方面,他却被弄得迷惑不解。他在这儿面对着两个敌人,他每说一句话,不是这个便是那个,总是百般指责,借题发挥。因此,他缄默不语,暂且享受着笼罩在这房间里的宁静。总管依然看着他的报纸,门卫长则按照页码整理着散乱在桌上的名册。他眼睛显然不好,整得很是费劲。

总管终于打着哈欠放下手里的报纸,朝卡尔瞥了一眼,看到他还没有走开,便摇响桌上的电话。他连连喊了几声"喂",但对方没人回话。"没人接。"他对门卫长说。卡尔觉得,这家伙怀着异常的兴致在关注总管打电话。他说:"已经六点差一刻了。她肯定醒来了。你只管把铃摇得更响些。"就在这时,没等总管再去摇,对方电话来了。"这儿是总管伊斯巴里,"总管说,"早晨好,总管夫人。我不该这么早就把你吵醒。这叫我很难为情。说的也是,已经六点差一刻了,不过,惊醒了你,这实在叫我过意不去。你睡觉的时候应该把电话机关掉。不用,真的不用,我看没有什么好抱歉的,尤其是我要同你谈的事也不足挂齿啊。可我当然有的是时间。请便吧。你觉得合适的话,我等着你的电话。""她肯定是穿着睡衣来接电话的。"总管微笑着对门卫长说。这期间,门卫长一直俯着身子急不可待地守候在电话机旁。"确实是我把她吵醒了。也就是说,平日都是那个在她身边打字的小姑娘叫醒她,可她今天却偏偏忘了叫她。真遗憾,我不该把她从睡梦中惊醒,她又少不了发神经。""她为什么不说话了?""她去看一看那姑娘是怎么回事。"这时电话铃又响起来了,总管拿起听筒回答道。"她会冷静下来的,"他继续对着话筒说,"你大可不必让什么事都闹得这样惶恐不安,你确实需要彻底养一养。是啊,我这有点小事要问问你。这儿有一个电梯工,名叫……"——他转过身去问卡尔。这时,卡尔十分留意听着总管的电话,马上就报出了自己的名字——"名叫卡尔·罗斯曼。如果我没有记错的话,你曾经关心过他。可遗憾的是,他没有珍惜你这份真情,擅自离开自己的岗位,给我惹来了严重的、现在还根本无法估量的麻烦。因此,我刚才解雇了他。我希望你别把这事看得太严重。你说呢?解雇,是的,解雇。可我还得告诉您说,他是擅离职守。不,我实在不能依你,亲爱的总管夫人,这关系到我的威信,不然后患无穷。不能让这样一个年轻人害了我一群人。恰恰在处理电梯工时,要极其慎重。不,不,在这件事上,我可帮不了你的忙,尽管我向来打心底里很愿意为你效劳。如果我不顾一切把他留在这里的话,那不就等于为我的工作埋下了一个隐患吗？为了你，总管夫人，他不能呆在这里。你关心他，但他根本不识好歹。我不仅了解他，而且更熟悉你，我知道，这势必会使你彻底失望的，我要不惜一切让你免受这种痛苦。我说的完全是肺腑之言，尽管这个不思改悔的家伙就站在我面前几步远的地方。他被解雇了。不，不，总管夫人，彻底被解雇了。不，不，他不会被安排去干任何别的工作，他彻底无用了。另外，别的人也少不了来告他的状，比如说门卫长吧。费奥多尔，你说难道不是吗？他就抱怨这家伙无礼少教，狂妄自大。怎么，这还不够吗？好啦，亲爱的总管夫人，你可别因为这个家伙连自己都否定了。不，你别再这样强求我。"

这时，门卫长躬身贴到总管的耳旁，悄悄说了些什么。总管先是惊愕地看了看他，然后又很快地对着话筒说话。卡尔开始没能完全听清楚，于是踮起脚尖挪近了两步。

"亲爱的总管夫人，"总管说，"恕我直言，我简直不敢相信，你看人是如此缺乏眼力。刚才我又得到一些有关你那小宝贝的情况，你听到后会彻底改变你对他的看法。这话偏偏得由我来告诉你，几乎叫人难以启齿，也正是这个你称之为安分守己的榜样、聪明能干的家伙没有一个轮休的晚上不进城的，而且直到一大早才回来。是的，是的，总管夫人，这里有人作证，证据确凿，不会错的。你也许能告诉我，他哪儿弄来的钱去寻欢作乐呢？他怎么会把精力放在自己的工作上呢？你也许还要我给你细说他在城里干些什么吗？但我现在特别急于要让这个家伙滚开，越快越好，而且请你引以为戒，应当谨慎对待求上门来的流浪汉。"

"可是，总管先生！"这时卡尔喊道，显然松了一口气，看来这里所发生的完全是一场误会，也许这很可能使一切又出乎意料地发生转机，"这里肯定是把人弄错了。我相信，这位门卫长先生告诉你我每天晚上外出。可这根本不是事实。其实我没有一天晚上离开过宿舍,所有的电梯工都可以作证。我不是睡觉,便是学习商业课本,晚上从未出过宿舍的门。这是很容易证实的。门卫长先生显然是把我同别的人搞混了。现在我也明白了,他为什么以为我不向他打招呼。"

"快闭上嘴!"门卫长说,并挥舞着拳头,而此刻要是放在别人,他不过是晃晃指头而已,"说我把你同别的人搞混了。如果说我把人搞错了,那我还当什么门卫长呢?你听听,伊斯巴里,如果说我真的把人搞错了,那我就不配再当这个门卫长了。我干了三十年,从来还没有发生过搞错人的事。从那时起,我们有过上百个总管,他们肯定都会替我说话的。难道偏偏到了你这个糟糕透顶的家伙,我开始弄错人了。就看看你这副招人注意的滑头样子,究竟会让人弄错什么呢?你可以天天晚上擦我身后溜进城里去,我仅凭着你这副面孔就可以证实,你是一个地地道道的流氓。"

"别说啦,费奥多尔!"总管说,他同厨房总管的电话似乎突然中断了,"这事十分明了。首先,问题根本不在于他的夜间娱乐。他也许想在离开之前,图谋挑起对他夜间活动进行一次兴师动众的调查。我早就想到,这样做会正中他下怀。所有四十个电梯工都有可能会被一个个地传唤上来充当证人,当然他们也都会把他弄错了。这样一来,整个饭店的人员都要一一出场作证,饭店的运行自然要停一阵子。如果他最终还是被撵了出去,那他至少把我们戏弄了一番。这样的事我们宁可不干。厨房总管这个善良的女人,已经被他愚弄了,这就够了。我什么再也不想听了,你因失职被当场解雇了。我给你一份通知交给财务室,你的工资发到今天为止。另外,我只能在这里告诉你,就你的态度而言,这简直是白送给你的,我只是看在总管夫人的面上才这样做的。"

当总管马上要在通知上签名时,电话铃响了。"这帮电梯工今天就是给我找麻烦!"他没听几句话后就喊了起来。"这简直太不像话了!"他过了一会儿又喊道,接着从电话机旁转向门卫长说:"费奥多尔,把这家伙看管一会儿,我们还有话同他说。"然后他对着话筒发出命令:"立刻上来!"

现在,门卫长总算捞到了总管说话时自己没能得逞的发泄机会。他紧紧地抓住卡尔的上臂,但不是那么稳稳当当地、让人还能忍受地抓着,而是不时地松开手,然后又紧上加紧,越抓越紧,似乎那强大的体力根本就使不完。卡尔的眼前出现一片昏黑。他不仅抓着卡尔,而且好像也奉命同时要制服他。他不时地把卡尔提得高高的,使劲地摇晃着,同时一再半是提问似的对总管说:"看我现在是不是把他弄错了?看我现在是不是把他弄错了?"

当电梯工工头走进来时,稍稍分去了门卫长的注意力,卡尔一时得到了解脱。工头名叫贝斯,一天到晚总是骂骂咧咧的样子。卡尔被折磨得软瘫了似的。他吃惊地看见特蕾泽面色苍白、衣着不整、头发蓬乱地从贝斯身后溜进来时,几乎连打招呼的气力都没有了。她来到他身旁,悄悄地问道:"这事总管夫人知道吗?""总管给她打电话说了。"卡尔回答说。"这就好,这就好。"她很快地眨着那机灵的眼睛说。"不,"卡尔说,"你还不知道他们怎样对待我。我必须离开,总管夫人也已经被说服了。请你别呆在这里,快上去吧,我过后会去同你道别的。""可是,罗斯曼,你净瞎想些什么呀!只要你愿意,你就会好好地呆在我们这里。总管对总管夫人百依百顺,他爱着她,这是我最近偶然听到的。你只管放心吧!""特蕾泽,请你现在就走开吧。如果你在场的话,我就不能很好地为自己辩护。我一定要辩个水落石出,因为有人撒谎诬陷我。但我越是专心致志,就越能很好地为自己辩护,也就越有希望留下来。这么说,特蕾泽——"可惜一阵突然的疼痛使他忍不住低声补充道:"只要这门卫长能松开我就谢天谢地了!我压根儿就不知道他竟是我的敌人。但他始终在捏着我,拽着我。""我干吗要说这些呢?"他同时心里嘀咕着,"没有一个女人会静心地听这话的。"实际上,卡尔还没有来得及用空着的手去拦住她,特蕾泽已经转身对门卫长说:"门卫长先生,请你马上放开罗斯曼。你弄得他疼痛难忍。总管夫人马上会亲自来的,到时大家都会看到,他完全是蒙受了不白之冤。你放开他!你这样折磨他,究竟会给你带来什么乐趣呢?"说完,她甚至去抓门卫长的手。"奉命,小姐,这是奉命!"门卫长一边说,一边用空着的手把特蕾泽亲亲热热地拽到自己身边,而另一只手甚至更使劲地捏着,好像他不仅要给卡尔带来痛苦,而且似乎还要拿这只随意玩弄于自己手中的胳臂达到一种特别的、现在还远远没有达到的目的。

特蕾泽费了好一阵工夫,才挣脱了门卫长的搂抱。总管依然听着贝斯啰啰嗦嗦地述说着。特蕾泽打算去找总管为卡尔鸣不平。这时厨房总管跨着急速的步子进来了。"谢天谢地!"特蕾泽喊了起来。片刻间,屋子里听到的莫过于这大声的喊叫。总管马上挺起身来,把贝斯推到一旁说:"你居然亲自来了,总管夫人。就为这区区小事吗?刚才通过电话后,我就预感到了,但我不相信你真的会来。在这期间,你这位宝贝的事愈演愈糟糕了。恐怕我确实不会解雇他了,但取而代之的是,我要叫人把他关起来。你自己听听吧!"他随之示意让贝斯过来。"我想先同罗斯曼说几句话。"厨房总管说,在总管一再规劝下,她坐到一把靠背椅上。"卡尔,请走近点!"她接着说。卡尔依着她走去,或者更确切地说,他是被门卫长拖到她近前的。"你放开他!"厨房总管生气地说,"他又不是什么抢劫犯!"门卫长这才真正放开了他,但在松开手之前,又狠狠地捏了卡尔一把,累得他自己眼泪都流出来了。

"卡尔，"厨房总管说，从容不迫地把手抱在怀里，侧倾着脑袋，端详着卡尔，根本就不像审问的样子，"我首先要告诉你，我还是完全信任你的。说心里话，总管先生也是个正直的人。我们俩打心底里想把你留在这儿。"——说到这里，她匆匆地朝总管扫了一眼，似乎要请他别插话。总管也没说什么——"也许大家刚才在这里给你说了些什么，千万别放在心上。首先也许是门卫长先生说了些什么，你不必过分计较。他虽说是一个容易激动的人，这在上班时也不足为奇，但他也有妻子儿女，知道人们没有必要无缘无故地折磨一个无依无靠的小伙子，而是希望这样做足以让其他人引以为戒。"

屋子里鸦雀无声。门卫长朝总管望去，意在要求予以解释。而总管却朝厨房总管望去，摇了摇头。电梯工贝斯在总管身后幸灾乐祸地笑得相当无聊。特蕾泽悲喜交集，暗暗地抽泣起来，尽力克制着不让任何人听见。

然而，卡尔并没有朝着肯定在期待着他的目光的厨房总管望去，而是盯着眼前的地板，尽管这只能被看作是不祥的征兆。疼痛从他的手臂上传到浑身各个地方，衬衣紧贴在伤痕上，他真恨不得脱下上衣，仔细地看个明白。厨房总管说的一席话当然是一片好意，但偏偏他觉得，似乎正好是厨房总管的态度把一切都披露在光天化日之下：他不值得人家善待；他辜负了厨房总管两个月的恩惠；他只配充当任门卫长宰割的玩物。

"我说这话，"厨房总管接着说，"是要让你现在不折不扣地、就像我相信了解的你一样来回答我，除了这件事以外，你是不是还干了别的什么事。"

"请允许我去叫个医生来，那个人可能会流血死去。"电梯工贝斯突然插话进来，虽说很有礼貌，但大大地扰乱了厨房总管的谈话。

"去吧！"总管冲着贝斯说。贝斯撒腿就跑开了。然后，他对厨房总管说:"事情是这样的:门卫长刚才看管这家伙并不是闹着玩的。也就是说,下面电梯工宿舍里,发现了一个完全陌生的醉汉盖得严严实实地睡在一张床上。有人把他叫醒了,要撑他走。这时,那家伙开始大吵大闹起来,不停地四处大喊大叫:这宿舍是卡尔·罗斯曼的,他是罗斯曼的客人,是罗斯曼领他来这儿的,只要谁胆敢来动他,他就惩治谁。他还说,他之所以一定要等卡尔·罗斯曼,是因为卡尔答应给他钱,只是去取钱了。请你听一听,总管夫人:他说是答应给钱,只是去取钱了。你也听见了吧,罗斯曼!"总管顺便对卡尔说。这时,卡尔正好向特蕾泽转过身去,只见她着了魔似的凝视着总管,不住地掠去额头上飘散的头发,或者是无可奈何地打着这样的手势。"但我也许要提醒你,你是不是还承担着别的什么差事。也就是说,下面那个人还说,你回宿舍后,你们夜里将去拜访一个女歌手,可谁也没有听清她的名字,因为这人始终只能唱着说出名字来。"

说到这里,总管停了下来,因为脸色显然变得苍白的厨房总管从椅子上站了起来,把椅子稍稍向后一推。"我不想再唠唠叨叨打搅你了。"总管说。"不,请别这么说了。"厨房总管说,并抓住他的手,"你只管往下说吧,我来这里,就是想听听事情的原委。"这时,门卫长蹭上前来,响亮地拍着自己的胸膛,示意他从一开始就把一切看透了,却被总管的一句话同时宽慰和打发回去了:"对,你做得完全对,费奥多尔!"

"再没有什么好说的了。"总管说,"说到那些小伙子吧,他们先是嘲笑了这个人,然后便同他争吵起来了。那里有的是好拳手,他一下子就被打得趴在地上。我根本都不敢去问伤着哪个部位,有多少处被打出了血。这帮小伙子都是些让人望而生畏的拳手,一个醉汉当然不在他们话下。"

"原来是这样。"厨房总管说,手抓在靠背椅的扶手上,眼睛望着她刚刚离开的座位。"那么你倒是说一句话呀,罗斯曼!"她接着说。特蕾泽从自己站的地方朝厨房总管跑过来,挽起她的胳膊。卡尔从来还没有看见她这样做。总管紧站在厨房总管身后,慢条斯理地抚平她那微微翻起的朴实的小尖领。站在卡尔身旁的门卫长说:"快点儿!"但他只不过是要借此掩饰住自己,趁机朝卡尔背后捅了一下。

"是这么回事,"被捅了一下的卡尔说起话来比他想的更没了把握,"是我把这个人带进宿舍的。"

"更多的我们就不想再听了。"门卫长以大家的口气说。厨房总管哑口无言地转向总管,然后又转向特蕾泽。

"我没有别的办法,"卡尔接着说,"这个人是我从前的同伴。我们已经两个月没见过面了。他来这儿要看看我,但已经酩酊大醉,不能一个人回去了。"

站在厨房总管身旁的总管放低声音说:"这么说他来看你,后来喝得醺醺大醉,无法走开了。"厨房总管扭过头去,对总管悄悄说了些什么,而他似乎面带显然与这事毫不相干的微笑表示异议。卡尔只是朝特蕾泽望去。她完全无所适从地把自己的脸贴到厨房总管的身上,什么也不想再看了。惟一对卡尔的解释完全满意的是门卫长,他一次次地重复道:"是的,一点儿没错,大家都得帮助他的酒友。"他企图用目光和手势,把这种解释深深地印在每个在座者的心坎里。

"不用说,我是有责任的。"卡尔说着停顿了一下,似乎期待着他的判官们说一句友好的、能够赋予他继续为自己辩护的勇气的话。但一切依然如故。"我的责任不过是把这个人领进了宿舍。他叫罗宾逊,是个爱尔兰人。他所说的其他一切无非是酒后之言,胡说八道。"

"这么说你没有答应过给他钱?"总管问道。

"不,"卡尔说,遗憾的是他自己把这点忘了,由于心烦意乱,不加思考,竟然以斩钉截铁的口气说自己没有责任,"钱我是答应过给他,因为他向我乞求。但我不想去取钱,而是把我今晚挣得的小费给他。"说完,他从口袋里掏出九个小硬币平摊在手心上让大家看。

"你越来越顽固不化了,"总管说,"谁要是相信你说的话,就得始终把你先前所说的一切都忘掉。你先是说把那个人——就连罗宾逊这个名字我都不相信;自从有爱尔兰以来,就没有一个爱尔兰人叫过这样的名字——你先是说只是把他带到宿舍里,而你一个人又能够顺顺当当地溜出来;你先是说没有答应过给他钱,但当有人突然问你时,你又说答应说过给他钱。我们可不是在这里玩问答游戏,而是想听听你的辩护。你先是说不想去取钱,而是把你今天的小费给他。可事实上,你这钱依然装在身上,这显然不就是还要另取钱吗?你离开这么久不也是明摆着的吗?如果你想从你的箱子里为他取钱,毕竟也没有什么好奇怪的。但奇怪的是,你却矢口否认这事。同样,你也闭口不谈,这人到了饭店后,才被你灌得烂醉如泥,这是一丝一毫也不容置疑的事实。你自己也承认,他独自一个人来了,却无法独自一个人走开,而且他自己在宿舍里四处喊叫着他是你的客人。那么现在还有两件事情说不清,如果你想简单了事的话,自己可以来回答,但最后没有你的合作也照样可以断定:第一,你是怎样进入储藏室的?第二,你是怎样弄来要赠送的钱的?"

"如果这里没人有一副好心肠的话,我就无法自我辩护。"卡尔自言自语地说,不再回答总管的提问,尽管特蕾泽可能为此而感到痛心。他明白了,他可以说的一切,到头来都会被歪曲得面目全非,是祸是福只能听之任之了。

"他不回答。"厨房总管说。

"这是他再明智不过的做法。"总管说。

"他还会臆想出什么花招来的。"门卫长说着用那只先前凶狠残忍的手小心翼翼地捋一捋自己的胡子。

"安静!"厨房总管对靠在她身旁开始抽泣的特蕾泽说,"你看看,他不回答,叫我怎么再为他说话呢!说到底,面对总管先生,我是理亏的。特蕾泽,你说说,难道你认为我耽搁了为他说话的机会吗?"特蕾泽怎么能知道这些呢?厨房总管也许觉得公开向着这个小姑娘提出问题和请求,而在这两个先生面前大大地丢了面子,可这又有什么办法呢?

"总管夫人,"卡尔再次振作起来说,但只是不想让特蕾泽来回答厨房总管的问题,并无任何其他目的,"我不认为,我使你蒙受了什么耻辱,无论是以什么方式。经过详细调查之后,想必其他任何人都会得出这样的看法的。"

"其他任何人!"门卫长说,并用手指着总管,"这话是冲着你说的,伊斯巴里先生。"

"好啦,总管夫人,"总管说,"已经六点半了,该到时候了。我想,在这件处理得宽容得不能再宽容的事上,你最好来说这结束语吧。"

这时,矮子吉亚柯莫进来了,他本想径直走到卡尔面前去,但屋子里鸦雀无声,吓得他立刻停住步子愣在那里。

自从卡尔说完最后几句话以后,厨房总管的目光就没有离开过他,也没有什么表明她听到了总管的插话。她那对蓝色的大眼睛全神贯注地望着卡尔,但流去的岁月和历经的磨难使它们变得有点暗淡。看她站在那里,轻轻地晃动着靠背椅的样子,完全可以让人预料到她立刻会说:"卡尔,现在要我来看,这事情还没有弄出个眉目来,你说的一点儿不错,还需要仔细调查。不管别人赞成与否,我们现在要来组织这个调查,因为总得有个说法。"

但厨房总管没有这样说。她小歇了一会儿,谁也不敢去打断她,只有打响六点半的钟声证实了总管的话。大家都知道,伴随着这钟声,整个饭店里的钟同时都响起来了,响在耳际,响在预感之中,就像是一种极大的烦躁的两次震颤。然后她说:"不,卡尔,不,不要这样!我们不要自以为是。正义的事业也具有一种特别的表象,而我不得不承认,你的事却没有这种表象。我可以这么说,也必须这么说,因为我是完全袒护着你才来这里的。你看看,特蕾泽也沉默不语。"(但她并不是沉默不语,而是在哭泣。)

一个突然的决定袭上厨房总管的心头,她停顿了一下说:"卡尔,你过来!"卡尔刚一走到她跟前——总管和门卫长立刻在他身后风风火火地谈起来——厨房总管便用左手抓住卡尔,同他和稀里糊涂跟来跟去的特蕾泽一起走到房子的紧里头,并在那里踱来踱去。与此同时,她说道:"卡尔,调查有可能会在个别小节上给你个清白。为什么不可能呢?似乎你也相信会这样,不然我就无法理解你了。也许你确实向他打了招呼。对此我甚至确信无疑。我也知道,我该怎么去看待门卫长。你瞧瞧,我现在依然坦诚地向你交底。但这些微不足道的辩护丝毫帮不了你。总管已经毫不含糊地宣布了你的责任,这在我看来当然是不容反驳的。多年来,我耳濡目染,非常敬重他识别人的能力,他是我所认识的人中最讲信誉的。也许你不过是欠考虑而为之;也许你就不是我所看中的你。然而,"说到这里,她打断了自己的话,匆匆地回头看了看那两位先生,"我依然如故,认为你是个从根本上来说安分守己的小伙子。"

"总管夫人!总管夫人!"偶然同她目光相遇的总管催促道。

"我们马上就完了。"厨房总管说,于是加快语速规劝卡尔,"你听着,卡尔,要我来看这件事,倒挺高兴总管不愿意进行调查。如果他要进行调查,那我肯定会看在你的利益上出面阻止。不应该让任何人知道你是怎样和用什么来款待那个人的。再说,也不像你说给大家听的那样,他是你以前的同伴,因为你同他们分手时曾经大吵了一场,所以你现在不会去款待他们中的任何一位。那么这人可能只是个相识罢了,你同他晚上在城里的某个酒吧里轻率地称上了朋友。卡尔,你怎么能对我隐瞒所有这一切呢?如果你在集体宿舍里不堪忍受的话,如果你是出于这种无辜的原因开始了你的夜游的话,你究竟为什么一句也不告诉我呢?你知道,我本想给你单独弄个房间,完全是因为你一再请求我才放弃了。现在看起来,似乎你更喜欢住在集体宿舍里,你觉得在那里更不受拘束。而你的钱不是保存在我的钱箱子里吗?每周的小费都拿到我这里来。天啦!我的年轻人,你哪儿弄来的钱去娱乐呢?你现在又要上哪儿取钱给你的朋友呢?这当然都是些明摆着的事情,我至少现在一点儿也不能向总管提起,不然检查就是不可避免的。事到如今,你无论如何得离开饭店,而且越快越好。你直接去布伦纳公寓。你已经同特蕾泽去过那儿好多次。凭我这张条子,他们会免费接待你的。"——厨房总管从上衣口袋里掏出一支金笔,在一张名片上写了几行字,同时并没有中断自己的话——"你的箱子我叫人随后给你送去。特蕾泽,快去电梯工的衣帽间,收拾好他的箱子。"(但特蕾泽还是一动不动。承受了那么多的痛苦之后,现在她也希望来分享厨房总管的善良给卡尔的事情所带来的转机。)

有人悄悄地打开一道门缝,没有露面,立刻又把门关上了。这显然是冲吉亚柯莫来的,因为他走上前去说:"罗斯曼,我有事要转告你。""马上!"厨房总管说着把名片塞进俯首恭听的卡尔的口袋里,"你的钱暂且放在我这儿。你知道,你放在我这儿是可以放心的。你今天就呆在屋里,好好地想一想你的事情。今天我没时间,而且在这里也呆得太久了。明天我去布伦纳公寓,我们合计一下还能为你做些什么。不管怎样,我要你今天就知道,我不会遗弃你的。你也不必为你的未来担心,但要认真反思一下在这里度过的那些日子。"接着,她轻轻地拍了拍卡尔的肩膀,然后朝总管走去。卡尔抬起头来,目送着这位身材高大的女人迈着从容的步履,神态自若地离他而去。

"难道你一点也不高兴?"留在他身边的特蕾泽问道,"事情的结局不是很好吗?""噢,高兴。"卡尔说着向她笑了笑,却不明白人家要把他当小偷赶走,自己为什么还会高兴。特蕾泽的眼里闪射出无比的喜悦,仿佛她根本不在乎卡尔是不是犯了什么法,人们对他的评判公正与否;只要人家放他走,荣也好,辱也罢,她全不在乎,而特蕾泽正是抱着这样的态度。然而,她对自己的事情却那样毫不含糊,厨房总管一句模棱两可的话可以在她的脑海里盘旋和琢磨数星期之久。卡尔故意问道:"你马上去收拾我的箱子送去好吗?"他不得不违心而惊讶地摇摇头,特蕾泽竟如此迅速地答应了他;她相信箱子里肯定有东西要对所有的人保密。她简直顾不上去看卡尔一眼,也来不及去跟他握手,只是悄悄地说:"当然啰,卡尔,我这就去收拾箱子。"说完,她就一溜烟地跑了。

这时,吉亚柯莫再也忍耐不下去了。他已经等得焦灼不安,于是大声喊道:"罗斯曼,那个人在楼下走廊里打滚耍赖,不肯让人把他弄走。他们想把他送到医院去,是他执意不去,并声称你绝对不会容忍他去医院,说是要叫辆车送他回家,车钱由你来支付。你愿意吗?"

"这人信赖你。"总管说。卡尔耸了耸肩,数了数钱递到吉亚柯莫手里。"再多我就没有了。"他然后说。

"人家也要我问问,你愿不愿意同车去?"吉亚柯莫又问道,手里的钱丁丁当当响。

"他不会同车去。"厨房总管说。

"好吧，罗斯曼，"总管还没等到吉亚柯莫走出去就抢先说，"你现在被解雇了。"

门卫长连连点头，仿佛这是他自己说的话，总管不过是跟着说罢了。

"解雇你的理由我压根儿就不能声张出去。不然的话，我就得让你坐禁闭了。"

门卫长显然以严厉的目光朝厨房总管瞥过去，因为他知道，她就是这种过分宽大处理的根源。

"你现在就去贝斯那里换衣服，你把制服交给贝斯，然后马上离开饭店，一刻也别拖延。"

厨房总管闭上眼睛，想借此来安慰卡尔。当卡尔躬身告别时，突然看见总管偷偷摸摸地抓住厨房总管的手抚来弄去。门卫长迈着沉重的步子跟着卡尔走到门口。他不仅不让卡尔关上门，而且自己还把门敞得大大的，以便朝着卡尔的背影喊去："一刻钟后，我要看着你在大门口从我身旁走过去，别忘了！"

卡尔赶紧离去，能多快就多快，免得在大门口遇到纠缠。但一切进行得要比他希望的慢得多。开始，他怎么也找不到贝斯。正值早餐时间，到处都挤满了人。后来，他又发现自己的旧裤子被一个电梯工借去了。于是他不得不几乎把所有床边的衣架都翻了个遍，好不容易才找到了那条裤子。这样一来，还没等卡尔走到大门口，五分钟就过去了。这时，正好有一位女士夹在四个先生中间走在他前面。他们朝着一辆等候的大轿车走去，一个招待已经打开车门扶着，空着的左手臂平直地伸向一旁，看上去极其庄重。卡尔指望跟在这群贵人身后悄悄地走出去。然而，他的希望成了泡影。门卫长已经抓住了他的手，一边把他从两位先生之间往自己跟前拽，一边请他们谅解。"这不才过了十五秒钟吗？"他边说边从一侧打量着卡尔，仿佛在观看一台失灵的钟。"过来吧!"他接着说,将卡尔带到大门旁。卡尔虽然早就有兴致看一看这门房,但现在只是满腹狐疑地被门卫长推搡着踏了进去。走到门口时,他突然转过身去,试图推开门卫长走出去。"不,不对,从这儿进去!"门卫长说着把卡尔扭了回去。"我不是已经被解雇了吗?"卡尔说,意思是说饭店里任何人无权再向他发号施令了。"只要我还留着你,你就没有被解雇。"门卫长说,他的话当然也不无道理。

卡尔始终也没有找到他为什么要顶撞门卫长的原因。难道还会有什么不测要降临在他的头上吗?反正这门房的墙壁都是大块大块的玻璃,透过它可以清楚地看到入口大厅里来来往往的人流,犹如置身其中,整个门房里似乎没有一个角落可以逃开人们的目光。外面的人虽然显得匆匆忙忙,他们有的伸着手臂,有的耷拉着脑袋,有的四处张望,有的高举着行李,各自寻找着自己的路,但几乎没有一个人会放过朝门房这里瞥一眼,因为在玻璃墙背面总是张贴着不仅对客人,而且对饭店职工至关重要的告示和消息。除此以外,门房与入口大厅还有直接的交往,两个门卫坐在两扇可以推拉的大窗前,不间断地回答着各种各样的询问。他们简直忙得不可开交。卡尔几乎可以肯定,他所认识的门卫长在其职业生涯中无非就是围绕着这样的工作挣扎起来的。两个回答问询的门卫——从外面是难以确切想象的——在窗口始终至少面对着十多张提问的面孔。在这十多个不停变换的提问者中,往往是你一言我一语嚷成一片,似乎个个都是来自不同的国家。总是有几个人同时提问,同时也总是有个别人互相扯来扯去。绝大多数人是想从门房里取走或者往那里交付些什么,于是人们也总是看见一只只手急不可待地从拥挤的人群里挥舞出来。有一个人为了一份报纸火急火燎的,不料报纸在空中张了开来,一时间遮盖住了所有的面孔。两个门卫必须应付这一切。他们的任务似乎不只是说一说，他们没完没了地喋喋不休，尤其是那个满脸留着黑胡子、神态阴郁的人，更是一刻不停地回答着人们的询问。他既不看手在上面不停地传来递去的桌台，也不理睬这个或那个提问者的面孔，而只是呆呆地凝视着前方，显然是为了节省和积蓄自己的力量。另外，他的胡子也许使他的话多少有些不大好懂。卡尔在他身旁停住步子的片刻间，几乎没听懂他说了些什么，因为他正好在用拖着英语腔的外语作答。另外使人迷惑的是，答复一个紧接着一个，连续不断，这样，常常还有问询的人以充满期望的神色侧耳细听着，以为人家还在谈他的事情，片刻之后却发现自己的事早已过去了。人们还必须习惯，这些小门卫从不让人重复问题，即便问题大体让人明白，只是提得有点含混不清。然后，他几乎让人难以察觉地摇摇头，表明他不打算回答这个问题，至于更正自己的错误，改进表述问题的方式，那是提问者的事。正是这样，有些人在窗口白白费去了很长时间。为了协助工作，个个门卫都配有一名听差。听差要来回奔跑着从书架上和各种各样的柜子里拿来各个门卫正好需要的东西。在饭店里，对刚刚起步的年轻人来说，这是挣钱最多的差事，但也是最苦的。从某种意义上说，他们的境况还不如这些门卫，因为这些人只是思考和说话，而他们又要思考又要跑腿。一旦他们把东西拿错了，门卫当然不会在百忙中搭上时间来好好教训他们，而更多的是把他们放到桌上的东西一股脑儿推下去了事。十分有趣的是小门卫换班，卡尔一进去后正好就碰上了。这样的换班一天之内当然得有好些次，因为几乎没有一个人能在这窗口坚持上个把钟头。到了换班时间，钟声就响了，从一个侧门里同时走出两个该来接班的门卫，后面分别跟着一个听差。他们暂且无所事事地站到窗口旁观察一阵外面的人，以便弄清楚眼下正在答复什么样的问题。一旦他们觉得接手的时刻到了，就拍一拍当班门卫的肩膀。尽管当班门卫并不会理睬背后发生了什么,但他立刻就明白是换班了,随即便让开位子。这一切进行得非常迅速,常常使外面的人诧异,这个突然出现在他们面前的新面孔往往吓得他们直往后退缩。两个换下来的男子伸一伸身子,然后在两个预备好的洗脸盆上浇一浇他们发热的脑袋。可是两个换下来的听差却还不能歇息下来。他们还得忙乎一阵子,要把上班期间被推到地上的东西捡起来放回原来的地方。

这一切,卡尔在短暂的瞬间聚精会神地看在了眼里,印在了心上。他忍着隐隐的头痛,不声不响地跟着继续带着他走的门卫长。很明显,门卫长也注意到了,这种答复询问的情形给卡尔留下了不同凡响的印象。他突然拽起卡尔的手说:"你看看,这里的人是怎样工作的。"卡尔固然在饭店里没有偷过闲,但对这样的工作却一无所知。这时,他几乎全然忘记了门卫长是他的大敌,抬头望着他,默默而赞许地点了点头。但门卫长却觉得这既像是对小门卫们的过奖,又像是对他本人的无礼,因此他大声喊道,也不顾人家会听见,似乎要以此来捉弄一下卡尔:"这里的差事当然是整个饭店里最无聊的,只要仔细听上个把钟头,就会对所有要提的问题了如指掌,剩下的也无须去回答。要是你不这么桀骜不驯,不说谎,不放荡,不酗酒,不盗窃的话,我也许会雇你坐在这样一个窗口前。干这事,绝对只需要笨头笨脑的家伙。"卡尔压根儿就没听出这辱骂他的话的弦外之音,他深为小门卫们正当和繁重的工作不但得不到承认,反而遭到嘲笑而义愤填膺。另外,这个嘲笑的人,如果他自己胆敢坐到这样一个窗口前,过不了几分钟,准会在所有询问者的嘲笑声中狼狈离去。"你让我走吧!"卡尔说,已经完全没有了对这门房的新奇感,"我不想再和你有任何干系。""想要走开,可没那么容易。"门卫长说着强扭住卡尔的手臂,使他一点儿也动弹不得,硬是把他拖到门房的另一端。难道外面的人没有看见门卫长的暴行吗?或者,如果他们看见了,他们究竟会怎样看待这种暴行呢？难道谁也不会给予指责吗？难道就没人起码来敲一敲玻璃，警告门卫长别这么明目张胆肆无忌惮地对待卡尔吗？

然而，卡尔很快就不再对来自前厅的救援抱任何希望了。门卫长扯起一根拉绳，黑色的帘子顿时从上到下遮去了半面门房的玻璃。门房的这半边也有人，但大家都在忙个不停，谁也无暇去顾及与自己的工作毫不相干的事情。此外，他们也全然依附于门卫长，他们宁可帮着掩饰门卫长恣意妄为的行为，也不会去帮帮卡尔。比如说，这里就有六个门卫守着六部电话。他们的工作程序让人一目了然：始终有一位专门接电话，邻座的一位则按照从前者那里得到的记录再用电话把任务传达下去。这些最新式的电话机用不着设电话间，因为它们的铃声小得还不及蟋蟀的唧唧声。人们可以悄悄地对着电话听筒说话，但话音经过特殊的电子放大，到达终端的则是雷鸣般的吼声。因此，人们几乎听不见这三个发话人在打电话，还以为他们在喃喃自语地观察着电话听筒里有什么动静。可是另外三个好像被那传给他们的、而周围人却听不见的响声弄得麻木不仁了，埋头在纸上作着记录。这是他们的任务。这里也一样，三个发话人身旁分别站着一个年轻的帮手。这三个帮手无非是交替不断地把脑袋伸向他们的主人聆听着，然后像是被针刺了一样急急忙忙地在又大又厚的黄本里找出所要的电话号码来，翻动页码的嚓嚓声远远遮去了电话的铃声。

事实上，卡尔禁不住仔细地观察着眼前的这一切，尽管已经坐下的门卫长依然把他紧紧地扭在自己身前。"这是我的义务，"门卫长说着摇了摇卡尔，似乎只是想叫他朝自己转过脸来，"那就是以饭店领导的名义起码多多少少要挽回总管无论是出于什么原因而错过的东西。这儿向来如此，人人都相互支持。要不这么一个大饭店的运作是不可想象的。你也许要说,我不是你的顶头上司。这么说,我来出面关照这件别人已经做过的事,不就更好吗?另外,从某种意义上来说,我身为门卫长凌驾于一切人之上。因为这饭店所有的门统统归我管,也就是说包括这个主门,三个中门和一个侧门,还有数不胜数的小门和出口就更不用提了。不用说,所有在考虑之列的服务人员都得无条件地服从我。从另一方面来说,既然享有这种殊荣,我理所当然要对饭店领导负责,不能放走任何一个哪怕是一丝一毫可疑的人。恰恰你让我觉得甚为可疑,这也叫我如此称心如意。"说完他得意地举起双手,然后又狠狠地拍下去,拍得啪啪响,自讨痛苦来受。"当然有可能,"他补充说,依然显出一副得意忘形的神气,"你会从另一个出口偷偷摸摸地出去,因为你也不值得让我去发出特别命令兴师动众。可是你现在既然到了这里,那我就要让你尝尝我的厉害。另外,我们约好了在大门口见面,我相信你是不会失约不来的。这已经成了一条规律,凡是狂妄自大和桀骜不驯的人,无论到了什么地方,不吃苦头是戒不掉自己的恶习的。这样的事你肯定在自己身上还会常常领教得到。"

"难道你不相信,"卡尔说,他一张嘴就吸进从门卫长身上散发出来的异常霉味;在他近旁站了这么久,卡尔现在才感觉到了这霉味,"难道你相信,我完全处在你的威慑之中就不会喊叫吗?""那我就会堵住你的嘴。"门卫长同样冷静地脱口而出,好像早就准备好来应付似的,"你真以为会有人为了你而进来吗?谁会当着我这个门卫长的面站出来为你伸张正义呢?我看你就别再白做这个梦了!你要知道,当你还穿着制服时,你确实还多少让人看在眼里;可你现在这副模样,恐怕只有在欧洲才会有人理睬你了。"他随之上上下下拽了拽卡尔身上的衣服。这套衣服尽管在三个月前几乎还是新的,可现在毕竟已经穿旧了,皱皱巴巴的,更主要的是浑身上下油渍斑斑。

这主要归咎于那些电梯工毫无顾忌的行为。按常规，他们本应每天清扫宿舍地面，使之保持清洁光亮。可他们懒得当真去做，而是给地板喷上一种什么油，不惜溅得衣架上的衣服四处都是油斑。这样，人人就会把自己的衣服收拾起来。但无论你的衣服放在哪儿，总是有人正好找不到自己的衣服时，就随手找来别人保存起来的衣服借着穿上。也许就是这样一个人，正好轮到他在这天打扫宿舍，他不只是给这套衣服溅上了油斑，而且从上到下彻底浇了个透。惟独勒内尔把自己那些值钱的衣服藏在一个秘密的地方，几乎不曾有人从哪儿翻出他的衣服来。更何况即便有人穿了别人的衣服，也许不是出于恶意或贪图便宜，而只是由于匆忙和马虎信手拈来穿上了。可是在勒内尔的上衣背部正中间也有圆圆的一块红油漆。到了城里，知情人单凭这块油斑就能断定这个仪表堂堂的年轻人原来是个电梯工。

当卡尔回想起这些往事时，便自言自语说，他当电梯工也吃尽了苦头，而且一切都是徒劳，因为当电梯工的差事并不像他所希望的那样，是踏上高一级职位的起点。更确切地说，他现在被踩到了更下层，甚至险些儿进了班房。另外，眼下门卫长还扣着他不放，也许在寻思着怎样进一步来羞辱他。此时此刻，卡尔完全忘记了门卫长绝非是那种听人劝的人，他一边用空着的那只手接连拍打着自己的额头，一边大声喊道："即便说我真的没有向你打过招呼，可一个成年人怎么会因为一次疏忽的招呼而如此挟嫌报复呢？"

"我不是挟嫌报复，"门卫长说，"我只想搜查你的口袋。虽然我明明知道，我搜不到什么东西，因为你早有防备，让你的朋友把一切东西都一天一天地转移走了，但你必须接受一番搜查。"他说着就强行抓住卡尔上衣的口袋，拽得两边的线缝都绽开了。"这里什么也没有。"他边说边把从口袋里掏出的东西在手上翻来翻去：一张饭店的广告日历、一页从教科书里抄来的作业、几枚上衣和裤子纽扣、厨房总管的名片、客人收拾箱子时扔给他的一个指甲刀、勒内尔为感谢他顶了十次班送给他的一面用过的小镜子,还有几样小东西。"这些不是什么东西。"门卫长又一次说道,随手把它们都扔到座位下,好像凡是卡尔的财产,只要不是偷来的,理所当然只配被扔到座位下去。"现在该够了吧!"卡尔自言自语说,他的脸涨得通红。当门卫长要翻他的第二个口袋,贪婪得忘乎所以时,卡尔猛地一下从衣袖里挣脱出来,冲动地一步把一个门卫狠狠地撞到他的电话机上。他穿过沉闷污浊的空气朝门口跑去,心急如焚,恨不得一快再快。幸亏还没等到身子裹在那沉甸甸的大衣中的门卫长起身,卡尔已经跑出去了。不过,值班门卫的组织绝非那样十全十美,虽然几个地方响起了铃声,但鬼知道是干什么用的。饭店的职工在门道里成群结队地穿来穿去,几乎会让人以为,他们要不动声色地堵住这出口,因为从他们出出进进的举动中,也看不出有更多别的意思。不管怎样,卡尔很快就到了外面。然而,一辆接一辆的汽车走走停停地从大门口流过,卡尔无法直接走到公路上,只能沿着饭店的小道走去。为了尽快接上他们的主人,这些汽车简直连成了一串,一辆推着一辆向前。那些特别急于上公路的行人不时地从个别汽车之间穿越过去,仿佛那儿本来就是一条公用通道。他们毫不在乎车里坐的只是司机和用人,还是坐着阔佬们。但卡尔觉得这样的行为太过分。凡是敢冒风险的人,肯定对这里的情况了如指掌。不然他准会碰上对此见怪的汽车,人家会把他从道上扔开,继而酿出一桩丑闻来。而卡尔身为一个逃走的、可疑的、只穿着衬衫的饭店职员,惟恐惹出这样的事来。接连不断的车流毕竟不会没完没了地持续下去,而卡尔只要没离开饭店一步,也必然是再可疑不过的人。事实上,卡尔终于走到了一个车流虽然没有停止,但已经拐向公路,而且变得稀稀疏疏的地方。他正要钻过去加入公路的人群,那里也许有比他看上去更为可疑的人在自由自在地闲逛,这时,他听到附近有人喊他的名字。他回过身去,看见两个熟悉的电梯工从一个墓穴似的、低矮的小门洞里十分吃力地拖出一副担架来。卡尔一眼就认出,躺在上面的是罗宾逊,脑袋、脸和手臂都包扎得五花八门。他痛哭流涕,是因为疼痛,或是因为其他痛苦,还是高兴又看见了卡尔?他把手臂搭到眼睛上,用绷带擦去眼泪。这一切简直不堪入目。"罗斯曼,"他充满责备地喊道,"你究竟为什么要让我等这么久?我已经跟他们干了一个钟头,等不到你来,我是不会让他们弄走的。这帮家伙——"他说着用脑袋撞了其中一个电梯工一下,仿佛这绷带是保护他免受撞击似的——"才是真正的魔鬼。唉,罗斯曼,我这次来看你可算是倒霉透了。""他们到底把你怎么了?"卡尔说着走到担架旁。两个电梯工笑哈哈地把担架放下来歇息。"你还用问!"罗宾逊唉声叹气地说,"你看看我成了什么样子!你想一想!我很可能被打成终身残废了。我简直疼得要命,从这儿到这儿。"——他先是指指脑袋,然后又指指脚——"我真希望你能看见我的鼻子是怎样流血的。我的坎肩全毁了,索性就把它扔在那里了。我的裤子给撕成了碎片,只剩下了内裤。"——他稍稍揭开被子,让卡尔瞧瞧里面。"我会落得个什么下场呢?我至少要躺上几个月。我之所以马上要告诉你这些,是因为我没有别的人,只有你能照料我。德拉马舍太没有耐心了。罗斯曼,我的小罗斯曼!"说完,罗宾逊把手朝微微向后退去的卡尔伸去,想抚摩着来赢得他。"我为什么非得来看你呢!"他一再重复道,想提醒卡尔,他的不幸也有卡尔一份责任。卡尔马上就意识到,罗宾逊的哀诉不是出于他的伤痛,而是出于他那非同寻常的酗酒后的难受。他醉得不省人事,几乎还没等到入睡,马上又被叫醒了,接着就是晕头转向地挨了一顿狠揍。而到了这清醒世界里,他根本无所适从。他的伤看来无关紧要,绷带全是些破布条,包得也不成样子,显然是那些电梯工为了捉弄他随随便便包扎上去的,而且这两个电梯工站在担架的两头,不时扑哧扑哧地笑。但此时此刻,这儿不是让罗宾逊恢复理智的地方。行人潮水般地从这里匆匆而过,无人理睬担架旁的这堆人,不时还有人真的像体操运动员一样纵身从罗宾逊身上跃过去。用卡尔的钱雇来的那个司机喊道:"走,快走吧!"两个电梯工使尽最后的力气抬起担架,罗宾逊抓住卡尔的手亲切地说:"去吧,还是去的好!"这副模样的卡尔,只要一钻进这昏暗的汽车,不就得到了最好的关照吗?于是他上了车,靠着罗宾逊坐下。罗宾逊把头倚在他的怀里。两个跟他同事一场的电梯工透过车窗衷心同他握手告别。汽车急转着弯上了公路,似乎一场不幸不可避免地就要发生。然而,这包容一切的车流立刻把这辆径直驶去的汽车从容地汇融于自身之中。

这汽车停了下来,……

这汽车停了下来,想必已经来到一条偏远的市郊公路上。四周一片寂静,一群孩子蹲在人行道旁戏耍。有个男人肩上扛着一捆旧衣服,十分留意地朝着一家一家的窗户高声喊叫。卡尔疲惫不堪地从汽车里钻出来,脚踩到被上午的阳光照得热乎乎亮闪闪的柏油路上,浑身上下顿感不是滋味。"你真的住在这儿?"他朝汽车里大声喊去。一路上睡得安安稳稳的罗宾逊含含糊糊地咕哝出肯定的回答,看样子是在等着卡尔把他从车里扶出来。"那么这儿再也没我什么事了,再见!"卡尔说,准备径直沿着这条缓缓下坡的公路走去。"卡尔,你瞎想些什么呀!"罗宾逊喊道。他惶恐不安,几乎直立在车里,惟独两膝还有点颤抖。"我无论如何得走!"卡尔说,他注意到罗宾逊很快就恢复过来了。"你就穿着这衬衫走?"这家伙问道。"我会再挣来一件外衣的。"卡尔答道。他充满信心地向罗宾逊点点头,并挥手致意。如果不是司机喊住他:"先别急着走,我的先生!"卡尔真的就走开了。令人不快的是,司机还提出要加钱,要他付在饭店前等候的费用。"没错儿,是这回事。"罗宾逊在车里喊着证实这要求是对的,"我没有办法,只好等你那么久,你多少还得给他一些。""是的,当然啰。"司机说。"只要我还有的话,肯定会给你的。"卡尔边说边伸手去掏裤子口袋,尽管他明明知道这是徒劳。"我只能找你要,"司机说着叉开两腿,"我不能去向那个病人要吧。"一个长着酒糟鼻子的小伙子从大门那边凑过来,站在几步远的地方倾听着。这时正好有一位警察打这条路上巡逻,一低头看见这个穿着衬衫的人便停下来。罗宾逊也发现了那个警察,傻里巴几地从另一个车窗向他喊去:"没什么事,没什么事。"仿佛这样会像驱赶一只苍蝇那样赶走警察。那些孩子们注视着这警察,一看见他停住脚步,便不约而同地注意上卡尔和司机,然后一溜烟地跑了过来。对面大门口站着一个老太婆,呆呆地望着这里。

"罗斯曼!"这时从高处传来一声呼唤。原来是德拉马舍,他从顶层的阳台上呼叫卡尔,映着泛白的蓝天,只能影影绰绰地看见他的样子。他显然穿着一件睡衣,用一架望远镜观察着这条街上的情形。他身旁撑着一把张开的红阳伞,伞下好像坐着一个女人。"喂!"他竭尽全力喊道,想让人听清楚,"罗宾逊在那儿吗?""在这儿!"应着卡尔的这声回答,罗宾逊强有力地从车里发出了第二个更加响亮得多的"在这儿"。"喂,"上面又喊道,"我就来!"罗宾逊从车里躬出身子说:"这才是个男子汉。"这句赞美德拉马舍的话是说给卡尔,说给司机,说给警察,说给每个想听的人听的。尽管德拉马舍已经离去了,人们依然心不在焉地望着上面的阳台。这时阳伞下果真有一个身着红衣又粗又壮的女人站了起来,从阳台胸墙上拿起望远镜,望着下面这些逐渐把目光从她身上移开的人。卡尔期待着德拉马舍的出现,定神向大门口望去,望着庭院里。那里成群结队的商店勤杂你来我往,几乎川流不息,每个人肩上都扛着一个显得非常沉重的小箱子。那司机走到他车前,拿来一块破布擦起车灯,省得白白浪费掉时间。罗宾逊按一按自己的四肢,好像为那轻微的疼痛而感到惊奇,因为他只有专心体会方才感觉得到。于是他深深地低下头去,小心翼翼地解开一条厚实地扎在腿上的绑带。那警察把黑色的警棍横握在胸前,静静地等待着,怀着警察无论是平时值勤还是蹲守都必须具备的莫大耐心。那个长着酒糟鼻子的小伙子坐在大门口的石台上伸展开两腿。孩子们挪着小步渐渐地靠近卡尔,尽管他并不留意他们,但他们却觉得这个身着蓝衬衫的人是这伙人中最主要的人物。

从德拉马舍下楼来这里花去的时间,让人不难推算出这座楼耸立云端的高度。况且他赶得急急忙忙,只穿了件睡袍。"噢,你们都在这儿!"他喊道,神情显得既高兴又严肃。当他迈着大步走动时,那花花绿绿的内衣不时地露出来。卡尔不全弄得明白,为什么德拉马舍在这座城里,在这个巨大的公寓内,在这众目睽睽的大街上如此随便地穿着睡袍游来荡去,就像在自己的别墅里似的。像罗宾逊一样,德拉马舍也全然变了样。那副深色的脸庞刮得光光的,异乎寻常的干净,上面布满粗实的肌肉,闪现出志得意满和引人敬重的神气;那对此刻不住眨闪的眼睛放射出耀眼的光芒,令人惊叹。那件紫色睡袍虽说是旧的,且污渍斑斑,他穿在身上也显得太大,但从这件怪模怪样的衣服的上方却鼓出一条厚厚实实的深色领带来。"怎么回事?"他冲着所有在场的人问道。那警察向近前挪了挪,身子靠在汽车发动机箱上。卡尔给了简短的回答:"罗宾逊有点疲惫,但他要鼓起劲来,上楼不成什么问题。我已经付了车费。司机还要求补付。现在我该走了,再见。""你别走。"德拉马舍说。"我已经同他说过了。"罗宾逊在车里开了腔。"我要走。"卡尔说着迈出了几步。但德拉马舍抢上前去,狠劲地把他推了回去。"我要你呆着。"他喊道。"你倒是放我走啊!"卡尔说,准备着必要时挥起拳头来赢得自由,尽管面对德拉马舍这样一条汉子,取胜的希望是很渺茫的。可是这儿有警察,有司机,不时还有成群结队的工人打这条平日当然宁静的大街走过。难道说人们会眼睁睁地看着德拉马舍对他蛮横无理吗?要是单独同德拉马舍在房间里,他是不会轻举妄动的,可在这儿呢?这时,德拉马舍不动声色地向司机付了钱。司机连连鞠躬,把这一大笔非分之得塞进腰包,并且出于谢意走到罗宾逊跟前,显然同这家伙说着怎样能够万无一失地把他从车里扶出来。卡尔觉得没有人留意他,或许德拉马舍更容易不声不响地走开。要是能够避免一场争吵,那当然再好不过了。于是卡尔就悄悄地步入行车道,试图尽可能迅速地离开。这时孩子们一齐拥向德拉马舍,提醒他卡尔要溜走。然而,根本用不着他自己去干预,因为那个警察把警棍向前一挥喊道:"站住!"

"你叫什么名字?"他问道,随之把警棍夹在胳膊下,慢慢掏出一个本子来。卡尔此刻才第一次仔细地打量着他。他是个强壮的汉子,但头发几乎全白了。"卡尔•罗斯曼。"他答道。"罗斯曼。"警察重复道。毫无疑问,这只是因为他是一个从容认真的人。然而,在这里第一次真正同美国官员打上交道的卡尔却已经觉得这样的重复中包含着某种怀疑的口气。实际上,他的事可能不妙,因为连自顾不暇的罗宾逊也从汽车里探出身来,无声而急切地打着手势求德拉马舍帮帮卡尔。而德拉马舍匆匆地摇摇头拒绝了,两手插在那特大的衣兜里,无动于衷地在一旁看着。那位坐在大门石礅上的小伙子在向一位刚刚才从大门出来的女人解释这里发生的一切。孩子们围成半月形站在卡尔身后,一声不响地望着警察。

"出示你的证件!"警察说。这大概只是走过场问问而已。要是没有穿外衣,谁都不会随身带许多证件。因此卡尔缄默不语,宁愿等着详细地回答下一个问题,借以尽可能把没有带证件的事敷衍过去。但下一个问题却是:"这么说你没有证件?"这时,卡尔不得不回答说:"没有随身带。""这可就严重了。"警察说,若有所思地朝围观的人群环顾了一周,用两个指头敲了敲他那本子的硬皮。"你有工作吗?"警察最后问道。"我当过电梯工。"卡尔说。"你当过电梯工。这么说现在不是了。那你现在靠什么生活呢?""现在我要找个新的工作。""难道说你刚刚被解雇了?""是的,一个钟头前。""突然发生的?""是的。"卡尔说着像请求谅解似的举起手。在这里,他不可能把整个故事从头至尾讲一遍。即便有这样的可能,那么要凭着讲述一个蒙受过的不公正而去化解一个眼下面临的不公正似乎毫无指望。如果说他从厨房总管的善良和总管的明智中都没有得到自己的公正,那么在这里,他面对这群路人无疑就更不敢抱什么奢望了。

"你连上衣都没穿就被解雇了?"警察问道。"是这样。"卡尔说;这么说在美国也一样,司空见惯的是,那些官员们明明看见了的东西还偏得要问(难怪他父亲在办理旅行护照时对那些官员毫无意义的问话很恼火)。卡尔恨不得一下子跑掉,找个地方躲起来,不用再听这样的问话。可就在这时,警察偏偏提出了卡尔局促不安地预料到的、最害怕提出的,而且可能使他的举止显得比先前越发欠考虑的那个问题:"到底是哪家饭店雇用过你?"他低着头一声不吭,无论如何都不愿意回答这个问题。要是他由一个警察押送着再回到西方饭店去,要是在那儿举行有他的朋友和敌人参加的审讯,厨房总管便会彻底放弃她对卡尔业已变得很淡漠的好印象,因为她发现自己估计已经到了布伦纳公寓的卡尔又回来了,是被警察抓住的,只穿着衬衫,没有她的名片。而总管也许只是满怀体谅地点点头。门卫长则不然,他会声称是上帝的手最终抓住了这个无赖。这一切千万不能发生。

"他在西方饭店干过。"德拉马舍说着走到警察身旁。"不,"卡尔边喊边跺着脚,"这不是真的。"德拉马舍嘲弄地噘起尖嘴瞅着卡尔,仿佛他还能说出其他的事来。卡尔出乎意料的激动大大地波及到了孩子们。他们一齐拥向德拉马舍,情愿从那儿仔细地观看卡尔。罗宾逊从汽车里完全探出脑袋,镇定自若地注视着眼前的紧张气氛。他惟一的动作就是时而眨一眨眼睛。大门口的那个小伙子高兴得直鼓掌,他身旁的那个女人用胳膊肘捅了他一下,让他冷静些。那些搬运工正好到了吃早点的时候,他们全都端着大壶的黑咖啡,并且用长条面包搅动着凑上前来。有几个人席地坐在人行道边上,个个都咂咂地啜饮着咖啡。

"你可能认识这小伙子吧?"警察问德拉马舍。"何止认识,"这家伙说,"我当初可待他不薄,但他不知好歹。你自己刚才简短地审问过他,想必轻而易举就会体会到这一点。""对,"警察说,"他好像是个不思悔改的小子。""一点不错,"德拉马舍说,"可这还不是他最坏的本性。""是吗?"警察说。"是的,"德拉马舍说,他现在开始演说了,两只插在衣兜里的手摆动起整个睡袍,"他是个了不起的家伙。我和我那位坐在车里的朋友偶然遇上了身陷困境的他。当时,他对美国的情况一无所知,他刚从欧洲来,在那边也是个没有人能看得上眼的人。于是我们就带着他,让他同我们一起生活,言传身教教给他一切,并且打算为他找个工作。尽管一切迹象都违背我们的意愿,但我们还是想着把他变成一个有所作为的人。然而有一天晚上,他突然走了,不辞而别,而且有附带的原因,我不想在此声张出去。难道说不是这样吗?"德拉马舍最后问道,并扯了扯卡尔的衬衫袖子。"孩子们,你们往后退退!"警察喊道,因为他们一个劲地往前挤,德拉马舍险些让一个孩子绊了个跟头。这时,那些本来对这场审问不大感兴趣的搬运工也来了兴致,他们围成一团聚集在卡尔身后,使他无法后退半步。另外,这些搬运工杂乱无绪的嚷嚷声不停地响在他的耳际。他们操着一口让人完全听不懂的英语,也许其中夹杂着斯拉夫语,与其说在议论,倒不如说在吵嚷。

"谢谢你提供的情况,"警察边说边向德拉马舍敬了个礼,"我无论如何要把他带走,交还给西方饭店。"但德拉马舍却说道:"请你把这小子暂且交给我吧,我有几件事要同他了断。我保证过后亲自把他送回饭店去。""我不能这样做。"警察说。"这是我的名片。"德拉马舍说着递给他一张小卡片。警察看了看表示认可,但又很有礼貌地微笑着说:"不,这没用。"

无论卡尔先前怎样防范着德拉马舍,可此刻却在他身上看到了惟一获救的可能。德拉马舍如此向警察求情留下卡尔,虽然令人疑惑不解,但比起警察来,他无论如何更容易让人说动,不把卡尔送回饭店。再说,即便卡尔由德拉马舍领着回饭店去,那也会比由警察押着好说多了。不过卡尔暂时还不能让人看出他实际上更愿意跟德拉马舍走,要不一切都完了。他惴惴不安地盯着警察那随时都可能举起来抓住他的手。

"我至少得知道,他为什么突然被解雇了。"警察终于说道。德拉马舍一脸闷闷不乐的样子望着一旁,那张名片在指间揉成一团。"可他根本就没有被解雇。"罗宾逊的喊声使大家惊讶不已。他倚靠在司机身上,极力地从车里探出身来。"恰恰相反,他在那里有一份美差。在集体宿舍里他说了算,愿意带谁进去都畅通无阻。他只是忙得不可开交,如果你有求于他,得等上好久。他总是呆在总管那里,呆在厨房总管那里,而且是亲信。他绝对没有被解雇。我不明白他为什么这样说。他怎么会被解雇呢?我在饭店里受了重伤,他接受委托送我回来。他当时没穿上衣,索性就这样上车走了。我总不能等到他去拿来上衣吧。""原来是这样。"德拉马舍摊开两臂说,听他的口气,似乎在责备这警察缺乏鉴别人的能力。他的话好像给罗宾逊那含含糊糊的陈述注入了无可挑剔的阐释。

"这可是真的吗?"警察用已经缓和了的口气问道,"如果这是真的,这小子为什么要谎称他被解雇了呢?""你该说说。"德拉马舍说。卡尔注视着警察——他要在这里管好那些一味各顾自己的外国人不出乱子,而这种普遍的担心多多少少也转嫁到了卡尔身上。他不愿意说谎,两手紧紧地交错在背后。

大门口出现了一个监工,他拍着巴掌,示意搬运工们又该上工了。他们倒掉咖啡壶里的沉渣,迈着摇摇晃晃的步子,不声不响地向楼里走去。"我们该收场了。"警察说着就要去抓卡尔的胳膊。卡尔不由自主地往后退了退,感觉到搬运工们走开后给他留出了一块空地,他转过身,三蹿两跳地逃走了。孩子们一齐喊叫起来,甩开两条小臂跟着跑了几步。"抓住他!"警察朝着这条几乎空无人影的深巷子喊去。伴随着这富有节奏的叫喊,他迈起无声无息的、显露出强劲有力和训练有素的步子向卡尔追去。追捕发生在一个工人居住区,这是卡尔的幸运。工人们不会去买官员们的账。卡尔奔跑在车道中间,这里没有什么障碍。他时而看到人行道上的工人驻足静静地望着他,而警察却朝他们喊着"抓住他",狡猾地沿着平坦的人行道,一边跑,一边不停地伸出警棍指向卡尔。卡尔没有抱什么希望。当他们接近横街时,警察直接吹响了震耳欲聋的哨声。他几乎完全绝望了,因为那里肯定也有警察在巡逻。卡尔的优势不过是轻装,他沿着这条越来越成下坡的公路飞奔而去,或者更确切地说直冲而下,只是由于困倦而精神涣散,常常跨出太高而费时的无用步子。但话说回来,警察也用不着去思索,他始终只有一个追赶的目标。与此相反,对卡尔来说奔跑原本是次要的,他必须思索,在各种可能性中选择,不断做出新的决定。他那多少无望的计划是暂且避开一条条横街,因为你不可能知道那里隐藏着什么,也许他会径直闯入一间警察亭里。只要不出什么意外,他就坚持沿着这条依旧一目了然的公路跑下去。这条公路向下一直延伸到一座隐隐约约露出头的桥上,桥身淹没在水气和霞光之中。他正要按照这个决定鼓足精神加快步子,以迅雷不及掩耳之势穿过第一条横街时,忽然看见在不太远的前方埋伏着一个警察,他身子紧贴在一座笼罩在树阴下的房子那黑乎乎的墙边,准备伺机向卡尔猛扑过来。眼下除了这条横街,再也无路可逃了。当他听到有人从这巷子里恶狠狠地喊叫他的名字时,起初以为这是一种幻觉(因为这阵子他的耳朵里一直嗡嗡鸣叫),但没有迟疑多久,为了出其不意地摆脱警察,他便拔腿向左一拐,钻进了这条横街。

他几乎还没有跨出两步远——他已经不再记得有人喊过他的名字——,第二个警察也吹响了哨子。人们感觉得到他那积蓄已久的力量,横街远处的行人似乎也加快了脚步。这时从一扇小门里伸出一只手来抓住卡尔,让他"别吱声",把他拽进黑洞洞的过道里。原来是德拉马舍,他上气不接下气,满脸汗水,头发全都贴在了脑袋上。他把那件睡袍夹在腋下,身上仅穿着衬衫和短裤。这扇门不是什么正门,而只是一道不显眼的侧门,他立刻关上门并上了锁。"等一会儿。"他然后说,身子靠在墙上,高高地仰起头,气喘吁吁的。卡尔几乎倒在他的怀里,昏头昏脑地把脸贴在他的胸脯上。"那两个家伙跑过来了。"德拉马舍边说边伸出手指着门侧耳细听。这时,那两个警察果真跑过去了,他们的脚步声响彻整条空荡荡的小巷,犹如钢锤打在石头上一样。"你可真是给折腾得够呛了。"德拉马舍冲着卡尔说。卡尔依然上气不接下气,一句话也说不出来。德拉马舍小心翼翼地把他放在地上,跪在他的身边,反复地抚摸着他的额头,注视着他的神情。"现在缓过来了。"卡尔终于开口说道,费劲地站了起来。"那就走吧!"德拉马舍说着又穿上他的睡袍,把虚弱得仍然耷拉着脑袋的卡尔推着向前。他不时地摇摇卡尔,好让他清醒些。"你佯装困得撑不住了?"他说。"在外面,你倒能够像匹马一样奔腾,可我却不得不绕着这些该死的过道和院落悄悄地溜过来。不过幸亏我也是个赛跑运动员。"他情不自禁地挥起手给了卡尔背上一下。"时不时同警察这样来一次赛跑也是一次很好的训练。""我开始跑的时候,就已经很累了。"卡尔说。"你这样逃跑还有什么好说的呢!"德拉马舍说,"要不是我,你早就让他们给抓去了。""我也相信是这样,"卡尔说,"非常感谢您。""那还用说。"德拉马舍说。

他们穿过一条狭长的走廊。走廊的地面上铺着深色的光石板。走廊的左右时而是一道楼梯,时而是一扇让人可以看到另外一条更大的走廊的隔窗。这里几乎看不到大人,惟有孩子们在空荡荡的楼梯上戏耍。一个小姑娘站在栏杆旁啼哭,满面的泪水闪闪发光。她一看见德拉马舍,就张开嘴喘着气,顺着楼梯直往上跑去。她一再转过身来,深信没有人跟着或许不想跟着她时,才平静下来。"我刚才跑过去时把这姑娘撞倒了。"德拉马舍一边笑着说,一边用拳头吓唬她。小姑娘随之哭叫着继续向上跑去。

他们经过的院落也几乎被完全遗忘了。只见这儿有一个用人推着两轮车,那儿有一个妇人在水泵旁往壶里灌水;这儿有一个邮差迈着从容不迫的脚步穿过整个院落,那儿有一位满脸银髯的老人跷起二郎腿坐在一扇玻璃门前,嘴上叼着烟斗。一家搬运公司门前卸了一堆箱子,那些闲下来的马镇静地扭动着脑袋。一个身着工作服的男人手里捏着一张纸在监督着整个工作。一间办公室的窗户敞开着,有一位坐在写字台前的职员转过身,若有所思地朝着卡尔和德拉马舍正好路过的地方望去。

"不可能奢望有比这儿更宁静的地方了,"德拉马舍说,"晚上喧闹了几个小时,但白天却宁静无比。"卡尔点点头。他觉得这里宁静得过度了。"我根本不能住在别的什么地方,"德拉马舍说,"因为布鲁纳尔达绝对受不了一点喧闹。你认识布鲁纳尔达吗?你这就会见到她的。无论如何我要告诫你,你要尽可能放得文静些。"

当他们来到通往德拉马舍住地的楼梯前时,那辆汽车已经开走了。那个长着酒糟鼻子的小伙子报告说,他把罗宾逊背上楼去了,而对卡尔的再现没有表现出任何惊异的神态。德拉马舍只是向他点了点头,仿佛这是他的用人,完成了一件理所应当的义务。卡尔有点犹豫,望着这条阳光照耀的公路。德拉马舍拽着他一起走上楼去。"我们马上就到楼上了。"德拉马舍上楼时说了好几遍,可他的预言好像总兑不了现,那没有尽头的楼梯一道接着一道,拐来拐去,只是让人没有了改变方向的感觉。有一次,卡尔甚至停步不上了。这绝不是出于疲惫无力,而是面对这没完没了的楼梯,无力去抗拒了。"我住得很高。"当他们继续往上走时,德拉马舍说,"但高也有它的好处,常常闭门不出,一天到晚穿着睡袍,日子过得十分悠闲。当然住这么高,也就没有人上来拜访。""究竟会有什么人来这里拜访呢?"卡尔心想着。

终于在一个楼梯平台上,罗宾逊出现在一家关着的房门前。他们现在可算到了。楼梯还远远没有到头,而是在半明半暗中继续延伸上去,似乎没有一丝迹象表明它行将终止。"果然不出我所料,"罗宾逊小声说,仿佛疼痛还在压迫着他,"德拉马舍把他带来了!罗斯曼,没有德拉马舍,不知你会成了什么样呀!"罗宾逊穿着内衣站在那儿,只是一个劲地力图把自己裹进西方饭店送给他的那条被单里。谁也弄不明白,他为什么不到屋里去,却在这儿面对可能路过的人出洋相。"她在睡觉?"德拉马舍问道。"我想没有,"罗宾逊说,"但我宁可等到你回来。""我们先得看看她是否在睡觉。"德拉马舍说着弯下腰去看锁孔。他来回扭动着脑袋,从各个不同的方位向里面观望了好大一阵子后起身说:"看不清楚,帘子放下来了。她坐在长沙发上,也许在睡觉吧。""她病了?"卡尔问道,因为德拉马舍站在那里,似乎在讨要主意。然而,他厉声反问道:"病了?""他毕竟不认识她。"罗宾逊请求原谅说。

在隔着几家的那边,有两个女人出现在走廊里。她们在围裙上擦了擦手,眼睛望着德拉马舍和罗宾逊,像是在议论着他们。一位金发闪闪的小姑娘从一扇门里蹦了出来,挽住这两个女人的胳膊,偎依在她们之间。

"这两个女人真可憎,"德拉马舍小声说,只是为了不打扰正在睡觉的布鲁纳尔达,"下次我要去警察那里指控她们,要叫她们老实安静上几年。别往那边看!"他然后向卡尔嘘了一声。既然他们现在一定要站在走廊里等待布鲁纳尔达醒来,卡尔觉得看看这两个女人也没有什么恶意。他生气地摇摇头,似乎用不着去听从德拉马舍的劝告。为了更加明确地表明这个态度,他想朝这两个女人走过去。这时罗宾逊却喊道:"罗斯曼,别这样!"并抓起袖子拦住了他。德拉马舍已经被卡尔激怒了,而那个姑娘的哈哈大笑更使他怒火中烧;他一下子跃起身来,手脚并举,急匆匆地冲着她们跑去。这两个女人就像被风吹走似的消失在各自的门里。"在这里,我不得不常常这样净化走廊。"德拉马舍慢慢地走过来说。他想起卡尔的对抗时又说道:"可我期待着你的是完全另外的举止,不然的话,你会自讨苦吃的。"

这时,屋子里有人拖着温柔而疲倦的腔调问道:"是德拉马舍吗?""是我。"德拉马舍边回答边亲切地注视着房门,"我们可以进去吗?""噢,进来吧。"屋里的人说。德拉马舍又向这两个等在他身后的人瞟了一眼,然后慢慢地打开门。

屋里一团漆黑。阳台门——没有窗户——上的帘子一直垂落到地面,几乎透不过一丝光亮。另外屋里堆满了家具,四处挂的都是衣服,越发显得昏暗。空气霉浊,简直连积落在让人无法触及的角落里的尘灰和腐味都闻得出来。卡尔一进门最先发现的是三个前后紧排在一起的箱子。

那个先前从阳台上往下看的女人躺在长沙发上。她那红色的衣裙下摆随意地堆成一团,垂在地上,两腿几乎露到膝间,腿上套着一双白色的毛织长筒袜,脚上没有穿鞋。"天气热极了,德拉马舍。"她说着从墙边把脸转过来,懒洋洋地把手摇晃着伸给德拉马舍,让他接过去亲吻。卡尔只是注视着她那随着脑袋的转动而一起滚动的双下颌。"也许该把帘子拉开吧?"德拉马舍问道。"这可不行。"她闭着眼睛绝望似的说,"那样会更加糟糕。"卡尔走到沙发一端,想把这个女人看得清楚些。他对她的抱怨感到奇怪,因为天气根本就不那么热。"等一等,我有办法让你舒服些。"德拉马舍谨小慎微地说,然后给她解开脖子下的几枚扣子,敞开衣领,使她的颈部和胸脯的上方袒露出来,同时也露出一道轻柔的浅黄色的衬衣贴边。"这是谁?"这女人突然指着卡尔问道,"他为什么这样盯着我?""不久你就会使自己变得有用了。"德拉马舍说着把卡尔推到一边,同时安慰这女人说,"他不过是我带来为你效劳的小伙子。""可我不愿意要任何人来伺候,"她喊道,"你为什么把陌生人带进我的屋里?""你这阵子不是总盼着有人来伺候吗?"德拉马舍说着跪下去。尽管这沙发十分宽大,但躺在上面的布鲁纳尔达身旁没有一点多余地方。"唉,德拉马舍,"她说,"你不理解我,一点也不理解我。""这么说我真的不理解你了,"德拉马舍说,双手捧着她的脸,"不过毕竟没有出什么事,只要你愿意,立刻就让他走开。""他既然已经来了,就留在这儿吧。"这时她又说道。在极度的疲倦中,卡尔很感激她这番毫不友好的话,因为他的思想依然昏昏沉沉地萦绕在那没有尽头的、也许马上又不得不走下去的楼梯上。他无视安然地睡在被窝里的罗宾逊,也不顾生气地挥舞着两手的德拉马舍,说:"无论如何我得感谢你还愿意让我在这里呆一会儿。我已经一天一夜没合眼了,不仅劳累,而且遭受了种种惊恐不安。我已经精疲力竭。我根本不知道我在什么地方。如果让我睡上几个钟头,你可以毫无顾忌地打发我走。我会乐意走开的。""你完全可以呆在这里。"那女人说,并且不无讽刺地补充道,

"你看看,我们有的是地方,绰绰有余。""那你只好走吧。"德拉马舍说,"我们可不需要你。""不,他应该留下来。"女人这时又严肃地说。接着,德拉马舍对卡尔说:"那你随便找个地方躺着去吧。""他可以躺在那些窗帘上,但一定要脱去靴子,免得踩坏什么。"德拉马舍把她所说的地方指给卡尔。在房门和那三个箱子之间,乱七八糟地放着一大堆各种各样的窗帘。要是把所有的窗帘都整整齐齐地叠起来,重的放在最下面,轻的一层一层摞上去,最后把夹在窗帘堆里的各种板条和木环抽出来,那就会成为应该还算说得过去的铺位,可现在这个样子不过是乱七八糟的一团。尽管如此,卡尔立刻就躺了上去,他实在太累了,也顾不了特意去为睡觉做准备。再说考虑到他的主人,一定要避免添太多的麻烦。

当他差不多已经进入真正的梦乡时,突然听到一声喊叫。他坐起身来看见布鲁纳尔达直挺挺地坐在沙发上,伸开两臂紧紧地搂抱着跪在面前的德拉马舍。看见这情形,卡尔不免感到难堪,但他随后又倒下身子,埋在窗帘里继续睡他的觉。他似乎明白他在这里连两天都忍受不了,因而更有必要先彻底睡个够,以便完全恢复理智,能够迅速而准确地做出决断。

然而,布鲁纳尔达已经发现了卡尔由于疲倦而不得不强行睁开的眼睛,不禁吓了一大跳,于是喊道:"德拉马舍,我热得受不住了,身上要烧起来似的,我要脱衣服,我要洗澡。你让这两个先出去,去走廊也好,去阳台也罢,随你便,只要我看不见他们就行了。呆在自己的房间里,总是受到干扰。德拉马舍,要是我和你单独在一起该多好啊!天啦,他们依然呆在这儿!像这个厚颜无耻的罗宾逊,他居然当着一位妇人的面穿着内衣伸展四肢。像这个陌生的小子,他刚才还用十分放肆的目光瞪着我,然后又躺下去来迷惑我。还是把他们弄走为好,德拉马舍,他们是我的累赘,他们是我的心病,要是我现在活不下去了,那就是因为他们的缘故。"

"立刻就让他们出去,你只管脱衣服就是了。"德拉马舍说着走到罗宾逊跟前,脚踩在他的胸膛上摇晃着他。与此同时,他冲着卡尔喊道:"罗斯曼,起来!你们两个到阳台上去。不叫你们,就别进来,不然要自讨苦吃。快点,罗宾逊——"他更加狠劲地摇晃起罗宾逊——"罗斯曼,睁开眼睛看清楚了,可别让我也踩上你。"——他响亮地拍了两下巴掌。"怎么要这么久呢!"沙发上的布鲁纳尔达喊了起来。她坐在那里把两条大腿叉开,以便为那过于肥胖的躯体腾出更多的空间。她只有使出浑身的力量,喘喘歇歇,才能曲起身子,抓住长筒袜的最上端往下脱一点。她自己不可能把袜子脱下来,这要靠德拉马舍来帮忙。她急不可耐地等待着。

卡尔疲惫不堪昏昏沉沉地从那堆窗帘里爬起来,蹒跚着朝阳台门走去。一块窗帘布缠在他的脚上,他稀里糊涂地拖了过去。他从布鲁纳尔达身边走过时,甚至神游思离地说道:"祝你晚安!"德拉马舍把阳台门上的帘子稍稍拉向一旁,卡尔从他的身旁漫游过去,走到阳台上。罗宾逊紧跟在卡尔后面,也少不了一副睡意蒙眬的样子,因为他在咕噜着什么:"总是受人虐待!如果布鲁纳尔达不一同来,我就不上阳台。"尽管信誓旦旦,他还是乖乖地出去了,并且随即躺倒在石地板上,因为卡尔已经沉睡在那把扶手椅里。

卡尔醒来时,夜幕已经降临,天上挂满星斗,月亮从坐落在街对面的高楼大厦后冉冉升起。卡尔环顾了一番这陌生的地方,深深地呼吸了一阵凉爽而清新的空气,方才意识到自己眼下的处境。他涉世不深,遇事太欠考虑了,厨房总管的一片忠告,特蕾泽的热情规劝,连同自己所有的忧虑,他都置若罔闻,居然若无其事地坐在德拉马舍的阳台上,昏昏沉沉地睡去了大半天,好像在这帘子的后面,德拉马舍就不是他的大敌。躺在地板上的罗宾逊懒洋洋地翻起身来扯住卡尔的脚,似乎要这样来唤醒卡尔;他说:"你这个瞌睡虫,罗斯曼!你真是个逍遥自在的家伙。你到底还要睡多久啊?我本来可以让你继续睡下去的,可是我躺在这地上感到太无聊,再说我也饿得受不了。我请你起来一会儿,我在椅子下面藏着吃的东西,想把它取出来。你也可以分享一份。"卡尔随之站起来,看着罗宾逊趴在地上,辗转匍匐过来,两手伸到椅子下面,取出一个就像是用于存放名片的银色盘子。可这盘子里放着半截黑乎乎的香肠、几支细长的纸烟、一盒虽已打开但仍满满的沙丁鱼罐头,盒子的外面浸满油渍,还有一堆几乎压成一团的糖果,然后又露出一大块面包和一个装香水的瓶子,但里面装的看来不是香水,而是什么别的东西,因为罗宾逊特别得意地指着这瓶子连连朝卡尔咂舌头。"你瞧瞧,罗斯曼,"罗宾逊边说边把沙丁鱼一块接一块地往嘴里塞,不时地用一条毛围巾擦去手上的油迹,这围巾显然是布鲁纳尔达忘在阳台上的,"你瞧瞧,罗斯曼,如果你不想饿死,就得这样给自己藏些吃的。你瞧,我彻底被冷落到一旁了。如果你总是被人当狗对待,最后就会认为自己真的是一条狗。也好,有你在这儿,罗斯曼,我至少有了说话的人。在这屋里,没有人同我说话。咱们都是令人讨厌的人,全都怪这个布鲁纳尔达。她当然是个了不起的女人。你——"他示意让卡尔弯下身靠近他,要低声告诉他——"我有一回看见她光着身子。噢!"——回想起那赏心悦目的时刻,他情不自禁地挤压和拍打起卡尔的两腿,直弄得卡尔叫起来:"罗宾逊,你疯了!"并且抓住他的手把他推了回去。

"你果真还是个孩子,罗斯曼。"罗宾逊说,随手从衬衣里拽出一把用绳子挂在脖子上的匕首,取下匕首套,切开那硬邦邦的香肠,"你涉世还太浅,有许多东西要学,可到了我们这儿,你算是找对了地方。坐下吧。难道你不想吃点东西?当你在一旁看着我吃的时候,或许也来了胃口。难道你也不想喝点什么?看来你压根儿什么都不想,而且偏偏也不怎么爱说话。可话说回来,不管同谁在这阳台上,对我来说都无所谓,反正只要有人在这儿就行了。这就是说,我经常呆在阳台上,这样使布鲁纳尔达非常开心。她总是随心所欲,变化无常;时而冷,时而热,时而要睡觉,时而要梳理,时而要解开胸衣,时而又要穿上它。每当这个时候,我就被打发到阳台上来。有时候,她真的说什么就做什么,但大多数情况下,她无非像先前一样躺在沙发上,一动也不动。以前我经常掀开一点帘子往里看。但是有一回,当我正往里看时,德拉马舍——我完全明白,那不是出自他的本意,而是受布鲁纳尔达的指使干的——用鞭子在我脸上抽了好几下。你看见这伤痕了吗?打那以后,我再也不敢往里看了。后来我就这样躺在阳台上,除了吃喝没有别的乐趣。前天晚上,我就这样孤零零地躺在这儿,当时我穿的还是那身时髦的衣服,只可惜丢在你的饭店里了。——那些狗杂种!他们硬是从你身上扒去值钱的衣服!——也就是说,我这样孤零零地躲在这儿,透过栏杆向下望去,一切都使我黯然神伤,情不自禁地嚎啕大哭起来。就在这时,布鲁纳尔达出乎意料地朝我走过来了,而我并没有马上发觉。她穿着那件红色的衣裙——那是她所有衣服中最合身的——,看了我一会儿,最后说道:'我的罗宾逊,你哭什么呢?'然后她扯起自己的衣裙,用裙边拭去我的眼泪。要不是德拉马舍赶巧喊她的话,谁知道,她还会干什么呢。听到喊声,她不得不立刻回到房间去。当然,我也想过,现在该轮到我了,并透过窗帘问我可不可以进屋去。你认为布鲁纳尔达怎么说呢?'不行!'她说。'你在瞎想些什么呀?'她又说。"

"既然人家这样对待你,那你还在这儿呆什么劲呢?"卡尔问道。

"对不起,罗斯曼,这话你可问得不太高明。"罗宾逊回答说,"即便人家对你更恶劣,你不是也得呆在这儿吗?况且人家对我还没有那么糟糕。"

"不,"卡尔说,"我肯定要走的,而且可能就在今天晚上。我不会留在你们这里。"

"你说说,你今晚打算怎样走开呢?"罗宾逊一边问,一边把面包里软的部分切下来,小心翼翼地浸到沙丁鱼罐头里,"如果连这房间都不准你进去,你怎么会走得开呢?"

"究竟为什么不准我们进屋呢?"

"只要铃声不响,我们就不能进去。"罗宾逊说。他一边尽可能地张大嘴,津津有味地吞食着那油腻的面包,一边用一只手接住从面包上滴下来的油点,以便不时把吃剩下的面包在这个充当容器的手掌上蘸一蘸。"这里的一切都变得糟了。起初,这里只有一层薄薄的帘子,虽说看不过去,但一到晚上还能看到里面的人影。布鲁纳尔达感到这样很别扭,于是就让我把她的一件戏袍改成一块帘子挂上,换掉了原来的。现在什么都看不见了。从那以后,起初我随时还可以问一问我能不能进去,人家会根据情况回答我'可以'或者'不行'。可到了后来,可能因为我过分地利用了这个权力,问的次数太多,布鲁纳尔达就无法忍受了——她虽然很胖,但体质非常弱,常常头痛,痛风腿也几乎不断地折磨着她——,于是就规定不准我再问了,而是改按台钟。一听到台钟响,我就可以进去。那台钟响声,甚至都能把我从梦里闹醒。有一次,我在这里逗一只猫开心,它被这钟声吓得跑掉了,再也没有回来。也就是说,今天还没有响钟。一旦钟声响起来,那我不只是可以,而是必须进屋去。如果这么久没有响声,没准还得等好久。"

"你说得也是,"卡尔说,"不过适用于你的倒不一定也适用于我吧。说到底,这样的清规戒律仅仅适用于那种逆来顺受的人。"

"可是,"罗宾逊喊道,"这为什么不适用于你呢?这理所当然也适用于你。你只管老老实实地同我一起在这儿等着响钟吧。然后你可以试试是否走得了。"

"你为什么不离开这儿呢？难道仅仅因为德拉马舍是你的朋友或者比你强吗？难道这就是人生吗？难道你们首先要去的布特弗德不比这儿好吗？或者，索性你就呆在加利福尼亚得了，那里有你的朋友。"

"是的，"罗宾逊说，"可这谁也无法预见。"他往下讲述前又说道："祝你走运，可爱的罗斯曼。"接着他美美地从那香水瓶里灌了一口。"当时，你那样卑鄙地抛弃了我们。我们的境况非常糟糕。在头几天里，我们无法找到工作。再说德拉马舍本来可以找到事干，但他不想干，只是一再打发我去找，而我总不大走运。他就那样在外面游来荡去，无所事事，直到一天傍晚时分，他带回来一个女式钱包，虽说非常精美，镶着珍珠，但里面几乎什么也没有。那钱包他送给了布鲁纳尔达。后来德拉马舍说，我们应该去挨家乞讨，自然会借机找到一些需要的东西。于是我们就踏上了乞讨的路。为了掩人耳目，我在每家门前唱歌。而德拉马舍总是那么幸运，我们刚刚站在第二家——一户非常富有的人家——门前，在门口给女厨和用人唱了几首歌，这时这户人家的女主人，也就是布鲁纳尔达上楼来了。她也许被衣服裹得太紧，根本上不去几级楼梯。可她看上去是多么的美，罗斯曼！她穿一身洁白如玉的衣裙，手拿一把红色的阳伞。她的出现叫人神魂颠倒；她的出现叫人心醉神迷。啊，上帝！啊，上帝！她是多么的美呀！这样一个美人儿！不，上帝，请告诉我吧，世上怎么会有这样一个美人呢？当然，女厨和用人立刻迎上前去，几乎是把她抬到楼上。我们站在门的左右两边致敬，这是当地人的习俗。她稍稍停了停，因为她还没有完全喘过气来。现在我也想不起来了，事情到底是怎样发生的。我当时如饥似渴，几乎丢了魂似的，尤其在近旁，她显得更有姿色，无比丰满。也正是由于她穿着一件别致的紧身胸衣,我过后可以在箱子里指给你看看,全身上下都绷得那样的紧。一句话,我轻轻地从背后触摸到她,不过非常非常的轻,你知道,仅仅是这样触摸一下而已。当然,人家不会容忍一个乞丐触摸一个阔太太的。那几乎不是什么触摸,但毕竟还算是摸了一下。要不是德拉马舍当即给了我一个耳光,我随之用两手捂住面颊的话,谁知道会酿出什么恶果来。"

"讲讲你们干了些什么!"卡尔说,他完全被这个故事吸引住了,索性坐到地板上,"也就是说那个女人就是布鲁纳尔达?"

"不错,"罗宾逊说,"是布鲁纳尔达。"

"你不是说过她是个歌手吗?"卡尔问道。

"她当然是个歌手,一个了不起的歌手。"罗宾逊回答道。他将一大团软糖在舌头上翻来卷去,时而把挤到嘴边的一块又用手指压回去。"但是当时我们自然还不知道她是谁,只看见她是一个富有而高贵的太太。她装作若无其事的样子,或许她什么也没有感觉到。实际上,我只是用指头尖轻轻地碰到了她。但她却一个劲地看着德拉马舍,他也正好心照不宣地撞进她的目光里。随之她冲着他说:'进屋里呆会儿吧!'并用阳伞指着房间,让德拉马舍先进去。然后他们俩进了房间,用人随后关上了门。他们把我丢在外面。这时我心想,绝对要不了多久的,顺便坐到楼梯的台阶上等着德拉马舍出来。但等出来的人却不是德拉马舍,而是那个用人。他为我端来了满满一碗汤。'德拉马舍的小恩小惠!'我自言自语地说。我喝汤的时候,那个用人在我跟前还停留了片刻,给我讲述了有关布鲁纳尔达的一些情况。这下我才意识到,拜访布鲁纳尔达对我们是何等重要。布鲁纳尔达是个离异的女人,有一大笔财产,而且完全独立。她的前夫是个可可工厂主。他虽然始终爱着她,可她压根儿连他的名字都不想听到。他经常找上门来,总是装扮得衣冠楚楚,就像是来参加婚礼似的。确确实实是这样,我认识他。——但无论有多大的好处,那个用人再也不敢去问布鲁纳尔达想不想接待他,因为他已经问过几次,每次布鲁纳尔达都是把她随手拿的东西掷到他的脸上。有一次,她竟然将灌得满满的热水瓶掷去,打掉了他一颗门牙。是这样,罗斯曼,你看看就知道了!"

"你怎么会认识那个人呢?"卡尔问道。

"他有时候也上楼来。"罗宾逊说。

"上楼来?"卡尔惊奇地用手轻轻地拍着地板。

"惊奇归惊奇,别激动,"罗宾逊接着说,"那个用人当时给我讲了这些,连我也感到惊奇。你想一想,当布鲁纳尔达不在家时,那个人就叫用人把他领到她的房间里,每次拿走一件小东西留作纪念,每次又留给布鲁纳尔达一些非常值钱和珍贵的东西,而且严禁用人说是谁送的。可是有一回,他——用人这么说,我也相信——带来了一些价值连城的瓷器,布鲁纳尔达一定看出了名堂,立刻将它摔到地上,踏上脚踩来踩去,往上啐着唾沫,而且还折腾了别的一些名目,那个用人恶心得几乎无法把碎片弄出屋去。"

"那个人究竟干了什么令她恼怒的事呢?"卡尔问道。

"这我真不知道,"罗宾逊说,"但我觉得,没有什么大不了的事,至少他自己不知道是怎么回事。我也不时地同他说起这事。他每天都在那条街的拐角等我。如果我去了,就得给他讲些新消息;一旦我去不了,他等上半个钟头就走开了。对我来说,这可是一笔可观的额外收入,因为他一得到消息,总是出手不凡。然而,自从德拉马舍知道以后,我就必须把酬金全部交给他。这样一来,我就很少再去了。"

"可是那个人想要得到什么呢?"卡尔问道,"他死乞白赖地想要得到什么呢?他毕竟听到了,她不喜欢他。"

"说得也是。"罗宾逊叹息着说,点起一支烟,使劲地挥着手臂,将烟云吹向上方。然后他好像另有主意,并且说道:"这事跟我有什么相干。我只知道,他不惜破费,谋的就是允许他像我们一样,这样躺在这阳台上。"

卡尔站起来,身子倚靠在栏杆上俯视着那条街。月亮已经露出了脸儿,月光却还没有照进巷子的深处。这条白天空荡荡的巷子现在挤满了人,尤其是家家户户的门前。巷子里的人都在慢慢腾腾从容不迫地蠕动着,男人们的衬衫袖子,女人们的浅色衣裙在黑暗中影影绰绰地闪现。看不到戴帽子的,也看不到扎头巾的。周围众多的阳台上都出现了人,一家一户地坐在白炽灯光下,按照阳台的大小,或者围着一张小桌,或者椅子并成一排,或者至少从房间里探出头来。男人们叉开两腿坐在那里,两脚从栏杆之间伸到外头,或是在翻阅几乎要耷拉到地上的报纸,或是在打牌,似乎默默无声,但使劲敲击桌子的响声此起彼伏。女人们怀里堆满了针线活,只是时而抽空朝她们四周或大街上瞥一眼。在相邻的阳台上,有一个弱小的金发女人总是不停地打着哈欠,翻着白眼,把手头正在缝补的衣物举到嘴前。即使在那些再小的阳台上,孩子们也照样能相互追来逐去,弄得他们的父母非常厌烦。许多屋子里放起了留声机,歌声或交响乐从里面传出来,家长只要一挥手示意,便有人急忙跑进屋里,换上一张新唱片。有的窗前,只见一对对情侣像钉在那里似的如痴如呆。在面对卡尔的窗前,有一对情侣站得直挺挺的,小伙子用一只手臂搂着姑娘,另一只手按在她的乳房上。

"附近的人你有认识的吗?"卡尔问罗宾逊。这时罗宾逊也站了起来,因为他冷得直打哆嗦,除了自己用的那条被单外,他又拉来布鲁纳尔达的裹在身上。

"几乎谁也不认识。就我的地位来说,这无疑是很糟糕的。"罗宾逊说着把卡尔拽到跟前,悄悄地对他说,"不然的话,眼下我就不会直言不讳地抱怨了。为了德拉马舍,布鲁纳尔达变卖了她拥有的一切,带着她所有的家底来到这儿,住进这栋市郊公寓,图的是彻底委身于他,不受任何人干扰。再说这也是德拉马舍的心愿。"

"那么说她把用人都辞掉了?"卡尔问道。

"是的,一点儿没错,"罗宾逊说,"在这儿,那些用人往哪儿安顿呢?他们可是些十分挑剔的先生。有一回,德拉马舍当着布鲁纳尔达的面索性打人耳光,将一个用人从房间里轰走,只见耳光一个接着一个飞去,直打得那家伙退到门外。当然,其他用人同他抱成一团,在门前大吵大闹。于是德拉马舍出来(当时我不是用人,而是他们的朋友,但我同那些用人住在一起)问道:'你们想干什么?'那个年龄最大的、名叫伊斯多尔的用人随即说:'你没有资格同我们说话,我们的主人是那位大慈大悲的太太。'你可能感觉到了,他们非常崇拜布鲁纳尔达。但她却一头栽进德拉马舍怀里,理都不理睬他们;她当着所有人的面搂抱、亲吻,口口声声喊着:'最亲爱的德拉马舍。'当时她还不像现在这样臃肿笨拙。最后她说:'把这帮笨蛋打发走算了!'笨蛋——指的就是那帮用人。你想一想,他们干了什么样的傻事。然后布鲁纳尔达将德拉马舍的手拉到她拴在腰带上的钱袋里,德拉马舍将手伸进去,开始掏钱打发这些用人。布鲁纳尔达只是敞开腰带上的钱袋,站在那儿观望着。德拉马舍不得不一再伸进手去掏钱。他发起钱来不点也不核对。最后他说:因为你们不愿意同我说,我在这里只是以布鲁纳尔达的名义告诉你们:'滚蛋,越快越好!'就这样,他们被解雇了。后来还打了几次官司,德拉马舍甚至被传唤上法庭,但这事我就不太清楚了。只是那些用人走了以后,德拉马舍马上对布鲁纳尔达说:'那你现在没有人伺候了?'她说:'可这儿有罗宾逊呀。'德拉马舍随即拍了一下我的肩膀说:'那好吧,你就是我的用人了'。接着布鲁纳尔达过来拍了拍我的面颊。罗斯曼,如果有机会的话,你也让她拍拍你的脸蛋,你会惊奇地感到那有多美!"

"你就这样成了德拉马舍的用人?"卡尔简单明了地说。

罗宾逊听出了这句问话中的惋惜,便回答说:"我是用人,但这很少有人看得出来。你瞧瞧,你自己就没看出来嘛,尽管你在我们这里已经呆了一阵子。况且你也看到了,昨晚我去你们饭店时那副衣冠楚楚的样子。我那身行头穿着简直阔得无法再阔了。你说用人能有这样体面吗?问题只是我不能经常外出,一天到晚总忙个不停,管这个家真有做不完的事。事情那么多,一个人实在忙不过来。你或许看到了,这屋里四处堆放着太多的东西。凡是在大搬迁时没能卖掉的东西,我们全都搬来了。当然这本来是可以送人的,可布鲁纳尔达什么都舍不得。你想想吧,要将这些东西扛上楼来,谈何容易!"

"罗宾逊,这一切都是你扛上来的?"卡尔喊道。

"还会是谁呢?"罗宾逊说,"当时还有一个帮工,一个偷懒成性的滑头。大部分工作都得我自己来干。布鲁纳尔达在下面守着车,德拉马舍在上面指挥把东西往哪儿放,我是马不停蹄地跑上跑下,连续忙了两天,忙得够呛,不是吗?可你根本不知道这房间里堆着多少东西。所有的箱子都装得满满的,而箱子后面也塞得顶到天花板上。要是雇几个人来搬的话,那用不了多久就会收拾完的,但除了我之外,布鲁纳尔达不愿意把这事托付给任何人。这样说来也很令人开心,可我却因此毁掉了自己一生的健康。除了健康我简直一无所有。现在我只要稍微出点力,浑身就像针刺一样。这儿,这儿,还有这儿。要是我还像以前那样健壮的话,你以为饭店那帮小子,那群乳臭未干的东西——他们还能是什么呢?——什么时候能胜了我吗?但不管我会得什么病,我都不对德拉马舍和布鲁纳尔达吭一声。只要能撑得住，我就一直干下去；万一挺不住了，我就倒下死去。到了那时，他们才会看到，我是拖着病体，起早贪黑地拼命干活，为了伺候他们累死了。可到那时已经为时太晚了。唉，罗斯曼！"他最后边说边在罗斯曼的衬衫袖子上拭去眼泪。过了一会儿他又说："你穿件衬衫站在这儿，难道不觉得冷吗？"

"走开，罗宾逊！"卡尔说，"你总是哭哭啼啼的。我不相信你会成了这个样子。你看上去十分健壮，只是因为你经常躺在这阳台上，便胡思乱想编出一些五花八门的东西来。也许你有时候胸间有针刺感，我也一样，每个人都有。要是人人都像你一样，为区区小事这样痛哭流涕的话，那所有阳台上的人都免不了会哭来哭去。"

"这我知道得比你更清楚。"罗宾逊说，用被单角擦了擦眼睛。"不久前，当我给隔壁也为我们烧饭的女房东送回盘碗时，那个住在房东家的大学生对我说：'罗宾逊，你听我说，你是不是病了？'我不许同这些人搭话，只好放下盘碗想走开。这时他走到我跟前说：'哎呀，你听着，你别累得太过分了，你病啦。''你说的是，那么请问我究竟该怎么办呢？'我问道。'那是你的事。'他说完就转身离去。其他正在就餐的人哈哈大笑起来。这儿到处都是我们的敌人，于是我还是走开为好。"

"那么你相信的是那些拿你当傻瓜的人，而真心实意待你的人，你却不以为然。"

"但我一定要知道我的身体怎么样了。"罗宾逊气鼓鼓地说，然后又嚎啕大哭起来。

"你就是不知道自己有什么病，也应该为自己另找一份像样的差事，别在这儿给德拉马舍当用人了。凭你这一番话和我自己亲眼所见的情况来看，可以断定，你在这儿不是当什么用人，而是遭受奴役。这是谁也无法忍受的，我相信你无非也是这样。但你老想着，你是德拉马舍的朋友,就不忍心离他而去。这是不对的。如果他意识不到你过着什么样凄惨的日子,那你也就丝毫没有对不起他的地方。"

"那么你真的相信,罗斯曼,一旦我放弃了这伺候人的差事,我的身体又会好吗?"

"毫无疑问。"卡尔说。

"毫无疑问?"罗宾逊再次问道。

"肯定毫无疑问。"卡尔微笑着说。

"那我马上就可以开始休养了。"罗宾逊说着端详起卡尔来。

"这话从何说起呢?"卡尔问。

"现在你该在这里接替我的工作了。"罗宾逊回答说。

"到底是谁对你这么说的?"卡尔问道。

"这早就安排好了。几天来议论的就是这事。事情的起因是,布鲁纳尔达痛骂了我一顿,骂我把房间收拾得不够干净。当然我保证过,我马上会把屋里的一切收拾得井井有条。但现在做起来非常困难。比如说吧,就我目前的身体状况,我无法爬到各个角落去抹掉尘灰。就是在房间的中央,也难以挪动身子,更何况在那些家具和一堆堆的东西之间呢?而要想把一切都打扫得干干净净,那就免不了要挪开那些家具,这我一个人干得了吗?再说这一切还必须干得一点响动都没有,因为几乎足不出户的布鲁纳尔达万万不可受到打扰。这样一来,我虽然保证过要把一切都收拾得整整洁洁,但事实上我却没有做到。布鲁纳尔达看到这情形后对德拉马舍说,不能再这样下去了,还得雇个帮工来。'我不愿意听到,德拉马舍,'她说,'你有一天会责怪起我持不好家。况且我是心有余而力不足,这个你毕竟看得到,而罗宾逊也不行了。当初他精力那么充沛,每个角落都不放过,可现在,他老是疲惫不堪的样子,常常坐在角落里动也不动。可像我们这样一个摆放着如此多家什的房间是不会自己整洁起来的。'随后,德拉马舍思索了一番该怎么办。当然不能随随便便雇一个人来操持这样一个家,即便试一试也不行,因为人家从各个方面窥视着我们。然而,正因为我是你的好朋友,而且从勒内尔那里听说你在饭店里备受劳苦的折磨,所以提议叫你来。德拉马舍立刻就同意了,尽管你当时曾经对他那么鲁莽。我能这样帮帮你,当然非常高兴。也就是说,这个位子对你尤为适合。你年轻、强壮,并且伶俐,而我已经一文不值了。我只不过想告诉你,你还没有完全被雇用;如果你不讨布鲁纳尔达喜欢,我们就不能用你。这就是说,你只有手脚勤快点,博得她的欢心。至于其他的事,我会来关照的。"

"要是我在这里当用人,那你干什么呢?"卡尔问道。他感到这样的轻松自在,罗宾逊介绍的情况最初在他心里引起的恐惧也烟消云散了。德拉马舍本来对他并不怀什么恶意,不过是想让他来当用人而已。要是他别有用心的话,这个多嘴的罗宾逊肯定是包不住的。假如真是这种情形的话,那他今天晚上就去道别。他们不能强迫任何人去接受一份差事。卡尔先前还很担心自己被饭店解雇后能不能及早地找到一个合适的、尽可能体面些的工作,以免受饥饿之苦,而现在,权衡着这个强加给他的、令他憎恶的差事,他觉得任何别的差事都比这好。他甚至宁可去忍受没有差事的困苦,也不愿接受这份差事。但他压根儿就不指望使罗宾逊会明白这些,尤其是现在不管怎样判断,罗宾逊都寄希望于卡尔来解脱他。

"因此,"罗宾逊边说边惬意地挥舞着手——他把两肘支撑在阳台栏杆上——"我首先要把一切都向你交个底,让你看看所有的家具。你受过教育,肯定写一手好字,你可以马上把我们这里所有的家具列出一个清单来。这是布鲁纳尔达早就梦寐以求的。如果明天上午天气好的话,我们就请布鲁纳尔达坐到阳台上去,这样我们就可以安心地干活,也免得惊扰她。罗斯曼,这个你要首先当心!万万别惊扰了布鲁纳尔达。她什么声音都听得到,大概因为是歌手,她的耳朵才那样敏感。比如说你要把放在那些箱子后面的酒桶滚出来,这势必会发出响声,因为它太重,而且到处都堆着杂七杂八的东西,你也难以一下子顺畅地滚过去。布鲁纳尔达静静地躺在沙发上,拍打着烦扰她的苍蝇,于是你以为她并不在意你,就继续滚你的酒桶。她依然静静地躺在那儿。然而,恰恰在你完全意料不到的时刻,在你最少发出响声的瞬间,她突然直坐起来,两手猛拍着沙发,弄得尘灰飞扬,连她的影子也看不见了——打我们住到这儿以来,我就没有打扫过那张沙发,我也无法打扫,她老是躺在上面——,并且开始令人吃惊地大喊大叫,像个男人的声音,一闹就是几个钟头。左邻右舍禁止她唱歌,但没有人能禁止她喊叫。她非喊叫不可。另外这事现在已经很少发生了,因为我和德拉马舍变得非常小心谨慎了。那样闹来闹去,也大大地损害了她的健康。有一回,她闹得昏过去了,当时德拉马舍正好不在家,我不得不叫来了邻居那个大学生。他从一个大瓶子里往她身上喷洒了一种液体,这也算救了她。但这种液体散发出一种十分难闻的气味,如果你现在将鼻子靠近沙发,依然闻得到。那个大学生肯定是我们的敌人,像这里所有的人一样。你也一定要提防着他们,别跟任何人打交道。"

"你呀,罗宾逊!"卡尔说,"这事可不是好干的。你这是为我谋了一份美差啊!"

"别担心!"罗宾逊说,他闭着眼睛摇了摇头,为了消除卡尔一切可能的担心,"这个差事也有别的差事无可比拟的好处,你成天呆在像布鲁纳尔达这样一个太太身旁,有时候还同她睡在一间屋里,你可以想象,这会给你带来各种不同的安逸。你也会得到优厚的工钱。钱这儿有的是。可我作为德拉马舍的朋友一个子儿也得不到。只有我出门时，布鲁纳尔达才会给一点，可你自然会享受到应得的报酬，同其他用人一样。你真的同他们没有什么两样。但对你来说，最要紧的是，我将会大大地替你减轻工作负担。开始我当然什么都不干，为的是好好休养，但只要我稍一恢复过来，你就可以指望上我了。真正伺候布鲁纳尔达的事，只要不是德拉马舍干的，完全由我一手来承担，也就是说梳理和穿衣。你只需操心打扫房间，采购和干那些比较繁重的家务活就行了。"

"不，罗宾逊，"卡尔说，"这一切诱惑不了我。"

"别干傻事，罗斯曼！"罗宾逊紧紧地凑到卡尔的脸旁说，"别错过这个大好的机会。你去哪儿马上会找到一份工作呢？谁认识你？你又认识谁呢？我们这两条见多识广阅历丰富的汉子闯荡了数星期之久，连个工作的面也看不到。找工作可没那么容易，甚至困难得让你绝望。"

卡尔点点头，罗宾逊居然也能讲得这么入情入理，他很惊讶。但这些忠告对他则没有任何意义。他不能呆在这个地方。在大城市里，他准保还会找到容他立身的一席之地。他知道，所有的饭店酒馆通宵达旦挤得满满的，那儿需要人伺候顾客，他在这方面已经受过训练，会迅速而不知不觉地适应任何一种工作环境。正对面的那栋楼下开着一家小饭馆，从里面传出轰轰响的音乐声。大门上遮挂着一幅黄色的大帘子，时而吹来一阵穿堂风，帘子哗啦啦地朝巷子里飘动着。除此之外，巷子里自然变得安静多了。绝大多数阳台上都黑了灯，只有在远处，这儿或那儿还零零星星地亮着灯光，但你刚往那里看上一眼，那里的人也都站起身来。当他们拥着回房间的时候，最后一个留在阳台上的男人抓起灯，朝着巷子里瞥上一眼后便把灯关掉了。

"到现在夜晚才真的开始了。"卡尔自言自语说，"如果我继续在这里呆下去,那我便成为他们的囊中之物。"他转过身去,企图拉开门帘。"你想干什么?"罗宾逊说着闪身站到卡尔和门帘中间。"我想走,"卡尔说,"让开道,别拦我!""你不要执意去惊扰他们!"罗宾逊喊叫着,"你究竟瞎想些什么呢?"接着,他用手臂搂住卡尔的脖子,把自己全身的重量挂在卡尔的身上,两腿紧紧地卡住卡尔的腿,一下子把他拖倒在地上。但卡尔在那些电梯工中间学过一点格斗功夫,便出拳向罗宾逊的下巴打去,不过没有用力,完全出于宽容。而这家伙则不然,迅速而无所顾忌地用膝盖猛地往卡尔的肚子上一撞,然后却两手捂住下巴,开始大声号啕起来,吵得邻居阳台上一个男子愤怒地拍着巴掌嚷嚷"安静"。卡尔依然不声不响地躺了片刻,想克服罗宾逊的一击给他带来的疼痛。他只是把脸扭过去望着那门帘。门帘纹丝不动地垂挂在这显然黑洞洞的房子前。屋里好像一点动静也没有,也许德拉马舍同布鲁纳尔达出去了。卡尔已经有了完全的自由。罗宾逊这条彻头彻尾的看门狗终于给摆脱掉了。

  这时,从巷子的远处传来一阵阵鼓号声。此起彼伏的喊叫声很快汇聚成共同的呐喊。卡尔扭头看到所有的阳台上又热闹起来了。他慢慢地爬起来,却不能完全直起身子,不得不沉重地靠在栏杆上。下面人行道上,一群年轻的小伙子正在大步向前走着。他们甩开手臂,高高地挥舞着帽子,把脸向后转去。行车道上依然空空荡荡。零零星星的人摇晃着挂在长竿上的灯笼。灯笼的周围笼罩着一层黄色的烟雾。鼓手和号手列着纵队正步入灯光之下。卡尔见到这么一大队人,惊讶不已。这时他听见身后有动静,便转过身去,只见德拉马舍撩起那沉甸甸的门帘,接着布鲁纳尔达从黑洞洞的房间走出来。她身着那红色衣裙,肩头披着一条花边披肩,头上戴一顶黑色小帽,裹着可能没有梳理的、只是随便盘起来的头发,周围露出一缕缕的发梢。她手里拿着一把张开的小扇子,但没有扇动,而是将它紧紧地贴在身旁。

卡尔顺着栏杆挪到一旁,给两人留出位子。现在肯定没有人会强迫他留在这儿了。即使德拉马舍有意不让他离开,布鲁纳尔达也会接受他的请求立刻放他走。她压根儿就无法容忍他。他的眼睛使她胆战心惊。然而,当他抬腿朝门口走去时,她发觉后却问道:"小家伙,要去哪儿?"面对德拉马舍严厉的目光,卡尔一时说不出话来。布鲁纳尔达把他拽到自己跟前。"难道你不想看看下面的游行吗?"她说着把卡尔推到自己面前的栏杆旁。"你知道这是怎么回事吗?"卡尔听见她在身后说,不由自主地动了动,想摆脱掉她的压力,但无济于事。他沮丧地朝下面的巷子望去,仿佛那儿是他沮丧的源头所在。

德拉马舍起先交叉着两臂站在布鲁纳尔达身后,后来他跑进屋里,给她拿来看剧用的望远镜。楼下,紧跟在乐手后面的是游行队伍的主体。在一个巨人的肩上,坐着一位先生。从这样的高处看去,映入眼帘的无非是他那黯然闪亮的秃头。他在头顶上方高高地挥舞着大礼帽频频致意。他的周围,人们举着一个个木牌,从阳台看去,呈现出一片白色的海洋。这些牌子排列得井然有序,一个个从四面八方向那位先生聚拢,使他高高地矗立在它们中间。一切都在行进之中,于是这道木牌组成的围墙不断地松动着,又不断地重新聚合着。外围的追随者一圈又一圈地把整个巷子堵得水泄不通,尽管他们——就人们在黑暗中能估计到的而言——并没有延伸进巷子的纵深处;他们掌声齐鸣,在一片庄严的歌声中可能呼唤着这位先生的名字,一个简短而含糊不清的名字。少数几个人机敏地分散在人群中,打着光线特别强烈的车灯,忽上忽下,慢慢地掠过街道两旁的房子。在卡尔站着的高处,那灯光不再刺眼,而在下面的阳台上,灯光一掠上去,人们便急急忙忙地用手遮在眼前。

德拉马舍遵照布鲁纳尔达的吩咐,向邻居阳台上的人打听这集会是怎么回事。卡尔有点好奇地等着人家是否会和怎样来回答他。实际上,德拉马舍无可奈何地接连问了三次,却没有人搭理。他已冒着危险把身子俯在栏杆上。布鲁纳尔达轻轻地跺着脚,对这帮邻居的行为很生气。她的膝盖触到了卡尔身上。最终还是有人答话了,但同时也在那个挤满人的阳台上惹起了一片哄堂大笑。德拉马舍随即朝那边吼叫起来,声音之大简直要让所有的人都感到惊讶,亏得此时此刻整个巷子都沉浸在喧闹之中。无论怎么说,他的吼叫还是使笑声骤然停止了。

"明天将在我们区里选举一个法官,下面他们抬着的那位是候选人。"德拉马舍心平气和地回到布鲁纳尔达跟前说。"不!"他接着喊道,爱抚地拍着布鲁纳尔达的背,"我们压根儿不知道这世间发生了什么事。"

"德拉马舍,"布鲁纳尔达又提起邻居的行为说,"要是不那么费神的话,我多想搬走啊。但遗憾的是我轻易不能动了。"她唉声叹气,心神不定,恍恍惚惚,动手要解开卡尔的衬衣。卡尔一再竭力尽可能不声不响地推开这肥乎乎的小手。他也轻而易举地做到了,因为布鲁纳尔达的心思不在他身上。她完全沉浸在别的想法中。

然而,卡尔很快也忘记了布鲁纳尔达,容忍她的手臂搭在自己的肩上,街上出现的情形深深地吸引了他。一小队男人打着手势,行进在那个候选人的紧前面。他们的指挥肯定起着特别的作用,只见一张张出神的面孔从四面八方迎向他们。遵照他们的指令,游行队伍出人意料地停在那家饭馆前。这些领头人中有一个挥起手,向人群和那个候选人示意。人群里顿时鸦雀无声。那个坐在他人肩上的候选人一次又一次想立起身来,却又不得不一次又一次地坐回原位。他发表了简短的讲话。他边讲边飞快地挥舞着大礼帽。人们看得真真切切，因为在他演讲的时候，所有的车灯都对着他，使他处在一颗闪亮的星球中央。

然而，人们不难看出，整条街上的人都兴致盎然地参与了这件事。在站满这位候选人的追随者的阳台上，人们一同汇入呼唤着他名字的歌唱声里，让那远远伸出阳台栏杆的手像机器一样拍个不停。在其余甚或占多数的阳台上，唱起了一阵强烈的反调。他们当然不会取得统一的效果，因为他们属于各不相同的候选人。但为了反对眼前出现的情形，这位粉墨登场的候选人的所有反对者继续汇聚成一片共同的起哄声，甚至连留声机都陆续地派上了用场。伴随着一种被夜晚气氛激烈化了的冲动，各个阳台之间展开了一场场的政治交锋。绝大多数男子已经换上了睡袍，身上只披着大衣；女人们把自己裹在深色的大披肩里；那些不为人注意的孩子们在阳台的边饰上让人不安地爬来爬去，已经睡了一觉的孩子们越来越多地从那黑洞洞的房间里走出来。时而有些被特别激怒的人朝他们的对手掷去一个个不知是什么的东西，有的击中了目标，但大多数都落在街道上，不时地在那里惹起一阵阵愤怒的吼叫。当下面那些领头的先生们觉得过分喧闹的时候，鼓手和号手便奉命一齐上阵，竭尽全力，鼓号齐鸣，无休无止，那响彻云天的信号直冲到每一栋房子的顶端，压倒了一切人的声音。而他们总是十分突然——人们几乎难以相信——地停下来，随即便是街道上那群显然训练有素的人如痴如狂地吼起他们的颂歌，吼声荡漾在瞬间出现的宁静之中。在车灯的照耀下，只见一个个大张着嘴，直到那些翻然醒悟，在这期间又以十倍的狂热，像先前一样从所有的阳台和窗口爆发出震天的吼叫，把下面刚刚取胜的那一派置于从这个高度来看至少是毫无声息的境地。

"你觉得怎么样，小家伙？"布鲁纳尔达问道。她紧贴在卡尔身后转来转去，想用望远镜尽可能俯瞰眼前的一切。卡尔只是点了点头,同时发现罗宾逊正在热心地向德拉马舍报告着显然是有关卡尔行为的各种情况。但德拉马舍似乎不当回事,他用右手搂抱着布鲁纳尔达,用左手一再竭力把罗宾逊往一边推。"你不想用望远镜看看吗?"布鲁纳尔达边问边拍着卡尔的胸膛,让他知道是在同他说话。

"我看够了。"卡尔说。

"试一下吧,"她说,"你会看得更清楚。"

"我眼睛很好,"卡尔回答说,"一切都看得到。"当她要把望远镜架到他的眼前并拿腔拿调、咄咄逼人地说了个"你!"时,他觉得这不是什么盛情,而是一种骚扰。望远镜已经架到了他的眼睛上,可他实际上什么也看不见。

"我什么也看不见。"卡尔说着想推开望远镜,但她却死死地按住不动。卡尔的脑袋被夹在她的怀里,前后左右动弹不得。

"你现在可以看见了。"她边说边转动着望远镜的旋钮。

"不,我依然什么也看不见。"卡尔说,寻思自己无意中真的让罗宾逊解脱了,布鲁纳尔达那不堪忍受的喜怒哀乐现在发泄到了自己身上。

"你到底什么时候才看得见呢?"她边说边继续转动着——卡尔整个脸上都感觉到了她那沉重的喘吁——旋钮。"现在呢?"她问道。

"看不见,看不见,还是看不见!"卡尔喊道,尽管他现在实际上可以辨认出一切,虽然不太清晰。恰好这时布鲁纳尔达同德拉马舍有什么话要说,她手里的望远镜不再紧紧地架在卡尔的眼前,卡尔便可以通过望远镜的下方俯瞰着街道,并没有引起她特别的注意。后来,她也不再固执己见,自己又用上了望远镜。

从下面那家饭店里走出一个跑堂的。他匆匆忙忙,门里门外出出进进,接受着那些领头人预订酒水。只见他伸长脖子踮起脚尖,往饭店里面张望,想多喊些人出来服务。很显然,他们正在准备一个盛大的酒会。这期间,那个候选人继续着他的演说。他每讲几句话,那个专门负责架着他的巨人就转一小圈,好让他的话传进四面八方的人群里。候选人大多都曲着身子,不停地挥动着两手和大礼帽,力图赋予自己的演说尽可能多的说服力。但有时候,一阵阵的激情以几乎富有规律的间隔突然在他的心中闪现,他便伸开手臂挺起身,不再是讲给一群人,而是讲给所有的人听,他要冲着所有这些楼里的居民讲演,直到最顶层。然而事情非常清楚,即使在最下面的几层,也没有人能听见他的声音。即便有这个可能,可谁又愿意去侧耳静听呢?因为每扇窗前,每个阳台上,至少都有一个演讲者在大喊大叫着。这时,几个跑堂从饭馆里抬出一张台球桌大小的台子来,上面摆放着的斟满酒的杯子闪闪发光。那些领头的人出来组织分发,饮酒的人列队从饭店门前通过。尽管台子上的酒杯不停地斟了又斟,还是满足不了这群人的需要。两排负责斟酒的小伙子不得不穿梭在台子的左右,一刻不停地伺候着他们。那位候选人当然也停止了演说。他利用这个间歇,重新积蓄力量。在离人群和强光不远的地方,那个巨人架着他慢慢地走来走去,只有几个最亲近的追随者在那里陪伴着他,仰起脖子同他说话。

"你瞧这小家伙,"布鲁纳尔达说,"他看得入了迷,竟忘了自己在哪儿。"接着她出乎意料地用两手把他的脸朝自己扭过来,直视着他的眼睛。但这只是瞬间的事,卡尔马上就甩脱了她的手。他讨厌他们不让他有一时一刻的安宁,同时兴致勃勃地想到街上去,就近把一切看个仔细,于是他竭尽全力试图摆脱布鲁纳尔达的压力,并且说道:"请你放我走吧!"

"你要留在我们这里。"德拉马舍说,目光没有从街上移开,只是伸出一只手,阻止卡尔离去。

"放开手!"布鲁纳尔达说着挡去德拉马舍的手,"他不是已经留下了吗?"说完她进一步把卡尔挤到栏杆上。要是摆脱开她,卡尔似乎只能跟她扭打起来。但是那样,即使他成功了,又能得到什么呢!他左边站着德拉马舍,右边立着罗宾逊,他陷入了真正的牢笼之中。

"没把你从这儿抛出去,算你走运。"罗宾逊边说边用一只从布鲁纳尔达的胳膊下面穿过去的手拍着卡尔。

"抛出去?"德拉马舍说,"一个逃跑的小偷,人们是不会抛出去了事的,而是要把他交给警察。如果他不老老实实的话,明天一早就送他去。"

从这时起,卡尔对下面的场景再也没有了兴致。他无可奈何地把身子稍稍俯在栏杆上,因为布鲁纳尔达使他无法直起身来。他满怀忧虑,心不在焉地望着下面那些人。他们大约二十来个列成一队,走到饭店门前,抓起酒杯,转过身,向那位正在养精蓄锐的候选人挥动着杯子,致以同党的问候,一饮而尽。然后他们又将杯子放回台子上,为已经等得急不可耐而嚷成一片的下一队人让出位子。他们放杯子的时候,总是发出丁丁当当的响声,但在这个高度却听不见。奉领头人之命,一直在饭馆里面演奏的乐队也搬到了街上。他们那高贵的吹奏乐器在黑糊糊的人群里闪射出光芒,但他们的演奏几乎淹没在这一片喧闹声中。街道上,至少在那家饭店的一边,人越来越多。从卡尔早上乘车到达的那个地方,一群群的人蜂拥而下;从桥头那边,一堆堆的人又蜂拥而上;就连住在这些楼里的人也抵不住诱惑,非得亲身去参与到其中不可。阳台上和窗户前几乎只剩下了女人和孩子,而男人们纷纷从下面的大门口拥了出去。这样一来,音乐和酒宴终于达到了目的,集会也有了足够的规模。一位由两盏车灯护送的领头人挥手让乐队停止,并吹出一声响亮的口哨,只见那个有点不知所措的巨人架着候选人,穿过一条由追随者打开的通道,迅速地走过来。

他刚一到饭店门前,那个候选人便开始了新的演说,所有的车灯都聚拢在他的周围照耀着他。但眼下一切都比先前更艰难了,巨人再也没有了一丝活动的余地,四下挤得水泄不通。那些最亲近的追随者先前还想方设法,竭尽全力,努力扩大候选人演说的影响,现在也难以紧随在他的身旁。约摸有二十来个人全力以赴才抓着那巨人。然而,连这个无比强壮的汉子也无法再随意挪出一步,无论是转变方向还是趁势前进,或者退避,都不再可能对人群施加什么影响。人群像潮水一般漫无目的地涌流着,一浪压过一浪,也没有人再直立得起来。随着新的观众的加入,反对派的势力似乎加强了很多。巨人在饭店门旁停了好久,现在也只好毫无反抗地随着人流,顺巷子一上一下地漂去。那位候选人依然说个不停,但谁还说得清楚,他是在阐述自己的纲领呢,还是在请求支持。如果一切不是错觉的话,也出现了一个反对派候选人,或者数个,因为人们时而看到,在一片突然亮起的灯光下,从人群里高高地冒出一个脸色苍白紧握拳头的汉子发表着让众人欢呼支持的演说。

"那儿究竟发生了什么事?"卡尔转向夹着他的人问道。他被这情形弄得糊里糊涂,连气都喘不过来了。

"这小家伙看得来劲了。"布鲁纳尔达对德拉马舍说。她托住卡尔的下巴,想把他的脑袋拉到自己跟前。但卡尔不愿意让她这样做,街上所发生的情形使他更加大胆了。他使劲地晃动着身子,直晃得她不仅松开了手,而且向后退去,使他完全自由了。"现在你看够了吧!"她说,卡尔的行为显然惹怒了她,"进屋去,铺好床,准备停当过夜的一切。"她伸出手,指向房间。这正好是卡尔几个钟头以来梦寐以求的方向,他没有说一句反对的话。这时,从街上传来许多摔酒杯的劈啪声。卡尔情不自禁地又迅速跃到栏杆前,想再匆匆向下看几眼。反对派的一次袭击,也许是一次决定性的袭击如愿以偿了。追随者们借助车灯的强光,至少让那些主要场面一幕一幕地表露在大庭广众之下,从而把一切都维持在一定的范围内。但顷刻间,他们的车灯全都给砸了个粉碎,候选人和巨人此刻都被笼罩在晃悠不定的普通灯光下。在这灯光突然延伸向四方的瞬间,那里就像蒙上了一片漆黑。现在似乎也无法说出那位候选人身在何处。一阵刚刚响起的、同声齐唱的洪亮歌声从下面,从桥那边越来越近地传过来,这更加增添了黑暗的迷茫。

"难道我没告诉你现在要做什么吗?"布鲁纳尔达说。"快点,我困了。"她补充说,然后高高地伸起手臂,使她的乳房显得比平常隆起得更高。德拉马舍依然还搂抱着她,将她拽到阳台的一个角上。罗宾逊跟在他们后面走去,要把他吃剩下的、还放在那儿的东西推到一边。

这是一个大好时机,卡尔一定要充分利用它,现在没有闲工夫往下看了。要是到了下面,他有的是时间,比在这上面要多得多,还会把街上发生的情形看个够。他三步并作两步,急忙穿过这个灯光微微泛红的房间。但门锁着,钥匙也被拔走了。现在一定要找到钥匙。可有谁能在这乱糟糟的一摊子里,甚至在这能够由卡尔支配的短暂而宝贵的时间里找到一把钥匙呢?不然他已经到了楼梯上,会拼命地跑去。而他现在却寻找着那把钥匙!他找遍所有能翻找的抽屉,翻遍那张上面堆放着各式各样的餐具、餐巾和一块刚起了头的刺绣活的桌子。他的眼睛盯到了一把扶手椅上,上面乱七八糟地堆放着旧衣物,钥匙也可能就放在里面,但决不会找到的。最后他扑到那张确实闻着令人恶心的沙发上,摸遍所有的角落和缝隙寻找钥匙。后来他干脆不找了,站在房间的中央发愣。布鲁纳尔达肯定把钥匙挂在她的腰带上,他自言自语说,她腰间挂着那么多东西,无论怎样找都是徒劳的。

于是卡尔冒失地抓起两把刀子,将它们插进门缝里,一把在上面,一把在下面,以便获得两个相互分离的作用点。他用力一撬,刀刃自然断成两截。他不求别的,要的就是这样。他现在可以将这两把刀子的剩余部分往里面插得紧些,这样它们或许会夹得越发牢靠。然后他张开两臂,叉开双腿,使出全身的力气撬,同时边呻吟边仔细地注视着门。它也许不会再扛多久,因为他欣喜地听到,锁舌发出了清晰可闻的松动声。但撬得越慢,就越保险,千万不能让锁猛地弹开来。不然就会惹起他们在阳台上的注意。更确切地说,锁一定要十分缓慢地相互脱开,因此卡尔干得百倍小心,眼睛不停地靠近锁。

"看看吧!"他这时听到了德拉马舍的说话声。那三个人站在房间里,门帘在他们身后已经拉上了。卡尔想必没有听见他们进来。他一看见这情形,两手顿时从刀子上垂落下来。但还没容他解释一句或说声原谅,德拉马舍就迫不及待怒气冲冲地向卡尔冲过来。他那脱开的睡袍带在空中飘成一具壮观的造型。卡尔在最后的关头才闪身躲过了这一下。他本可以从门缝里抽出刀来借以自卫,但他没有这样做,而是飞身跃起抓住德拉马舍那宽大的睡袍领子,将它往上一翻,然后又一拉——这件睡袍穿在德拉马舍身上实在太大了——,便蒙住了德拉马舍的脑袋。他没料到这一招,先是盲目地挥舞着两手,过了一会儿才用拳头打在卡尔的背上,但并没有完全用上劲儿。卡尔为了保护自己的脸不受伤害,便扑到德拉马舍的怀里。雨点似的拳头使卡尔痛得蜷缩着;铁锤般的拳头越打越重,但他一直忍受着。他怎么会不忍受这疼痛呢?他看见胜利就在眼前。他两手按着德拉马舍的头,大拇指正好压在他的眼睛上,想将他朝着那一大堆乱七八糟的家具上推去,同时又用脚尖撩起那条睡袍带,缠到德拉马舍的脚上,想将他绊倒。

然而,由于他全力以赴地对付德拉马舍,何况觉得这家伙的反抗越来越强烈,对手的躯体也越来越死死地顶着他,卡尔竟忘记了自己不单单是在跟德拉马舍较量。但说什么也来不及了。他的两脚突然不听使唤,被扑到他身后的罗宾逊喊叫着按住了。卡尔唉声叹气地甩开了德拉马舍。德拉马舍又往后退了一步。布鲁纳尔达叉开两腿,屈着双膝,挺着整个身子站在房间中央,睁着闪闪的眼睛,关注着眼前发生的情形。她深深地呼吸,两眼死死盯着,并慢慢伸出拳头来跃跃欲试,仿佛她真的要参加战斗。德拉马舍把睡袍领子翻下来,目光重新获得了自由。这时当然不再是什么战斗了,而纯粹成了一种惩罚。他抓住卡尔的胸前,几乎把他提离地面,轻蔑得根本连看都不看一眼,然后将他狠狠地扔到一个相距几步远的柜子上,撞得他头和背锥心刺骨的疼。一时间,卡尔还以为这打击直接来自德拉马舍的拳头。"你这个无赖!"卡尔睁着惊恐的双眼在昏暗中听到德拉马舍大声吼道。在他昏倒在柜子前的一瞬间,"你就等着瞧吧!"的话音还模模糊糊地回响在他的耳边。

当他苏醒过来的时候,四周一片漆黑,也许还是后半夜。从阳台那边,一丝微弱的月光从帘子下面透进房间。只听见三个沉睡的人安稳的呼吸声,尤其是布鲁纳尔达的最响亮,她沉睡中呼哧呼哧地喘着气,就像她问或说话时一样。但让人一下子难以判定这三个沉睡者各自躺着的方位。整个房间里充斥着他们呼吸的轰鸣声。卡尔稍稍审视了四周之后才想到他自己。这时他非常吃惊,尽管他感到浑身疼得缩成一团,四肢僵直,但他确实没有想到自己会遭受这么严重的流血创伤。他觉得脑袋沉甸甸的,整个脸面、脖子和胸膛都像血染了一样,湿糊糊的。他必须爬到亮处去,要把自己的伤势弄个明白。也许他被打成了残废,这样德拉马舍准会把他一脚踢开。可他往后该怎么办呢？到了那般地步，他真的再也不会有活路了。他突然想起那个长着酒糟鼻子坐在门道的小伙子，两手捂着自己的脸愣了好一阵子。

然后他不由自主地转身朝门口望了望，匍匐着摸索过去。不一会儿，他的指头触到了一只靴子，接着又是一条腿。这是罗宾逊，不然还有谁会穿着靴子睡觉呢？他奉命躺在门前，以防卡尔逃走。但他们到底知道不知道卡尔的伤势呢？他暂时还不打算逃跑，只想爬到亮处去。如果他无法走出这道门，那他就得到阳台上去。

他发现那张餐桌已经摆到别的地方了，不像昨天晚上那样。卡尔小心翼翼地摸近沙发，奇怪的是上面空空的。相反，他在房间中央撞到了一堆压得严严实实，摞得高高的衣物、被子、帘子、垫子和地毯上。起初他心想，这不过是一小堆衣物，像他昨晚在沙发上看到的那堆一样，大概滚到地上了。可当他继续向前爬行时，却惊讶地发现，这里简直堆着一整车那样的东西，也许是晚上从柜子里拿出来用，白天又放回里面。他绕着这些东西爬过去，很快就辨认出这一切堆成了床的样子。他小心翼翼地摸了摸，确信德拉马舍和布鲁纳尔达就睡在这高高的一堆上面。

现在他终于弄清了他们睡在哪儿，便急忙朝阳台爬去。他爬过那堆帘子，很快挺起身。这里完全是另外一个世界。呼吸着清爽的夜间空气，沐浴着皎洁的月光，他在阳台上几次踱来踱去。他望着街道，那里一片寂静。只是从那家饭店里依然传来隐隐约约的音乐声，门前有位男子在清扫人行道。在这条昨天夜里乱七八糟嚷成一片、竞选候选人的叫喊与数以千计的喊声乱作一团的巷子里，现在听到的只是那扫帚擦在铺石路面上的清晰的沙沙声。

邻居阳台上一张桌子的移动把卡尔留意的目光吸引过去，有人正坐在那里学习。那是一位小伙子，留着一把山羊胡子。伴随着嘴唇迅速地动来动去,他一边读书,一边不停地捻着胡子。他面向卡尔,坐在一张堆满书籍的小桌前。他取下挂在墙上的白炽灯,夹在两本大书之间,耀眼的光线将他照得通亮。

"晚上好!"卡尔说,他以为自己看见这个年轻人朝他这边瞟了一眼。

但他弄错了,这个年轻人根本就没有看见他。他把手搭在眼睛上方,遮住光线,想看看是谁在突然跟他打招呼。但他还是什么都看不到,于是便举起灯,借灯光稍稍照亮邻居的阳台。

"晚上好!"小伙子然后也说道,目光敏捷地朝这边望了好一阵子,接着补充说,"有什么事吗?"

"我打扰你了吗?"卡尔问道。

"当然,那还用问!"小伙子说着把手里的灯又放回原地。

这几句话无疑回绝了任何交往的可能。尽管如此,卡尔还是没离开靠小伙子最近的阳台角。他不声不响地注视着小伙子一页接着一页埋头看他的书,时而又飞快地抓来另一本书,参阅着什么,并且随时记到一个本子里。这期间,他总是令人惊诧地将脸深深地埋在笔记本上。

他也许是个大学生吧?看上去他好像在潜心学习。卡尔在家里的时候——已经过去好久了——,他也是这样坐在父母亲的桌旁写他的作业,跟这小伙子没有什么两样。而父亲不是看报,就是记账或是为一家协会处理信函;母亲忙着做针线活,一针一线地从布料里穿进穿出。为了不打扰父亲,卡尔只把本子和笔摆到桌子上,而把所必需的书籍整齐地堆放在自己左右两侧的椅子上。那儿曾经是多么宁静啊!有几个陌生人会走进那间屋子吗?在孩提时代,卡尔总喜欢看着母亲傍晚时分用钥匙锁上门。可她哪里知道,她的卡尔现在落到如此境地,竟想用刀子撬开陌生人家的门。

那么,他的全部学习达到了什么目的呢？他真的都忘掉了。如果要他在这儿继续学习的话,那对他实在太困难了。他回想起在家里时,自己曾病过一个月,可过后为了补上所耽误的课程,不知付出了多少艰辛啊！而眼下,除了那本英语商务信函教科书外,他已经好久不摸书本了。

"喂,小伙子,"卡尔突然听见有人同他说话,"你能不能站到别处去呢？你发呆似的看着我,实在叫我心神不安。深夜两点钟了,我总可以要求能不受干扰地在阳台上工作吧。难道你有什么事求我吗？"

"你在学习？"卡尔问道。

"是的,是的!"小伙子边说边利用这个反正无法学习的时刻,重新整理起他的书籍。

"这么说我就不想打扰你了,"卡尔说,"我这就回屋去。晚安!"

小伙子根本不再搭理。在排除了干扰以后,他突然下定决心,重新投入学习,并将额头重重地托在右手上。

卡尔走到门帘跟前时才想起自己究竟为什么出来了。他还根本没有弄清自己的伤势。是什么东西这样压在自己的脑袋上呢？他伸手上去一抓,吃了一惊,头上没有流血的伤口,并不像他在房间的黑暗中所担心的那样。原来头上只有一条像头巾模样的潮湿的绷带。从那些四处悬挂着的絮梢推断,这绷带可能是从布鲁纳尔达的一件旧衣服上撕下来的,由罗宾逊草草地绑在卡尔的头上。他只是忘记了拧干水,因此,在卡尔昏迷不醒时,那么多的水流过他的脸,流到衬衫里,引起他那样的恐惧。

"你还在那儿站着？"那人边问边眯起眼睛往这边看。

"我现在真的要走了,"卡尔说,"我在这儿不过是想借光看看,房间里漆黑一团。"

"你到底是什么人?"小伙子问道,他说着把手里的笔放到面前翻开的书本里,走到栏杆跟前。"请问尊姓大名?你怎么跟那帮人凑到一起呢?你在这儿已经好久了吧?你究竟想看什么呢?你还是打开你那儿的灯吧,好让人能看见你。"

卡尔打开了灯。但他在回话之前,把门帘又拉得严实些,免得让屋里的人发现。"对不起!"然后他悄悄地说,"我这样小声同你说话。要是让里面的人听见了,免不了又一次吵闹。"

"又一次?"这人问道。

"是的,"卡尔说,"昨夜我刚刚同他们大吵了一场。我这里肯定还有一个可怕的肿块。"说完他摸了摸自己的后脑勺。

"究竟为什么吵呢?"小伙子问道,见卡尔没有立即回答便补充说,"你可以把你心头上对这帮家伙的怨恨全部无忧无虑地告诉我,我也恨死了这三个家伙,尤其是那个女人。再说,如果他们还没有挑拨你来恨我的话,那才叫我感到奇怪呢。我叫约瑟夫·门德尔,是个大学生。"

"不错,"卡尔说,"已经有人跟我谈到过你,不过没有什么大不了的。你给布鲁纳尔达太太治过一次病,是吗?"

"有这回事,"大学生边说边笑,"沙发上的那股气味还闻得到吗?"

"噢,闻得到。"卡尔说。

"这倒叫我心里乐滋滋的,"大学生说着用手掠过头发,"那他们为什么把你打成这样呢?"

"我们之间发生了一场争吵。"卡尔说着寻思起该怎样来向这位大学生解释。但他话到嘴边又收了回去,然后问道:"难道我不打扰你吗?"

"其一呢,"大学生说,"你已经打扰了我。遗憾的是,你弄得我非常烦躁,需要好长时间才能重新恢复平静。打你开始在阳台上踱步以来,我就无法再学下去了。其二呢,我总是在三点钟要休息一下。你只管放心地讲吧。我对此也感兴趣。"

"事情很简单,"卡尔说,"德拉马舍要我在他这儿当用人,可我不愿意。我恨不得昨天晚上就走开。他不放我走,把门锁上了,我要撬开门,于是就扭打在一起。不幸的是,我还在这儿。"

"你有没有别的职业?"大学生问道。

"没有,"卡尔说,"但我一点也不在乎这个,我只是想离开这儿。"

"你说得倒好听,"大学生说,"你一点也不在乎这个?"接着两人都沉默了一会儿。

"你究竟为什么不愿意留在他们这里呢?"大学生然后问道。

"德拉马舍不是个好人。"卡尔说,"我早就认识他。我曾经与他同行过一天。跟他分道扬镳了,真是万幸。难道现在要我来当他的用人吗?"

"但愿所有的用人在选择主人时别像你这样挑剔!"大学生说,似乎露出了笑脸。"你看看,我白天当售货员,而且是最低级的售货员,更确切地说是蒙特立百货商店的听差。这个蒙特立是个地地道道的恶棍,而我却一点也不在乎,叫我恼火的只是他给我的工钱太可怜。你就跟我学着点吧!"

"怎么?"卡尔说,"你白天当售货员,晚上学习?"

"是的,"大学生说,"没有别的办法。我什么样的可能都试过了,而这种生活方式还算是最好的。几年前,我一天到晚只管读书,你可不知道,我险些都给饿死了。那时我住在一间肮脏不堪的旧棚子里,穿着那身衣服不敢去上课。但这已经成为过去了。"

"可你什么时候睡觉呢?"卡尔边问边惊奇地打量着大学生。

"噢,睡觉!"大学生说,"我学习完了再去睡觉,暂且先喝杯黑咖啡吧。"他转过身去,从自己的书桌下取出一个大瓶子,将咖啡倒进一只杯子里,然后一口气灌了进去,就像人们匆忙吞服药水似的,尽可能少地尝到它的滋味。

"这黑咖啡可是灵丹妙药,"大学生说,"只可惜你离我这么远,我也无法给你递过去一点。"

"我不喜欢喝黑咖啡。"卡尔说。

"我也一样,"大学生说着哈哈笑起来,"但我没有它怎么办呢?没有这黑咖啡,蒙特立一刻也不会容下我。我口口声声说蒙特立,可那家伙当然不知道这个世上还有个我。要是我不在那儿的柜台里随时预备好这样一大瓶咖啡的话,我简直无法想象,自己站柜台时会出什么洋相。我还从来没敢停止过喝咖啡。不过你相信我好了,不然我会很快倒在柜台后睡起大觉的。可惜这事谁都知道,他们管我叫'黑咖啡'。这是瞎胡闹,无疑也大大地影响了我的晋升。"

"那你什么时候会完成学业呢?"卡尔问道。

"进展缓慢。"大学生垂头丧气地说。他离开栏杆,又坐到桌子前,两肘支在那本翻开的书上,双手掠过自己的头发,然后说:"可能还需要一两年吧。"

"我本来也想上大学。"卡尔说,似乎这种情况赋予他一种权利,要求得到这位此刻保持缄默的大学生更大的信任。

"原来是这样,"大学生说,不知他是又看起他的书呢,还是心不在焉地痴望着,"你放弃了上大学,应该感到高兴。几年来,我自己学习真的不过是出于惯性。我从中既得不到什么满足,前途更是渺茫。我究竟还要什么前途呢?假冒博士遍及美国。"

"我本来想成为工程师。"卡尔又急切地对这位显然已经毫不在意的大学生说。

"那你现在要留在这伙人身边当用人,"大学生说着漫不经心地抬头看看,"这当然使你痛心了。"

大学生的这番结论无疑是一种误解。但卡尔也许能够利用他这个误解,因此问道:"那我能不能在那家百货商店里找到一份工作呢?"

这个问题一下子把大学生从他的书本上完全吸引过来了,但他根本就没有考虑能不能帮助卡尔找份工作。"你试试吧!"他说,"或者你最好别试了。我在蒙特立那里找到了工作,这是我迄今最大的成功。如果要我在学习和这份工作之间选择的话,我当仁不让地选择工作。我的一切努力就是冲着一个目的,避免出现这种选择的必要性。"

"在那里找一份工作就这么难吗?"卡尔更多是说给自己听的。

"啊哈,你究竟在想些什么呀!"大学生说,"在这儿能当选上地方法官,而在蒙特立那里也未必能当上看门人。"

卡尔沉默着。这位大学生的确远比他见多识广,而且出于卡尔尚不知道的原因憎恨德拉马舍,因而肯定不会对卡尔怀什么坏心。但他一句鼓动卡尔离开德拉马舍的话也不说。同时,他也根本不知道卡尔遭受警方威胁,身处险境,是德拉马舍半途救他脱离了危险。

"昨天晚上你观看了下面的游行,是吗?不了解情况的人准会以为,那个候选人——他叫罗普特——会有当选的希望,或者他至少在考虑之列,不是吗?"

"我对政治一窍不通。"卡尔说。

"这是个缺点。"大学生说,"姑且不论这个,有目可睹,那个人无疑有朋友,也有敌人,这个你该不会视而不见吧。那么你现在想想吧,依我看,那个人毫无当选的希望。我是偶然得知他的全部底细的,我们这里正好住着一个认识他的人。他并非等闲之辈,就他的政治见解和政治生涯而言,这个区最合适的法官似乎非他莫属。但没有人认为他会当选。他会落选的,他要的就是这样轰轰烈烈的落选。大概为这场竞选他把自己手头的几个钱都扔进去了,这就是全部的结局。"

卡尔和大学生相视着沉默了一会儿。大学生微笑着点点头,用一只手揉了揉困倦的眼睛。

"好吧,你还不去睡觉吗?"然后他问道,"我又该学习了。你瞧瞧,我还有多少东西要仔细看呢。"说完他迅速地翻了半本书,想让卡尔明白有多少功课还在等着他去做。

"那好吧,晚安!"卡尔说,并且躬身告辞。

"欢迎您有空到我们这儿来坐坐!"大学生说着又坐在桌子前,"当然只是在你有兴致的时候。你在这儿随时都会同好多人交往。晚上从九点到十点,我也有空与你为伴。"

"这么说你是劝我留在德拉马舍这儿了?"卡尔问道。

"一定要留下。"大学生说着一头埋进他的书堆里,好像这句话根本就不是他说的,而是出自于一个更深沉的声音,它久久回响在卡尔的耳际。卡尔慢慢地走到门帘前,又朝这位在黑夜中独自纹丝不动地坐在灯光下的大学生瞥了一眼,然后蹑手蹑脚地摸进屋里。迎接他的是三个沉睡者浑然一片的呼吸声。他顺墙寻找着那只沙发,摸到后就伸开四肢安然地躺在上面,好像它就是自己习以为常的床铺。由于这位既对德拉马舍和这里的情况了如指掌,又有文化的大学生劝他留在这儿,他暂且什么也不去想了。他不像这位大学生胸怀那么高的目标。谁知道,即使在家乡,他能不能善始善终地完成学业呢?如果在家乡都几乎不可能实现的目标,谁也不能要求他在异国他乡去完成。然而,他无疑更希望找到一份工作,干出一番成绩来,要让人们刮目相看。他暂且接受在德拉马舍这儿当用人,有了栖身之地,再等待有利时机。在这条街上,好像坐落着许多中等和下等办事处,它们招聘办事人员也许不会太苛求吧。万不得已时,他宁愿去当售货员,但他毕竟不是绝对没有可能被雇去专门干办公室的工作。到了那个时候,他会以办事员的姿态坐在自己的办公桌前,透过敞开的窗户,无忧无虑地向外望去,就像他今天一早穿过那些庭院时看见的办事员一样。他合上眼睛,自己在心里安慰起自己,他还年轻,德拉马舍总有一天会放他走的。这个家看上去也不像真的有安居乐业的打算。一旦卡尔谋到那样一份差事,他就要全力以赴去干他的办公室工作,决不会像这个大学生那样分散精力。如果有必要的话,他还要把晚上的时间也用到办公室上。刚开始,由于他事先缺少商业知识训练,人家反正会这样要求他的。无论他为哪一家商店干,都要一心想着那家的利益,任劳任怨,乐意承担一切工作,哪怕是别的办事员不屑一干的事。这些良好的意愿一齐涌入他的脑海,仿佛他未来的老板就站在沙发前,从他的脸上察看着他内心的意愿。

　　伴随着这样的想法,卡尔进入了梦乡。只是当他还处于半睡半醒的状态时,布鲁纳尔达一声惊天动地的叹息惊扰了他。她显然遭受着噩梦的折磨,身子在铺上翻来覆去。

清晨,……

清晨,卡尔刚一睁开眼睛,罗宾逊就喊道:"起来,起来!"阳台门帘还没有拉开,但从缝隙间透射进来的一道道阳光可以看得出,现在是上午什么时分。罗宾逊急匆匆地跑来跑去,一副提心吊胆的样子。他一会儿拿毛巾,一会儿提水桶,一会儿又取衣物。每当他从卡尔身旁经过时,总是试图点点头催促他起来,或者举举拿在手上的东西,让卡尔看看他今天最后一次是怎样辛苦操劳的。第一天早上卡尔对服务的细节当然一无所知。

但卡尔很快就看到,罗宾逊到底在伺候谁。他现在才发现这屋子里有一个由两个柜子隔开的小间,里面正在举行一场盛大的洗身式。只见布鲁纳尔达的脑袋、光秃的脖子——头发正好披在脸上——和肩膀的上部露在柜子上面,德拉马舍不时地挥起手,捧着一块水花四溅的海绵,为布鲁纳尔达搓洗身子。只听见德拉马舍在向罗宾逊下着一道道简短的命令。通往隔间的过道现在已经堵上了,罗宾逊只有靠着从一个柜子与一道西班牙式墙之间的空隙递去所要的东西。每次递去东西时,他总要扭着脸,将手狠劲地伸过去。"毛巾!毛巾!"德拉马舍喊道。而正在桌子下面寻找着别的什么东西的罗宾逊,吃惊得几乎还不明白是怎么回事,刚从桌子下面收回的脑袋便又听见他在喊:"水在哪儿呢?见鬼!"说着德拉马舍将怒不可遏的面孔高高地伸在柜子上面。在卡尔看来,一切用于洗身和穿戴的东西本来只要一次拿去就行了,可在这里却以繁复的顺序要个没完,送个没了。在一个小电炉上,始终放着一桶水在加热,罗宾逊提着沉重的水桶,叉开两腿,不停地向洗身间送去热水。这一个接一个的工作难免使他不出差错,始终确确切切地照命令办事。有一次,人家要一条毛巾时,他顺手从房间中央那一堆床铺上拿来一件衬衫,卷成一团从柜子上面扔了过去。

但德拉马舍也是够辛苦的,也许他之所以这样生罗宾逊的气——由于他神经过敏,干脆就不理睬卡尔——就是因为他自己无法使布鲁纳尔达满意。"啊!"她喊叫起来,连本来自顾不暇的罗宾逊也吓了一跳,"你干吗要折磨我呀!滚开!我宁可自己洗,也不愿意受这样的折磨。现在我又无法抬起胳膊了。你压我的时候,我难受得险些吐了出来。我的背上肯定到处是青一块紫一块的。当然你是不会告诉我的。等着吧,我要叫罗宾逊来看看,或者是我们那个小东西。不,我真的不能这样做,可你要温柔些。要细心,德拉马舍!这话我天天早上重复来重复去,你就是听而不闻无所顾忌,一而再再而三。罗宾逊,"接着她突然喊道,并在头顶上挥舞着一条三角裤头,"来帮帮我,看看我怎样遭受折磨。这种折磨他称之为洗身,好个德拉马舍。罗宾逊,罗宾逊,你在哪儿?你还有良心吗?"卡尔默不作声地用手指示意罗宾逊还是去的好,但罗宾逊垂下两眼,轻蔑地摇摇头。他自己心里更明白。"你瞎想些什么呀?"罗宾逊贴到卡尔耳边说,"她可不是那个意思。我只去过一次,不会再有第二次了。当时,他们俩抓住我,将我塞进浴盆里,我险些儿给淹死了。布鲁纳尔达一天到晚骂个不停,骂我不知羞耻。她总是喋喋不休地说:'你现在可好久没有看我洗身了。'或者'你到底什么时候再来看我洗身呢?'直到我跪下一再求饶,她方才罢休。这些我将终生难忘。"在罗宾逊讲述这些的时候,布鲁纳尔达不停地喊道:"罗宾逊!罗宾逊!你个罗宾逊到底在哪儿呢?"

尽管没有人去帮她的忙,甚至连一句话也不回——罗宾逊坐到卡尔跟前,两个人一声不响地朝柜子望去,德拉马舍或布鲁纳尔达的脑袋时而从上面露出来——,但布鲁纳尔达依然一个劲地大声抱怨着德拉马舍。"德拉马舍,"她喊道,"我现在一点儿也感觉不到你在为我洗身子。你把海绵放到哪儿去了?你倒用点劲呀!我要是能够弯下身去,我要是能够自己挪动该多好啊!我要叫你看看怎么洗。我当姑娘的时候,就住在河那边父母亲的庄园里,每天早上在克罗拉道河里游泳,是我所有的女朋友中最灵活的一个。可现在!你到底什么时候才能学会为我洗身子呢?德拉马舍,你四下挥舞着海绵,使点劲儿,我一点也感觉不到。我告诉你别把我弄伤了,可不是说要眼巴巴地站在这儿来着凉。我要像现在这个样子跳出浴盆跑出去了。"

她嘴上威胁着,却并没有真的去做。她自己压根儿也无能为力这样做。德拉马舍好像担心她会着凉,就抓住她把她压到浴盆里,因为那里传来扑腾一声掉进水里的响声。

"你就会来这一招,德拉马舍。"布鲁纳尔达压低声音说,"只要你一做错什么,除了献媚还是献媚。"接着宁静了一会儿。"他正在亲吻她。"罗宾逊说着扬起了眉毛。

"现在有什么事要干呢?"卡尔问道。既然他已经打定主意留在这儿,那他就想着马上担当起自己的职责来。他让没有回话的罗宾逊一个人呆在沙发上,自己开始把那堆昨夜被两个沉重的躯体压成一团的床铺掀起来,以便过后将它们一件一件整整齐齐地叠好。这可能已经好些星期没人管过了。

"去看看,德拉马舍,"布鲁纳尔达说,"我觉得他们要拆散我们的床。什么都要想得到,永远没有个安静。你一定要对这两个家伙严厉些,不然的话他们就会为所欲为。""这肯定是那个该死的小子在发疯似的干活。"德拉马舍喊道,或许要从洗身间冲出来,卡尔急忙扔掉手里的东西。但值得庆幸的是,布鲁纳尔达说:"别走,德拉马舍,千万别走。啊,水这么热,叫人一点力气也没有了。呆在我身边吧,德拉马舍!"这时,卡尔才发现,水蒸气从柜子后面袅袅升起。

罗宾逊惶恐地用手捂着面颊,仿佛卡尔干了什么可怕的事。"把一切统统都保持原来的样子。"这时传来德拉马舍的声音,"难道你们不知道布鲁纳尔达洗好身后总要休息个把钟头吗?什么都搞得一团糟!等着吧,看我怎么来惩治你们。罗宾逊,你可能又进入梦乡了吧!无论出什么事,我都要拿你是问。你要管教好这小子,这儿不是他随心所欲的地方。需要你们的时候,你们一事无成;没有事干的时候,你们又来劲儿了。你们快寻个地方滚开,等有事再叫你们。"

但一切马上就被遗忘了。布鲁纳尔达似乎给热水淹没了,有气无力地低声说:"香水!拿香水来!""香水!"德拉马舍喊道,"你们动不动!"可香水放在哪儿呢?卡尔和罗宾逊面面相觑。卡尔觉察到,这里的一切都得由他独自担当。罗宾逊不知道香水放在哪儿,干脆就趴到地上,两只手臂伸到沙发下摸来摸去,但摸出来的不过是一团团的尘灰和女人头发。卡尔急忙走到紧立在门旁的洗脸台前,但抽屉里放的全是英语小说、杂志和乐谱,塞得满满的。抽屉只要一抽出来,就很难再推进去。"香水!"布鲁纳尔达此刻唉声叹气地说,"要等多久啊?我今天还能得到我的香水吗?"布鲁纳尔达这样急不可待,卡尔当然在任何地方都不可能找个仔细,他得凭借自己最初的直观印象。在洗脸台的抽屉里找不到香水瓶,台上只放着用过的药瓶,其他东西肯定已经拿到洗身间里去了。也许香水瓶放在餐桌的抽屉里。但当他向餐桌走去时——卡尔一个心眼只想着香水——,猛烈地同罗宾逊撞到一起。最后,罗宾逊也正好放弃了在沙发下寻找,模模糊糊记起了放香水的地方,像没长眼似的冲着卡尔跑去。只听见两个脑袋砰的一声撞在一起。卡尔不声不响,一动不动;罗宾逊虽说没有停住步子,却极力大喊大叫个不停,想减轻碰撞的疼痛。

"他们不找香水扭打起来了,"布鲁纳尔达说,"这样无法无天,会把我弄病的。德拉马舍,我肯定会死在你的手里。我非得要香水不可。"她接着吃力地站起来喊道:"我无论如何要拿到香水。不拿来香水,我就不出浴盆,我要在这儿直呆到晚上。"说完她拳头打进水里,传来水花四溅的响声。

但香水也没有放在餐桌的抽屉里。虽然那里摆的都是布鲁纳尔达的化妆品,比如用过的粉扑、化妆盒、发刷、卷发夹以及许许多多乱成一团的小东西,可就是没有香水。罗宾逊依然喊叫着呆在一个角落里,那里堆放着上百只箱箱盒盒,他也不顾里面的东西,一个接着一个地打开翻腾,里面的东西半箱半箱地掉在地上。那都是些缝纫用品和信件。他不时地摇摇头耸耸肩,告诉卡尔什么也找不到。

这时,德拉马舍身着内衣从洗身间里跳了出来,布鲁纳尔达则在里面抽搐似的哭泣着。卡尔和罗宾逊不约而同地停止了寻找,一齐望着德拉马舍。他全身上下湿透了,而且脸上和头发上还在滴着水。他大声喊叫道:"看来你们是不请就不找了。""你在这儿找!"他先是命令卡尔;"你在那儿找!"然后又冲着罗宾逊说。卡尔实实在在地寻找着,而且还检查了罗宾逊已经找过的地方,但他像罗宾逊一样也没有找到香水。德拉马舍跺着脚在整个屋子里踱来踱去,恨不得把卡尔和罗宾逊痛打一顿。罗宾逊在寻找的时候,又极力从一侧望着他。

"德拉马舍,"布鲁纳尔达喊道,"快来擦掉我身上的水吧。这两个家伙非但找不到香水,反而把一切弄得乱七八糟,立即叫他们停止寻找,马上!放下手里的一切东西!什么都不许再动!他们准要把这个房间变成牲口圈。如果他们不停下来,你就揪住他们,德拉马舍。可他们还在干,正好有一个纸箱掉下来了。不要让他们再把它捡起来。一切都别动。让他们从房间里滚出去!把他们关到外面,你到我这儿来。我在水里呆得太久了,两腿全都成了冰的。"

"马上来,布鲁纳尔达,马上就来。"德拉马舍边喊边急急忙忙地送卡尔和罗宾逊到门口。但在放走他们之前,他吩咐他们弄些早点来,并尽可能为布鲁纳尔达向人家借一瓶上好的香水。

"你们这里简直一片狼藉,肮脏不堪。"卡尔到了门外的走廊上说,"我们把早点拿回去后,必须马上开始收拾。"

"要是我不受这样的折磨就好了,"罗宾逊说,"遭这份罪!"罗宾逊肯定很伤心,因为布鲁纳尔达对他与卡尔没有什么区别;他已经伺候了她几个月,而卡尔是昨天才来的。但他命该如此。卡尔说:"你一定要自己克制一些。"为了不让罗宾逊完全陷入绝望之中,他补充说:"这可是一劳永逸的事。我给你在那些柜子后面支一张床。只要到时所有的东西整理得有了个眉目,你就可以一天到晚躺在那里,什么心也用不着去操,那样很快就会恢复健康的。"

"你现在也看到了,我的身体状况是什么样。"罗宾逊说着扭过脸去,顾影自怜,黯然神伤,"可是,难道他们在任何时候都会让我安安稳稳地躺着吗?"

"如果你不介意的话,这事我可以直接跟德拉马舍和布鲁纳尔达谈。"

"难道布鲁纳尔达会考虑吗?"罗宾逊喊叫着。出乎卡尔的意料,他用拳头砸开了他们刚刚来到跟前的一扇门。

他们走进厨房里。从那个看来亟待修缮的炉灶里升起一股黑乎乎的烟雾。炉门前跪着卡尔昨天在走廊里看见的女人中的一个。她光着两手,将大块的煤填进炉火里,并且朝着所有的方向察看着火苗。同时她也呻吟着。上了年纪,跪着实在也不是滋味。

"不用说,这个祸害又来了。"她一看到罗宾逊就这样说;她手扶在煤筐上,吃力地抬起身子,用自己的围裙包起炉门的把手关上了炉门。"现在是下午四点钟,"——卡尔吃惊地望着厨房的钟——"你们还非得吃早点吗?真够呛!"

"你们坐下,"然后她说,"等我有了时间再来照顾你们。"

罗宾逊把卡尔拽到门近旁的一个小板凳上坐下来,悄悄地对他说:"我们一定要听她的,因为我们得靠她。我们的房子是从她手里租来的,她随时都可以辞退我们。我们的确不能再换住地了,我们怎么弄得走那些东西呢?首先搬不动的就是布鲁纳尔达。"

"在这条走廊里就没有别的房间可租吗?"卡尔问道。

"真的没有人接纳我们,"罗宾逊答道,"在整栋楼里,没有人愿意接纳我们。"

于是他们坐在小板凳上等候着。那女人不停地在两张桌子、一个圆木桶和炉灶之间穿来穿去。从她的唠叨中听出,她女儿身体不舒服,因此所有的事都得由她一个来料理,既要伺候三十来个房客,又要为他们准备饭菜。再说这炉子还有毛病,烧起饭来得费好长时间。两只大锅里熬着稠糊糊的汤,那女人多次用汤勺舀起来察看,让它从高处流下去,可汤就是煮不好。想必都怪炉火不旺,因此她几乎是坐在炉门前的地上,用捅火钩在灼热的煤火里拨来捅去。厨房里满是烟雾,呛得她一个劲地咳嗽,有时咳得很厉害,她不得不抓来一把椅子坐下,一咳就是好几分钟。她嘴上不停地叨叨着,说今天不会再供早点,因为她既没时间也没心思。卡尔和罗宾逊奉命来拿早点,却没办法强迫人家马上去做,他们索性听凭这女人的唠叨,像先前一样坐着一声不吭。

椅子和脚凳四周,桌子上下,甚至连一个角落的地上,都堆满了房客用过早点尚未洗刷的餐具。小壶里还残留着一点咖啡和牛奶;

有的盘子里还有吃剩下的黄油；饼干从一个翻倒的大铁皮盒里远远地滚到外面。所有这一切，足能凑起一顿早点来。要是布鲁纳尔达不知道这早点的来历，她也挑不出什么毛病。卡尔寻思着，望了一眼厨房的钟，他们在这里已经等了半个钟头。布鲁纳尔达也许发怒了，会让德拉马舍来惩治用人。这时，这女人咳嗽着喊道——卡尔正在凝视着她——："你们可以坐在这儿，不过早点你们是得不到了，两个钟头后你们得到的将是晚餐。"

"过来，罗宾逊！"卡尔说，"我们自己来凑一顿早点吧！""怎么回事？"那女人扭过头来喊道。"请您冷静些！"卡尔说，"您为什么不给我们早点呢？我们已经等了半个钟头，时间够长的了。人家吃您什么付你什么钱，况且我们肯定比其他人都付得多。我们这么晚来吃早点，你当然很讨厌。可我们是您的房客，习惯晚吃早点，您同样也得体谅我们一点。今天因为您的千金小姐病了，你当然会特别劳累，考虑到这种情况，要是没有别的办法，您也供给不了我们新做的饭菜，我们倒情愿拿这里剩下的东西凑一顿早餐就是了。"

然而，那女人不愿同他们任何人进行友好的协商；她认为就是别人吃过早点剩下的东西也不配给这样的房客吃。但另一方面，她也厌倦了这两个用人的纠缠不休，便抓起一只托盘捅到罗宾逊的身上。他扮起难堪的嘴脸，过了一会儿才意识到，他应该拿上这盘子，接住这女人要挑选的早点。她仓促地往盘子上放了一大堆东西，但整体看上去却不像是一顿端得出手的早点，而更像是一堆脏里巴唧的餐具。女人赶他们走。他们弯着身子急忙向门口走去，生怕再挨骂或挨打。这时卡尔从罗宾逊的手里接过托盘，他觉得这盘子端在罗宾逊的手上不够可靠。

他们远离女房东的门口以后，卡尔放下盘子坐在走廊地上，首先把盘子弄干净，把相关的东西集中起来。也就是说把牛奶倒在一起，把各个盘子里剩下的黄油刮到一块。然后除去所有用过的痕迹,把刀子和勺子擦干净,把人家咬过的面包切平,经过整理整个盘子好看多了。可罗宾逊认为他是多此一举,说以往的早点常常比今天的样子还要难看得多。卡尔不理睬他,自己执意去做,所幸罗宾逊没有伸出他那肮脏不堪的手指搅和进来。为了让他安静些,卡尔马上给了他几块饼干,又从以前装巧克力的罐子里倒给他一堆碎渣,当然同时告诉他,就这一次,下不为例。

他们回到自己门前,罗宾逊正要伸手去抓门把手,卡尔却拦住了他,因为他觉得让不让进去还没有把握。"没问题,"罗宾逊说,"他这会儿无非是在给她梳理头发。"果不其然,在这依然拉着帘子没有通过风的房间里,布鲁纳尔达叉开两腿坐在扶手椅里,站在她身后的德拉马舍深深地低着头,梳理着她那乱蓬蓬的短发。布鲁纳尔达又穿了一件十分宽松的衣裙。而这一件是淡玫瑰色的,也许比昨天穿的那件短一些,因为那编织粗糙的白色长筒袜几乎一直露到膝盖。布鲁纳尔达急不可耐,嫌梳理的时间太长,她吐出厚厚的红舌头在嘴唇间舔来舔去。时不时她甚至会喊叫着"你呀,德拉马舍!"完全甩开他。于是,德拉马舍举着梳子静静地等候着,直到她又将头放回来。

"时间拖得好久啊!"布鲁纳尔达对大家说。接着她特别冲着卡尔说:"如果你想要人家对你满意的话,就要学得麻利些。你别学着这个好吃懒做的罗宾逊的样子。这期间,你们肯定在哪儿吃过早点了。我告诉你们,下一回我可饶不了。"

这太不公平了,罗宾逊也摇着头,嘴唇动来动去,当然没有出声。但卡尔意识到,要想对主人产生影响,只有干出无可挑剔的事来让他看看。因此,他从一个角落里拉出一张日本式小矮桌,盖上桌布,把取来的东西摆放在上面。没有看见这早点来源的人,准会对这一切感到满意。不然的话，正像卡尔告诫自己的那样，有些东西会受到指责的。

幸亏布鲁纳尔达饿极了。当卡尔准备东西的时候，她惬意地向他点点头。她时不时迫不及待地伸出那柔软而肥胖的、甚或可能即刻压碎一切的手为自己取来一口吃的，一次又一次地妨碍了卡尔。"他准备得挺好。"她吧嗒吧嗒地吃着东西说，拉着德拉马舍坐在她身旁的一把椅子上。他顺手将梳子别在她的头发上，以便过后再接着梳。德拉马舍一看见早点也喜形于色。两个人饿极了，四只手急急忙忙地纵横交错在小桌上。卡尔意识到，要在这里使他们心满意足，就必须尽可能地弄来很多吃的东西。他想起自己在厨房里还把各种可以享用的食物放在地上，便说："第一次，我不知道这些该怎样来安排，下一次我会干得更好些。"但就在他说话的时候，他突然想起自己在同谁说话，他太拘泥在这件事里了。布鲁纳尔达一边满意地向德拉马舍点着头，一边给卡尔递去一把饼干作为奖赏。

残章断篇

1　布鲁纳尔达出游

　　一天早上,卡尔用轮椅推着布鲁纳尔达走出楼门。时辰已经不像他希望的那么早了。他们本来商量好设法赶在天亮前出游,免得在街巷里惹人注意。可要放在白天,无论布鲁纳尔达怎样试图用一大块灰布把自己遮掩得多么平常,这似乎也是不可避免的。从楼梯上搬她下来的时间拖得太长了。虽说有那个大学生鼎力相助,可他干起这样的事来显然比卡尔差多了。布鲁纳尔达表现得非常坚强,几乎一声不吭,并且千方百计地想减轻他们的负担。但依然没有别的法子;他们每下五级楼梯台阶,就得把她放下来,一方面让自己喘口气,一方面给她一点十分必要的歇息时间。这是一个凉爽的早晨,走廊里吹来一阵阵凉风,就像在地下室一样,可卡尔和这个大学生浑身都汗透了。每当歇息时,布鲁纳尔达便分别扯起那块遮布的两角,亲切地递给他们,他们只好接在手里借以揩去脸上的汗水。这样一来,他们花了两个多钟头的时间才到了楼下。那辆轮椅昨夜已经放在了楼下。可要把布鲁纳尔达抬到轮椅里还得费一番工夫,然后才可以说是大功告成了。因为车轮很高,推起来肯定不重,怕只怕这轮椅会被布鲁纳尔达压散了架。你推着她,当然得承担这样的风险,你也不可能随身带一辆备用车。大学生自告奋勇要弄一辆来推上,这也不过是开开玩笑罢了。于是他们告别了大学生。告别甚至是非常热情的,布鲁纳尔达与他之间的所有不和似乎全都忘掉了。他甚至为以前伤害过布鲁纳尔达而表示歉意,怪罪自己的行为对她的病负有不可推卸的责任。而布鲁纳尔达则口口声声说,一切早已被遗忘,更不用说去弥补了。最后,她吃力地从自己身上一层一层的外衣里找出一块硬币,请大学生能够笑纳留个纪念。这对吝啬出了名的布鲁纳尔达来说是非同小可的礼物。大学生也确实为此而喜出望外,高兴地把硬币抛向空中,然后,他当然又要在地上去寻找,卡尔也不得不帮着他,最终还是卡尔在布鲁纳尔达的轮椅下面找到了。大学生与卡尔之间的告别则简单多了;他们只是相互握握手,表示相信以后还会有机会见面。到那时,他们之中至少有一个——大学生和卡尔你吹吹我,我捧捧你——会干出让人刮目相看的成就来,只叹迄今还一事无成。随后,卡尔兴致勃勃地抓起扶手,将轮椅推出楼门。大学生手里挥舞着一条手绢,目送着他们远去,直到他们从视野里消失。卡尔一再回头致意,连布鲁纳尔达也恨不得转过身去,但这样的动作对她来说太艰难了。为了给她最后一次告别的机会,卡尔把轮椅推到街头时又往回转了一圈,好让她再看一看大学生。那家伙也瞅准这个机会,使劲地挥舞着手绢。

然后卡尔说,现在不能再耽搁了,路还长着呢,他们出门的时间已经比预先打算的要晚多了。事实上,时不时已经可以看到一些马车和零零星星去上班的人了。卡尔说这一番话并没有什么别的意思,可布鲁纳尔达出于敏感的心理却听出了弦外之音,于是用那块灰布把自己完全遮盖起来。卡尔丝毫也没有去阻拦她。这辆蒙着灰布的轮椅虽说非常招人注意,但比起不加遮掩的布鲁纳尔达来简直是小巫见大巫了。他小心翼翼地推着,每到转弯时,都要密切地往下一条街道里望望;如果有必要的话,他甚至把车子停下来,自己先走进去几步看看。一旦预见到会发现什么令人难堪的事,他就一直等到避开它为止,甚至不惜选择去走截然不同的另一条道。即便这样,他也决不会陷入没完没了绕道而行的危险之中去。当然,这样那样的障碍也是在所难免的,它们虽说会让人提心吊胆,却又不可能让人一个个都事先预见到。就这样,他们来到了一条稍有点上坡的街道上。极目远眺,大街上空空如也。卡尔充分利用现有的有利条件,走得飞快。突然,从一家黑洞洞的门里闪出一个警察来问卡尔,他这个遮盖得如此严实的车子里究竟推的是什么东西。尽管他严厉地注视着卡尔,但当他拉开遮布,看见布鲁纳尔达那副激动而羞怯的面孔时,他也情不自禁地笑了起来。"怎么回事?"他说,"我还以为你推着十袋子土豆呢,拉开一看原来是一个女人!你们要去哪儿?你们是干什么的?"布鲁纳尔达不敢看警察一眼,只是一个劲地望着卡尔,显然怀疑连他也无力解救她。但卡尔跟警察的交道打得多了,他觉得这没有什么可怕的。"小姐,"警察说,"请你出示所有证件。""啊,是这么回事。"布鲁纳尔达说着便开始惊惶失措地寻找起来,难免让人不对她产生怀疑。"着急是找不到证件的。"警察以明显的讽刺口气说。"怎么会呢?"卡尔不慌不忙地说,"她肯定有证件,只是不记得放在哪儿了。"于是他也开始找起来,而且真的从布鲁纳尔达的背后拿了出来。警察草草地看了看。"要的就是这个,"警察笑嘻嘻地说,"这样一位小姐还称得上是小姐吗?而你,小伙子,怎么当起中间人和搬运工了?难道你就不能找一份好些的差事吗?"卡尔只是耸耸肩。这又是当警察的那一套人人皆知的瞎搅和。"好吧,祝旅途顺利!"警察讨了个没趣后说。警察的一番话里显然带着轻蔑,因此卡尔也不打招呼就推着车离去。他宁可要警察的轻蔑,也不要他们的警惕。

紧接着他遇上了一件更令人难堪的事:有一个人推着一辆装着大奶桶的车,想方设法同卡尔套近乎,迫不及待想知道蒙着灰布的车上装的是什么东西。可以看出,他跟卡尔走的不是同一条道。然而,无论卡尔怎样突然地转变方向,他却始终跟在卡尔身旁。起初,他仅仅满足于大呼小叫,诸如"你车上的东西肯定很重",或者"你没把车装好,上面的东西会掉下来的"。但后来他干脆直截了当地问:"你这遮布下面究竟是什么东西?"卡尔说:"这跟你有什么相干?"但那男子听了这话后更加好奇。卡尔最后说:"是苹果!""这么多苹果!"那人惊异地说,而且不停地重复着这句话。"这可是全部收成了吧。"他随后又说。"是的。"卡尔说。然而,无论他是不相信卡尔也好,还是故意要气卡尔也罢,他依然继续跟着他走。开始——一切都是在行走的时候进行的——,他开玩笑似的将手伸向遮布,最后竟胆敢去扯它。布鲁纳尔达要承受什么样的痛苦呀!顾及到她,卡尔不想同这人发生争吵,于是将轮椅直接推进就近一家敞开的门里,假装这就是自己的目的地。"我家就在这儿,"他说,"多谢你的陪同。"那人吃惊地停在门前,在后面望着卡尔。卡尔从从容容地走着,如果有必要的话,他会穿过整个庭院的。那人不会再有什么怀疑了。但为了最后一次满足自己的恶作剧心理,他扔下车子,踮着脚尖,追上卡尔,猛地扯了一下遮布,把布鲁纳尔达的整个面孔都暴露出来了。"让你的苹果透透风!"他说着就跑了回去。即便这样,卡尔还是一忍再忍,因为他终于摆脱了他的骚扰。随后,他将轮椅推到庭院的一个角上。那儿堆放着几只大空箱子。在它们的保护下,卡尔打算在遮布下对布鲁纳尔达说几句宽心话。可是他不得不劝了她很长时间,因为她泪流满面,非常认真地恳求他,整个白天就待在这些箱子背后,等到了晚上再走。也许他一个人根本就无法说服她,这样做只能是白费力气。然而,当有人在箱子堆的另一端将一只空箱子扔到地上,整个空荡荡的庭院里回旋起巨大的响声时,她吓得一句话也不敢再说了,并随手将那块布拉到自己身上。卡尔当机立断,马上离开这里,她显然也为此感到高兴。

虽说现在街上越来越热闹了,但车子招来的注意并不像卡尔担心的那么多。也许选择另外的时间出来似乎更明智些。如果有必要再来这样一次行程的话,卡尔宁可大胆地选择在中午时分实施。他没有再遇到什么更严重的骚扰,最后终于拐入一条狭窄而黑洞洞的巷子。二十五号公司就坐落在这里。那个斜眼看人的经管人站在大门口,手里拿着钟。"你为什么总是这样不遵守时间?""路上遇到了很多麻烦。"卡尔说。"麻烦总是少不了的,"经管人说,"不过在这儿不要提麻烦。这一点你要记住!"听到这样的话,卡尔几乎不再当回事;每个人都在利用自己的权力,谩骂下层的人。一旦你习以为常了,这话听起来就跟那富有节奏的钟摆声没有什么两样。但当他把轮椅推进过道时,堆放在这里的肮脏东西让他大吃一惊,虽然他也预料到了。但走近一看,其实并不肮脏。过道的石地板几乎扫得很干净,墙上的画儿也不显旧,人造的棕榈树上只是稍微落了些灰尘,但这一切却显得那么臃肿不堪和令人厌恶,似乎它们都被人肆意用过,无论怎样干净也不可能再恢复原状了。卡尔每去一个地方,总是喜欢思考那里有什么可以改进的,他最感兴趣的就是立即动手去做,并不考虑这样也许会招来没完没了的事情。到了这里,他却不知道从何着手。他慢慢地从布鲁纳尔达身上拿开遮布。"欢迎你,小姐!"经管人拿腔拿调地说。毫无疑问,布鲁纳尔达给他留下了一个良好的印象。卡尔十分满意地看到,布鲁纳尔达一旦觉察到这一点,马上就懂得利用它,正如卡尔欣喜地看到的那样。先前几个钟头的恐惧顿时烟消云散了。他们……

2 卡尔在一个街口……

卡尔在一个街口看见一张广告牌,上面写着:"今晨六点至午夜,俄克拉何马剧院在克莱顿马戏场招聘人员。俄克拉何马大剧院在召唤你们!召唤只在今日,千载难逢!机不可失,时不再来!谁憧憬未来,谁就属于我们!欢迎每一位光临!谁想成为艺术家,就赶快来报名!我们这个剧院能使你人尽其才,各显神通!谁看中了我们,我们即在此向他祝贺!但诸位务必从速,赶在午夜前接受召见!十二点整一切都将关闭,恕不接待!谁不相信我们,后果自负!请奔向克莱顿!"

虽然广告牌前站了许多人,但看上去却没有太多的反响。广告比比皆是,没有人再相信广告了。而这个广告比起那些司空见惯的广告来更加令人难以置信。它首先犯了一个大错,上面只字未提报酬的事。按说广告肯定要涉及到报酬,即便它没有太多提及的必要。这个广告似乎忘记了最吸引人的东西。不是人人都要成为艺术家,但人人都想为自己的工作获取报酬。

但这个广告对卡尔却有很大的吸引力。"欢迎每一位光临!"广告上这样说。每一位,这就是说也包括卡尔在内。他把迄今所干的一切全都置于脑后,谁也没有理由因此而责怪他。他当然可以报名争取一个不是什么见不得人的、更确切地说是公开招聘人干的工作。而且广告上公开承诺,也招收像他这样的人。他没有什么太多的要求,只想寻求一个正儿八经的生涯的开端。也许这个开端会在这里显露出来。哪怕广告牌上写的一切自吹自擂的话是谎言,哪怕俄克拉何马剧院只是一个巡回演出的小马戏团,只要它招聘人员,这就足够了。卡尔没有去看第二遍,但他又一次把"欢迎每一位光临"这句话找了出来。

起初,他寻思着徒步去克莱顿,但紧赶慢赶也得走上三个钟头,说不定一到那里就赶上人家告诉你,所有可提供的位子都已经占满了。照广告上说的,招收名额固然没有限制,但所有类似的招聘广告向来都是这一套。卡尔掂量着,要么放弃这个机会,要么就乘车去。他估算着自己手头还有多少钱,如果不乘车去,手头的钱还够他花八天。他把这些硬币在手心里掂来掂去。一位在旁边观望着他的先生拍拍他的肩膀说:"祝你去克莱顿走运!"卡尔一声不响地点点头,继续数他的钱。但他很快就下了决心,分出乘车所必需的钱,一溜烟地朝地铁跑去。

当他在克莱顿下车时,立刻听到许多长号的吹奏声。那是一片杂乱无章的吹奏声,长号相互没有和声,各自无所顾忌地吹奏着。但这并没有扰动卡尔的心,而更加向他证明,俄克拉何马剧院是个大企业。当他走出车站大楼,极目远眺整座设施时,映入他眼帘的一切要比他所能想象到的大得多。他不理解,一个企业仅仅为了招聘人员,竟然如此不惜耗费巨资。在通往马戏场的入口处,搭了一个长长的低台子,上面有上百个女人装扮成天使,身裹白纱,背上插着大翅膀,吹奏着一支支金光闪闪的长号。但她们不是直接站在台上,每个人的脚下都踩着一个看不见的垫子,天使衣服上那飘拂的长纱把它们遮掩得严严实实。由于这些垫子很高,可能接近两米,这些女人的形象看上去无比高大,惟有她们那小小的脑袋稍稍影响了这高大的印象;她们的头发披散在宽大的翅膀之间和两旁,显得太短,短得几乎让人发笑。为了避免千篇一律的套式,这里使用了高低大小各异的垫子；站在最低处的女人没有超出常人的高度,而她们身旁的同伴却摇摇晃晃地耸立空中,让人觉得她们在一丝微风中也有被刮倒的危险。此时此刻,所有的女人都在吹奏着。

没有太多的听众。大约有十来个小伙子在台子前走来走去,抬头望着这些女人,与其高大的形象相比,他们显得很渺小。他们相互指指这个,指指那个,但好像没有意图要加入进去,让人接纳。这里仅有一位年纪大些的男子,稍稍靠边站着。他领着妻子和一个还坐童车的孩子。他的夫人一只手扶着车子,另一只手搭在他的肩上。他们虽然观赏着这场表演,但让人看得出他们感到失望。他们大概也指望有一个找工作的机会,但号声弄得他们不知所措。

卡尔的心境也没有什么两样。他走到这位男子跟前,听了一会儿号声,然后说:"这里是俄克拉何马剧院招聘接待处吗?""我也想是的,"这人说,"可我们在这儿已经等了一个多钟头,听到的不过是这些号声。哪儿也看不到广告;哪儿也没有人招呼你;哪儿也没有人能够告诉你情况。"卡尔说:"也许是人家等到有更多的人凑到一起。现在真还没来几个人呢。""可能吧!"这人说。他们又一声不响了。在这杂乱无章的号声中,也难以听得明白人家说什么。然而,过了一会儿,这女人对丈夫悄悄说了些什么,只见他点了点头,接着她马上对卡尔喊道:"你能不能到赛马道那边去问问招聘在哪儿举行?""可以,"卡尔说,"可我得越过这台子,从这些天使中间穿过去呀。""这有什么好难的?"这女人问道。她觉得这趟差对卡尔来说是轻而易举的事,可就是不愿意打发自己的丈夫去。"那好吧,"卡尔说,"我这就去。""你很讨人喜欢。"这女人说。她和丈夫分别握握卡尔的手。那些小伙子一齐跑过来,想从近处看看卡尔怎样上台去。看样子,这些女人吹奏得更来劲了,好像是为了迎接第一位前来求职的人。但卡尔正好从其垫子旁经过的那些人甚至从嘴边拿开长号,身子侧向一旁,目光追随着卡尔。在台子的另一端,卡尔看见一位男子焦躁不安地来回踱着步子,他显然是在等人,以便告诉他们希望得到的一切信息。卡尔正要朝他走去时,忽然听到头顶上有人叫他的名字。"卡尔!"一个天使喊道。卡尔抬头一望,顿时喜出望外。那是芬尼。"芬尼!"他边喊边挥手向上致意。"过来呀!"芬尼喊道,"你不是要打我身旁经过吗?"说完她撩开白纱,那垫子和一道通往台上的狭窄台阶露了出来。"允许上去吗?"卡尔问道。"难道有谁敢禁止我们相互握手不成?"芬尼喊道,愤愤不平地四下张望,看是不是有人前来禁止。但卡尔已经踏上台阶。"慢些!"芬尼喊道,"要不这垫子连同我们两个会一起翻倒的。"最终倒也相安无事,卡尔幸运地踏上了最后一级台阶。"你瞧瞧,"他们相互问候之后芬尼说,"你瞧瞧我找了一份什么样的工作。""这工作挺好的。"卡尔说着四下望了望。邻近的所有女人都把目光投向卡尔,在一边咏咏地笑。"你几乎是最高的。"卡尔说着伸出手,要量出其他人的高度。"你从车站里一出来,"芬尼说,"我立刻就看见了。可惜我站在最后一排,你看不见我,我也无法喊叫你。虽然我吹得特别响,可你没有辨认出我来。""你们全都吹得不怎么样,"卡尔说,"让我吹吹行吗?""当然可以,"芬尼说着将长号递给他,"你可别坏了乐队的情绪。不然人家会开除我的。"卡尔开始吹起号来。他本来以为,这是一把粗制滥造的号,无非是用来制造噪音的,但接手一试才知道,它是把真正的乐器,几乎可以吹出任何细腻的曲调来。倘若所有的号都是同样精致的话,那对它们简直是莫大的滥用。卡尔不受其他号手嘈杂的响声的干扰,鼓足劲儿,吹奏起一支他在哪家酒馆里听到的歌曲。他高兴的是遇上了老朋友,又受到厚爱当着众人吹起长号,而且可还能会很快得到一个好位子。许多女人停止吹奏侧耳静听。当他突然停下来时,发现几乎只有一半的号手在吹奏,随后才又慢慢地恢复了那一片喧闹声。"你是个艺术家,"当卡尔递回长号时,芬尼说,"你来当号手吧!""也招男的吗?"卡尔问。"招,"芬尼说,"我们吹奏两个钟头,然后由那些装扮成魔鬼的男人来接替。一半人吹号,一半人敲鼓。那场面实在太壮观了。整个装扮同样豪华无比。我们的服装不也非常漂亮吗?还有这翅膀?"她用目光向下打量着自己。"你相信我会在这儿得到一份工作吗?"卡尔问。"肯定没问题,"芬尼说,"这可是世界上最大的剧院。正好我们又要在一起了。当然,这还要取决于你得到什么样的工作。也就是说,尽管我们俩都被招聘到这里,但也有可能根本见不上面。""剧院真的有那么大吗?"卡尔问。"这是世界上最大的剧院,"芬尼又一次说道,"我自己当然还没有看到它,但我的一些同事已经到过俄克拉何马。她们说,大得几乎无边无际。""可前来报名的人却寥寥无几。"卡尔边说边指着台下的小伙子和那一家子。"你说得对,"芬尼说,"但你想一想,我们在各大城市都招人。我们的广告队马不停蹄地四处奔波,而且还有许许多多这样的队。""难道说这个剧院还没有开张?"卡尔问。"怎么会呢?"芬尼说,"这是一家老剧院,可它不停地在扩大。""我感到奇怪的是,"卡尔说,"没有更多的人前来光顾。""是的,"芬尼说,"这真奇怪。""也许这种天使和魔鬼的奢华吓跑的要比吸引来的多。""你怎么会说出这样的话!"芬尼说,"但这也是可能的。去把这话告诉我们的头头,也许你因此能帮上他什么忙。""他在哪儿呢?"卡尔问道。"在赛马道上,"芬尼说,"在裁判台上。""这倒让我感到奇怪,"卡尔说,"招聘为什么非得放在赛马场上进行呢?""是这样,"芬尼说,"我们所到之处,都要为最大可能的拥挤做好最充分的准备,赛马场上有的是地方。而在所有平日比赛的终点都设立了招聘接待组,各种不同的接待组兴许有二百来个呢。""可是,"卡尔喊道,"俄克拉何马剧院哪来这么多钱维持这样的广告队呀?""这关我们什么事?"芬尼说,

"好啦,卡尔,快去,免得误了事,我又得吹奏了。无论如何要争取在这个队里找个位子,办好后马上来告诉我。记着,我在急切地等着你的消息。"她握握卡尔的手,提醒他下台阶时小心点,又把长号对在嘴唇上,但一直看着卡尔平平安安地下了台子后才又吹起来。卡尔重新把白纱搭遮在台阶上,恢复原先那个样子。芬尼点点头表示感谢。卡尔一边从不同的角度思考着刚才听到的一切,一边朝那个男子走去。这人早已看见卡尔在台上同芬尼说话,便凑到台前等着他。

"你想加入我们的行列?"这人问道,"我是这个队的人事主管,欢迎你加入。"他好像出于客套,始终微微向前欠着身子,一蹦一跳的样子,却不离开原地,手上抚弄着他的表带。"谢谢,"卡尔说,"我看过贵公司的广告,是照着那上面的要求来报名的。""非常正确,"这人赞许地说,"遗憾的是,并不是人人都在这里正正规规地行事。"卡尔想到,他现在似乎可以提醒这人,这个广告队的诱惑手段恰恰因为其无可比拟的庞大声势而失灵了。但他没有把这话说出来,因为这人根本不是这个队的大头头。另外,八字还未见一撇,马上就给人家提出什么改进性建议,似乎是不可取的。因此他只说:"外面还有人等着,他也想报名,让我先来打听一下。我现在可以叫他来吗?""当然可以!"这人说,"来的人越多越好。""他还领着妻子和一个坐在童车里的孩子,叫他们也来吗?""当然啰!"这人说,好像在取笑卡尔的疑虑,"我们能够让每个人都派上用场。""我马上就回来。"卡尔说完又跑回台子旁。他朝那对夫妇挥手示意,喊着让他们全都过来。他帮着把童车抬上台子,同他们一道走去。那些小伙子看到后,相互嘀咕着,然后两手插在衣袋里,怯生生地、直到最后一刻才犹犹豫豫地上了台子,跟在卡尔和那一家子后面。刚从地铁车站里出来的乘客,面对站满天使的台子惊奇得举起了手臂。不管怎么说,从表面上看,好像竞争一下子变得激烈起来了。卡尔为自己来得这么早,也许是第一个而感到高兴。那对夫妇忧心忡忡,提出各种各样的问题,生怕人家提的要求太高。卡尔说他还一点不摸底细,但人家确实给他的印象是,接收每一个人,毫无例外。他觉得尽可放心。

人事主管已经迎着他们走来,对这么多人光顾感到非常满意。他搓着两手,微微欠着身子同每个人打招呼,并将他们列成一队,卡尔排在第一,接着是那对夫妇,然后才是其他人。小伙子们先是挤成一团,过了一阵子才平静下来。他们全都排好队后,号声随之停了下来,这时,人事主管说:"我以俄克拉何马剧院的名义向诸位表示欢迎。你们来得早(但已经快到正午了),还不太拥挤,因此你们的招聘手续很快就会办理完毕。不用问,你们都带着全部证件吧。"小伙子们立即从衣兜里掏出证件来朝人事主管挥来挥去。那个丈夫捅了捅自己的妻子,于是她从童车的弹簧座下拿出一摞证件来。但卡尔却一无所有。难道这会成为他被招收的障碍吗?看来不是不可能。卡尔凭经验知道,只要稍许果敢些,那样的规定是可以轻而易举地绕过去的。人事主管扫视了一番,断定大家都有证件:由于卡尔也举着手,不过是只空手,他满以为卡尔也是样样齐备。"那好吧!"人事主管然后说,示意拒绝了这些小伙子让立即检查证件的要求,"证件将会由各个接待组检查,正如诸位在外面的广告上看到的那样,我们能够让每个人派上用场。不过我们当然要知道,他从前从事什么样的职业,以便我们能合理安排,人尽其才。""这可是个剧院啊。"卡尔疑虑重重地思忖着,专注地倾听着。"因此,"人事主管接着说,"我们在赛马经纪人的房间里设立了招聘接待室,每个接待室分别负责一个职业组。也就是说,你们现在每个人都要向我报出自己的职业,家眷一般随男的去安排。然后我再领你们去各自的接待室,在那里由专业人员先检查你们的证件,再考考你们的知识。这只不过是一场十分简短的考试,谁也用不着担心。完了之后,你们马上就会被录用,并得到进一步的指示。我们现在开始吧! 这里是第一接待室,就像这标牌上写的,是专门招聘工程师的。你们当中也许有谁是工程师?"卡尔报了名。他相信,正因为自己没有证件,就得主动尽快闯过所有的手续关。他之所以报名,还有一个小小的理由,那就是因为他真的想成为工程师。小伙子们看他报了名,心里顿生忌妒,也纷纷跟着报名,没有一个不举手的。人事主管向上挺了挺身子,冲着小伙子们说:"你们都是工程师吗?"这时他们又都一个个慢慢地放下手来,只有卡尔依然坚持他的初衷。人事主管虽然用怀疑的目光注视着卡尔,觉得他穿得太寒碜,也太年轻,不大可能是工程师,但他倒没再说什么,也许是出于感激之情吧,至少在他看来,卡尔毕竟给他领来了这么多的求职者。他邀请似的指了指那间接待室,卡尔走了进去,人事主管转身又去安排其他人了。

在招聘工程师的接待室里,有两位先生坐在一张方桌的两旁,比划着两大张摆在面前的名册,一个念着名字,另一个在自己的名册上勾划着所念的名字。当卡尔打着招呼走到他们面前时,他们立刻将名册挪开了,拿来别的大册子摆在面前打开。其中一位显然是记录员的说:"请出示你的证件。""很遗憾,我没有带在身上。"卡尔说。"他身上没带证件。"记录员对另一位先生说,并将答话立即写进他的册子里。"你是工程师?"另一位随后问道,看样子他是这个接待室的头头。"我现在还不是,"卡尔脱口而出,"但是——""够了!"这位先生抢先说道,"那你就不归我们接待。请你看看标牌。"卡尔咬紧牙关,这位先生肯定察觉到了,因为他说:"用不着着急,我们会让每个人都派上用场。"说完他示意叫来那些在栏杆之间闲荡的听差中的一个:"把这位先生领到负责招收有技术知识的人的接待室去。"听差一丝不苟地遵照命令,牵着卡尔的手走去。他们从许许多多的小隔间之间穿过。在一个小隔间里,卡尔看见有一个已经被录用的小伙子正在同那些先生们握手道谢。不出卡尔所料，在他被领进去的接待室里，过程同在第一个接待室里没有两样，人家一听说他上过中学，便将他打发到辍学中学生接待室里。然而，当卡尔在那里告诉他们自己上的是欧洲的中学时，那里的人也声明不归他们管，又让他去欧洲中学生接待室。这是一个位于最边上的小隔间，比起其他所有的接待室来，它不但小，而且矮得多。那个把他领到这里来的听差十分恼怒，因为他领来领去，多次遭到拒绝。在他看来，这些全是卡尔一个人的过错。他不再等着问完话，就撒手跑掉了。这个接待室也许是最后一个庇护所。卡尔一看到接待室的头头，便吃了一惊，这个人同一位也许现在仍在家乡中学教书的教授很相像。当然马上就可以看出，这种相像只体现在个别部位上。可那副架在宽大的鼻梁上的眼镜，那把爱如至宝的淡黄色络腮胡子，那微微驼起的背以及那总是突然爆发出来的洪亮声音，依然使卡尔惊讶得久久不能平静。幸好他不必太注意听，这里的手续要比别的接待室简单些。虽然这里也登记了他没有证件，接待室的头头又说这是不可思议的疏忽大意，但那位在这里说了算的记录员却对此一带而过。头头先提了几个简短的问题，接着正要准备提出一个较为重大的问题时，记录员则宣布卡尔被录用了。头头改口想说出不同的看法，记录员却抢先打了一个就此了结的手势，说声"录用"后便立即将这个决定登记入册了。他显然认为，当一个欧洲中学生，本身就已经很卑微；再说他自己也讲了，你还有什么理由不相信呢？就卡尔本身来说，他也没有什么理由来对此进行反驳。于是他走上前去想表示感谢。可当他们问起他的名字时，他又暗暗犹豫了一下。他没有立即回答，害怕让人称呼和登记自己的真名实姓。等到他在这里谋得一份哪怕是最低下的工作，并且干得称心的时候，人们自然就会知道他的名字的，但现在不行。他隐姓埋名由来已久，现在还不是透露真名实姓的时候。他一时想不出别的名字来,因此只好说出他在最后几份工作中用过的名字:"尼格罗。""尼格罗?"头头问道,转过头来做了一个鬼脸,仿佛卡尔现在把自己的不可信任度推到了最高点。记录员也用审视的目光打量了一下卡尔,但随后又重复了一遍"尼格罗",并记下了这个名字。"你填写的名字却不是尼格罗呀。"头头训斥道。"写的就是尼格罗。"记录员从容地说,并打了一个手势,似乎示意头头现在该安排下一步的事了。头头克制着自己,站起来说:"这么说你被俄克拉何马——"但他没有再说下去。他不能昧着自己的良心做事,继而坐下来说道:"你不叫尼格罗!"记录员竖起眉毛,站起来说:"那么让我来通知你吧,你被俄克拉何马剧院录取了。我们马上就让你去见我们的上司!"于是又叫来了一个听差,让他领着卡尔到裁判台上去。

在阶梯口下面,卡尔看见了那辆童车,那对夫妇也正好下来了,妻子怀里抱着孩子。"你被录取了吗?"那位丈夫问,显得比先前活跃多了。妻子也神气十足地笑着看了看卡尔。当卡尔回答说他刚刚被录取,现在去见头头时,那位丈夫说:"那我向你表示祝贺。我们也被录取了。这好像是一家挺不错的企业,当然谁也不可能一下子就熟悉一切,不过到什么地方都一样。"他们又相互说了声"再见",卡尔就到裁判台去了。他走得很慢,因为台上狭小的空间里挤满了人,他不想硬挤进去;他甚至停住步子,放眼扫视着巨大的赛马场,它从四面八方一直延伸到远处的树林旁。一刹那,他多么想看一次赛马啊!他在美国还不曾有过这样的机会。在欧洲,当他还是个孩子时,曾经被带去看过一次赛马,但他除了还记得起妈妈牵着他从许许多多不肯让道的人中间挤过去的情景外,别的什么印象也没有了。这样说来他还没有正经八百地看过一场赛马呢。这时他身后有一台机器哒哒地响了起来。他转过身去,只见在这个比赛时公布优胜者名字的器械上打出了下面的字样:"考夫曼·卡拉连同妻子和孩子。"由此可见,被录取者的名字是由这儿通报给各个接待室的。

正好有几位先生迎面走来,他们手里拿着铅笔和笔记本,一边走一边热烈地交谈着。卡尔将身子紧贴到栏杆上,给他们让道。他随即向上走去,因为台上现在有空位子了。在一个用木板围起来的平台的角上——整个看上去就像是一座狭长的塔楼平顶——坐着一位先生,他手臂伸开搭在木栏杆上,胸前横挂着一条白色的宽丝带,上面写着:俄克拉何马剧院第十招聘队队长。他身旁的小桌上放着一部肯定也是用于比赛的电话机。队长在见面之前,显然是通过它来获得各个求职者的全部必要情况的,因为他根本不向卡尔提任何问题,而是对一位跷着二郎腿、手托在下巴上靠在他旁边的先生说:"尼格罗,一个欧洲的中学生。"仿佛对他说,这个深深鞠躬的卡尔的事就这样办理妥当了。他朝台阶下望去,看是不是还有人来。然而一个人影也没有。他时而侧耳听着另一位先生与卡尔的谈话,但大多还是抬眼朝赛场望去,同时手指敲击着栏杆。这细巧而强劲有力、修长而动作敏捷的指头不时地引起卡尔的注意,尽管另一位先生也够让他忙活的。

"你失业啦?"这位先生首先问道。这个问题以及他后来提出的几乎所有问题都非常简单,一点儿也不让人为难。况且他中间也没有插入其他问题来核实回答。尽管如此,这位先生还是懂得如何去瞪大两眼提出问题,如何前倾着上身观察提问的效果,如何将脑袋垂到胸前听取回答,并不时地大声重复着回答,借以赋予其提问以一种特殊的意义;它虽然让人不解,但对它的预感却使人瞻前顾后,缩手缩脚。这常常使卡尔急切地想把说出去的回答再收回来,用另一个也许会得到更多认可的回答来替代,但他始终克制着自己,因为他心里明白,这样的摇摆不定肯定会给人留下不好的印象。再说答话的效果也绝对是无从估量的。另外,录取他的事好像已成定局,这种意识给了他有力的支持。

对于他是不是失业了这个问题,他直截了当地回答个"是"。"你最后在哪儿供职?"这位先生然后问道。卡尔正要来回答,他伸出食指再次说道:"最后一次!"卡尔已经正确地理解了他的第一次提问,不由自主地摇摇脑袋,认为这最后的说明是多此一举,然后回答说:"在一家事务所。"这还算是实话。然而,如果这位先生要求他进一步说说这家事务所的情况的话,那他就只好撒谎了。但这位先生没有去追问,而是提出了一个绝对容易又完全可以如实来回答的问题:"你在那儿感到满意吗?""不!"卡尔几乎等不到他的话音落地就喊道。卡尔从侧面瞥了一眼,发现这个头头正在微笑;他懊悔自己刚才的回话太欠考虑。但脱口喊出这个"不"字实在太诱惑人了,因为在他整个以往打工的日子里,始终萦绕在他心头的最大愿望就是盼着有一天,一位陌生的雇主能走进来向他提出这个问题。可他的这个回答还会带来另一个不利,这位先生现在会追问,他为什么感到不满意。但他没有这样做,而是问道:"你觉得自己适合干什么样的工作?"这个问题可能真的别有用心。他干吗要提出这样的问题呢? 卡尔不是已经被录取当演员了吗? 尽管卡尔看破了他的意图,但还是情不自禁地声明,他自己尤其适合当演员,他因此回避开那个问题,冒着让人觉得自以为是的危险说:"我在城里看过那个广告,上面写着人人都能派上用场,所以我来报名。""这个我们知道。"这位先生说,再也不吭一声,以此表明他依然坚持先前提出的问题。"我是受聘当演员。"卡尔犹犹豫豫地说,为了让这两位先生明白刚才提出的那个问题使他陷入困境。"一点儿不错。"这位先生说,然后又不吭声了。"说到这里,"卡尔说,他对找到一份工作的全部希望开始动摇了,"我也不知道我是否适合当演员。但我愿意全力以赴,力争完成好一切任务。"这位先生转向队长,两个人点点头,卡尔似乎回答对了。他重新鼓起勇气,挺起身子等待着回答下一个问题:"你本来打算学什么专业?"为了把问题说得更明确些——这位先生说话总是一丝不苟——,他补充道:"我是说在欧洲。"这时他从下巴上挪开手,身子微微动了动,好像借此同时要暗示,欧洲多么遥远,而在那里构想的目标又是多么没有意义。卡尔说:"我想成为工程师。"他虽然很不情愿这样来回答,因为明明完全意识到自己迄今在美国的经历,而又在这里重温昔日那曾经想成为工程师的梦想,这未免太可笑了。即使在欧洲,难道有朝一日他会成为工程师吗?他一时找不到别的回答,只好这样说了。这位先生像严肃对待一切事情一样拿这话当真。"要说当工程师,"他说,"大概是一下子不可能的。可是也许你暂且适合于去干些比较简单的技术工作。""当然可以。"卡尔说。他非常满意。如果他接受了这个提议,虽说从演员降到了技术工人,但他相信干这样的工作实际上更能展示自己。另外,他并不太在乎干什么样的工作,而更重要的是能够在某个地方长久地稳住脚跟,他一再重复告诉自己。"你干繁重点的工作有足够的力量吗?"这位先生问道。"怎么会没有呢?"卡尔说。于是这位先生把卡尔叫到自己跟前来,摸了摸他的手臂。"是个强壮的小伙子。"他牵着手臂把卡尔领过去让队长看。队长微笑着点点头,坐在那儿身子挺也不挺地同卡尔握了握手说:"我们这里就算办妥了。一切还要在俄克拉何马再审查。祝愿你为我们的招聘争光!"卡尔鞠了个躬表示告别。然后他也想同另外那个先生道别,可这人仰望上方,早已在平台上踱来踱去,似乎完全彻底地完成了自己的工作。当卡尔走下去的时候,台阶一旁的显示牌上亮出了"尼格罗,技术工人"的字样。这里的一切都进行得有条不紊。要是这显示牌上此刻亮出他的真名实姓的话,卡尔不会再感到有什么遗憾了。一切安排得甚至异常精心,因为在台阶脚下,已经有一个听差在等着卡尔,随即给他胳膊上系了一个袖章。卡尔举起手臂想看看袖章上写的是什么,只见上面端端正正地印着"技术工人"几个字。

现在卡尔会被带到哪儿去呢?他首先想告诉芬尼,一切进行得是多么顺利。但让他遗憾的是,听差告诉他,那些天使和魔鬼已经启程去了招募队伍的下一个目的地,在那儿预告招募队伍明天就到。"很遗憾!"卡尔说,这是他在这家公司里经历的第一次失望,"那些天使中,有我一个熟人。""你将会在俄克拉何马再看见她的。"听差说,"现在随我来。你是最后一个。"他带卡尔顺着天使们先前站过的台子后面走过去。现在留在那儿的不过是一个个空座子。卡尔原本以为,没有天使的音乐,会拥来更多的求职者。看来这种想法是不对的,因为眼下这台子前没有了大人,仅有几个小孩在争夺一支白色的长羽毛。它可能是从天使的翅膀上掉下来的。一个男孩将它举得高高的,其他的孩子试图用一只手把他的脑袋压下来,用另一只手去抓羽毛。

卡尔指指那些孩子,可听差看也不看就说道:"你走快点!你是拖了好久才被录取的。人家肯定有什么疑问吧?""我不知道。"卡尔惊奇地说,但他不相信是那样。反正就有那么一些人,哪怕是在十分明了的情况下,也想方设法给他人制造忧愁。然而,当他们来到宽大的看台前,面对一片亲切友好的场景时,卡尔很快就忘掉了听差的那番话。看台上,有一整排长凳被一条白布遮盖着。所有被录取的人都背朝着赛马道,坐在下一排凳子上接受款待。人人喜气洋洋,情绪激昂。正当卡尔无声无息地最后一个坐到凳子上时,许多人一齐举着酒杯站起来,其中一位向第十招聘队队长祝酒,称其为"求职者之父"。有人提醒大家从这里可以看见他。实际上,裁判台连同那两位先生离这儿并不远,一切都在目力可及的范围之内。于是人人都朝着那个方向举着自己的酒杯,卡尔也抓起摆在面前的酒杯。但是,不管人们喊得多响,也不管人们怎样竭力去显露自己,那边裁判台上却没有一点迹象表明,人家注意到或者至少有注意这喝彩的意图。那个队长一如既往地靠在角上,另外那位先生手托着下巴站在他身旁。

　　人们有些失望地又坐下来。时而还有人朝裁判台转过身去,但不一会儿个个都只顾埋头到丰盛的菜肴里。烤得香酥可口的肥大鸡鸭——卡尔还从未见过如此大的鸡鸭——上面插着许多叉子,端上端下,传来递去;服务员轮番不停地斟着葡萄酒,没有人对此有所觉察,个个将头埋在自己的盘子上,只见那红葡萄酒的流柱落入杯里。谁要是不想参与共同的谈论,便可以欣赏俄克拉何马剧院的风光图片。它们就堆在长餐桌的一端,供大家相互依次传看。然而,人们并不十分关注这些图片。卡尔是最后一位,等传到他手里时,仅仅只剩下一张了。但凭这张图片可以推断,所有的图片想必都值得一看。这张图片展示的是合众国总统的包厢。一眼看去,人们会以为这不是包厢,而是舞台。那成大弧形的胸墙伸到空中,上面大大小小的构件金光闪闪。在那些犹如用世上最精巧的剪刀剪切而成的小柱之间,并排镶嵌着历届总统的浮雕像。其中一位长着一个异常笔直的鼻子,嘴唇往外翻起,在肿胀的眼皮下睁着一对呆滞垂陷的眼睛。从侧面和顶上投来的灯光照耀在包厢的周围;白色而柔和的光芒映照出包厢前面的辉煌。正面的四边垂挂着由拉绳来控制的红色金丝绒帘子,褶皱的色彩浓淡相间。包厢的深处则呈现出一片暗暗的、闪烁着微红色光亮的空洞。一切看上去是那样富丽堂皇,人们几乎想象不到这个包厢是供人来光顾的。卡尔一边用餐,一边不时地看看这张放在自己盘子旁边的图片。

　　他还想看看其余的图片,即使一张也行。但他自己却不愿意去拿,因为有一个服务员把手压在那摞图片上,也许是要让大家按顺序来看。于是他尽力扫视着这长餐桌,看看还有没有图片传过来。这时他吃惊地发现——起初他根本就不敢相信——在这些埋头猛吃猛喝的人中有一张好熟悉的面孔。那是吉亚柯莫。他立刻朝他跑过去。"吉亚柯莫!"他喊道。吉亚柯莫像以往一样,一吃惊就露出羞怯的神色。他放下刀叉挺起身,在两排长凳之间那狭小的空间里转过身,用手抹抹嘴。他一看见卡尔就非常高兴,便请他坐到自己旁边来,或者自己过去坐到卡尔跟前。他们都有一肚子话要相互倾吐,要永远呆在一起。卡尔不想打扰其他人,暂且各自先坐在自己的位子上。宴席马上就结束了,然后他们当然要永远友好相处,相依为命。但卡尔依然站在原地不动,只是看着吉亚柯莫。往事一幕幕地涌上心头:厨房总管在哪儿?特蕾泽在干什么呢?从外表上看,吉亚柯莫一点没变。厨房总管曾预言说,他出不了半年准会变成一个瘦骨嶙峋的美国人。这话没有应验。他像从前一样柔弱,面颊像从前一样塌陷,但这会儿却鼓得圆圆的,因为他嘴里正嚼着特大一块肉,他慢慢地从里面剔出多余的骨头,将它扔到盘子里。卡尔从他的袖章上可以看出,吉亚柯莫也没有被录取当演员,而是当电梯工。俄克拉何马剧院好像真的能使每个人都派上用场。

　　卡尔沉溺在对吉亚柯莫的注视中,离开自己的位子太久了。他正要往回走时,人事主管来了。他站在高处的一排长凳上,拍拍手掌,简短地讲了一番话。这时绝大多数人都站起来了。那些还忙着吃喝而不肯站起来的人最终也被相邻的人捅得无可奈何地站了起来。"我想,"他说,这时,卡尔已经踮着脚跑回自己的位子上,"诸位对我们的款待会感到满意的。大家普遍称赞我们这个招募队的饭菜。可惜我不得不宣布散席,因为送我们去俄克拉何马的火车过五分钟就开。虽说这是一次长途旅行,但你们将会看到,一切都为你们安排得十分周到。我这里向你们介绍一下,这位先生负责你们的旅程。你们都得听从他的安排。"说完一个瘦弱矮小的先生爬上人事主管站着的长凳,也顾不上匆匆地鞠个躬,马上就神经质地伸开两手,比划着让大家怎样集合、排队和行动。起初大家并没有听他的,因为先前讲过话的那个人从人群里冒了出来,用手拍了拍桌子,开始了一场冗长的答谢演说;他不顾——卡尔焦急不安——刚才已经宣布火车马上就要开了,也毫不在乎人事主管压根儿就没有听,而是忙着向那位负责旅程的先生面授各种机宜;他大言不惭,夸夸其谈,一一数说着端上来的每一道菜,又一一加以评论。最后他总结似的高声喊道:"尊敬的先生们,你们就是这样赢得了我们。"除了说给那两个听的人,大家都哈哈笑了起来。但这笑声是发自内心,而不是戏谑。

另外,为了这个演说,他们付出了代价,现在不得不跑步赶往车站。不过这也没有什么大不了,因为——卡尔此刻才发现——没有人携带行李。惟一的一件行李就是那辆童车。它处在队伍的最前列,由那位父亲驾驭着,就像站立不住似的蹦上蹦下。一群穷困而可疑的人在这儿汇聚到一起,竟受到这样好的款待和保护!他们被完全交到了这位负责旅程的先生手里。他自己一会儿用一只手抓住童车的扶手,举起另一只手鼓动队伍前进;一会儿退到队伍的末尾去督促;一会儿又顺着队伍的两侧跑来跑去,注意着队伍中间个别掉队的,竭力挥动着手臂告诉他们应该怎样跑。

当他们到达车站时,火车就要开了。车站里的人相互指指点点地议论着这支队伍,只听见诸如"这些全都是俄克拉何马剧院的人"的喊叫声。这剧院好像比卡尔想象的要有名得多,可他从来也没有关心过剧院的事。整个一节车厢都是特意为这队人马准备的。那位负责旅程的先生比那位列车员更着急,他先上了车。他先是看看各